Monika Wogrolly ⟡ Ins Feuer

Monika Wogrolly

ins feuer

Roman

Deuticke

In Dankbarkeit und Liebe für H.W. und meinen Sohn Lukas

Unser Bruder schlief, als wir anderen bereits hinuntergingen über die Holztreppe, am blätterrauschenden Wald und der verbotenen Weide vorbei, außen am Haus entlang. Die Kühle des Morgens flog uns unter die Nachthemden. Wir verteilten uns um den altdeutschen Tisch. Unsere älteste Schwester, die um drei Jahre jünger als unser Bruder ist, stellte uns ein Frühstück hin, von dem wir uns gierig bedienten, und jeder Happen und Marmeladetropfen weckte die Vergangenheit unheimlich in uns. Lang hatten wir geschwiegen und vertieft gegessen und an alles mögliche bei uns gedacht. Endlich sagte jemand ein Wort. Vielleicht die Älteste, Julia, oder Lotte oder Monika, die Mittlere, mein Zwilling. Es wurde von unserem Großonkel gesprochen. Unsere Großmutter war erschrocken, als sie völlig unvorbereitet im Keller auf der Waschmaschine zusammengefaltet die für ihn typischen braunen Schnürlsamthosen ihres Bruders, unseres verstorbenen Großonkels, dem das Fertigteilhaus gehört hatte, liegen sah. Als ob sie es nicht gewußt hätte oder erst durch den Hosenfund begriffen! Lotte schraubte an dem altmodischen Radio aus der Nachkriegszeit. Der Flaschenöffner in Form einer Geige lag unverändert da, wo der Großonkel seinen Vorsitz bei Tisch gehabt und, wenn gerade nichts Interessantes im Radio lief, Bierflaschen mit der Geige geöffnet und den Männern der Runde daraus eingeschenkt hatte, weil dies Sache des Familienoberhauptes war. Frauen waren für Kochen und Auftragen der Speisen und für Abservieren und Abwaschen des Geschirrs zuständig. Der Großonkel, der sich im Aussehen mit Stalin und

Hitler verglich (wegen des Bärtchens), öffnete Flaschen, regierte über die Getränke bei Tisch und hatte alle um seinen Stuhl versammelt.

»Nach den Mahlzeiten ging er immer *in die Horizontale*, und wir verstanden nicht, was er damit gemeint hat!« – Monika lachte. Julia legte beschwörend den Finger auf den Mund: Unsere Eltern! Die Großmutter! Mit dem Bruder war es halb so schlimm. »Halb sechs«, sagte Julia und fügte hinzu, daß sie nicht mehr rauche. »Weil du je so viel geraucht hast«, erwiderte ich. Lotte ging hinaus und entzündete sich wie uns zum Trotz auf der Terrasse eine Flirt. Sie hatte gelbe Finger, wie wir sie einmal gehabt hatten vom Zigarettenhalten. »Hast du schon in das Zimmer geschaut?« fragte mich Monika. Ich verneinte. Sie ja, sie habe hineingerochen, der Geruch des Verstorbenen sei nahezu verdrängt. – »Es steht nicht mehr das Doppelbett mit dem blauen Überwurf dort. Ein Einzelbett, nur für die Witwe.« – Wir hörten durch die dünnen Wände ein Kratzen aus dem Bereich der Großmutter, die im Erdgeschoß schlief, weil es dort eine Spur kühler war. Unsere Mutter sprang im oberen Stock halbschlafend aus dem Bett, was sich wie Fallen anhörte, und trampelte umher, um Julias Sohn zu versorgen. Mit fünf Jahren schlief er noch keine Nacht durch. Julia hatte ihn im Alter von zehn Monaten bei unseren Eltern gelassen und war zu seinem Kinderarzt übersiedelt. Seitdem war sie gealtert. Sie hatte mit ihren fünfundzwanzig Jahren Falten und schütteres ausgebleichtes Haar. Das Leben in seinem Lotteglanz war von ihr abgeblättert. Und Lotte war auf dem gleichen Weg.

Monika und ich tauschten wortlos Blicke. Julia zog ihr Nachthemd hinauf und zeigte uns die Tätowierung. Viel war nicht zu erkennen, nur zwei Buchstaben, ein E und ein N, die Initialen des Kinderarztes. Sie hatte sich die Gravur selbst mit Nadel und Schultinte zugefügt. Julia leerte hastig die Tasse. Sie wischte sich mit dem Handrücken die Mundwinkel und stöhnte auf, wie froh sie darüber sei, nicht selbst auf das Kind achtgeben zu müssen, sie wäre nicht fähig dazu. Sie maß Monika und mich mit kalten Augen.

»Und ihr?« fuhr sie uns an, »wann wollt ihr auf die Uni gehen?« – Wir schüttelten die Köpfe. Wir hätten Babys im Leib, müßten uns ganz auf deren Wachstum konzentrieren und die restliche Welt mit ihren Vorgängen für uns ausschließen, erklärten wir. Monika, die hochschwanger, doch nicht besonders dick war, fuhr sich über den Bauch. Ich reckte meinen unscheinbaren vor. Julia fragte nach den Geburtsterminen. Ich hatte meinen nicht behalten und rechnete. Dann lächelte ich und meinte, es sei egal. Lotte kam herein und sah krank aus. Sie faßte sich ins Gesicht und glaubte zu fiebern. Sie sei so verliebt, wolle, müsse ihn kriegen! Ausgerechnet ihren Lateinprofessor peilte sie an. »Wann habt ihr euch zuletzt getroffen?« fragten wir.

Sie träumte. Bohrte einen Finger in das Löwenmaul eines Stuhlpfostens, legte den Kopf schief und malte sich aus, wie er plötzlich auftauchen könnte – die Ferien waren lang! In jedem Augenblick bestand die Möglichkeit zum Glück!

»Er könnte, wenn ich am Seeufer sitze, aus dem Gebüsch treten und von hinten die Arme um mich schlingen und mich ewig festhalten ...« Lottes Träumen ging die Luft nicht aus. »Ich liebe meine Besessenheit«, gestand sie später.

Unsere Mutter erschien nach sieben mit Julias Kind, das uns sofort zerstreute. Autos rasten auf Teppichbahnen, Kegel waren Menschen, Bälle sausten als Planeten durch die

Luft. Wir wurden in Pilze verwandelt und ließen es geschehen. Einzig Lotte verzog sich aus dem Wirbel ins Freie, in die Einsamkeit liederlicher Mädchenfantasien.

Wir waren schwimmen gewesen. Julias Sohn und unsere Großmutter blieben mit aufgeblasenen Gummiflügeln im Seichten, ich stieß am weitesten vor und hielt Ausschau nach Surfern. Abends hatte sich rasch alles auf die Zimmer verteilt. Unten schlief nur unsere Großmutter, unser Vater, der bereits heimgefahren war, hatte die eine Nacht auf dem Einzelbett der verwitweten Großtante zugebracht. Oben schliefen wir. Im vorderen Raum, wegen der Turmuhr, deren Stundenschlag sie nicht ertrug, unsere Mutter mit Julias Kind, im turmuhrseitigen wir übrigen vier. Unser Bruder hatte in einer Abstellkammer, die vom Raum unserer Mutter aus zu betreten war, eine Luftmatratze, und wollte nur wenige Tage bleiben. In der Kindheit hatten wir diese Aufbewahrungsstätten *Vogelkammern* genannt, da einem, wenn man sie nach dem Winter erstmals öffnete, der Verwesungsgestank verirrter Singvögel daraus entgegenschlug, die irgendwie, wir erfuhren nicht, wie, in unserer Abwesenheit, solange das Haus leerstand, hineingeraten waren und, gegen Wände und Decke krachend, nicht mehr ins Freie gefunden hatten. Unsere Eltern ließen sie liegen oder entfernten sie, ohne uns einzuweihen. Wir sahen die Vögel nie aus der Nähe, höchstens aus der Entfernung durch die Tür, die wie eine Schranktür aussah; konnten uns an in dem staubwirbelnden Halbdunkel liegende dunkle Dinger, *Knäuel*, erinnern, die die Kadaver waren. So schliefen wir Tür an Tür mit dem Tod. Die Hitze und der üble Geruch der Vogelkammern waren ungeheuerlich, aber einmal mußten sie während unseres

Aufenthalts aufgesperrt werden, von unserem Vater oder von unserer Mutter, um die ausgeräumten Koffer hineinzustellen. Anschließend wurden die Schlüssel vorsorglich abgezogen, damit keiner von uns hineinkonnte. Jetzt lag unser Bruder in einer der Schreckenskammern. Angeblich gab es darin keine Vögel mehr, scheinbar waren selbst die Vögel erwachsen geworden und hüteten sich nunmehr davor, durch Dachluken zu fliegen. Im Bett dachten Monika und ich an den Lagerplatz. Der Lagerplatz war die Mitte unserer Kindheit in Latschach gewesen. Zusammen mit einheimischen Spielkameraden waren wir Tag für Tag ins Unterholz eingedrungen, durch das Farnkraut und die Büsche kreuz und quer, und hatten an unseren Behausungen gebaut, Dächer aus Gras und Farn aufgeschichtet, an denen wir uns im Eifer die Hände aufrissen, und hatten letzten Endes blutig und glücklich Einzug gehalten in unseren Zelten. Es gab den Marterpfahlbaum und einen Felsvorsprung, von dem es in einen tödlichen Abgrund hinunterging. Wenn nur Mädchen beteiligt waren, nahm unser Spiel einen anderen Verlauf; statt gekämpft und geraubt und mit Holzsteckenspeeren geworfen wurde gesammelt und gekocht, wurden Puppenkinder an unseren Brüsten genährt, wurde über Verliebtheit fantasiert, wurden Schatzkarten gezeichnet und Schmuckkassetten vergraben. Mit der ältesten Tochter der späteren Selbstmörderwirtin vom Gasthaus zur Post spielten wir, wann immer die etwa Zehnjährige vom Dienst in dem an das Lokal angeschlossenen Souvenirladen freigestellt wurde. Einmal scharrten wir eine rote Wegschnecke aus dem Laub und erklärten sie in einer Zeremonie auf dem Felsvorsprung für unser heiliges Bandentier. Fremde vertrieben wir, wie die *piefkinesischen* Sommergäste mit brauner Haut und gelbblonden Haaren, die in Meuten die Felswand erklommen und uns unverständliche Begriffe wie *Brotzeit* für Abendessen und *Imbiß* für Jause in den Mund nahmen und uns damit abschrecken mußten als ein Schlag von Halbwilden.

Ein Knabe trug den Vornamen unseres Vaters und war unser ärgster Widersacher. Ehe er ganz zu uns heraufgekommen war, bewarfen wir ihn zu zweit, während ein dritter die anderen zu Hilfe holte, mit Tannenzapfen und Stöcken, bis er die benadelten Kuppen hinunterrutschte und unter unserem Beifall und Gelächter weinend unten in der Wiese lag.

Früher, vor dieser Zeit, erging es uns selbst oft schlecht, Monika und mir. Weil wir beide ungelenk und ängstlich waren, zogen wir unsere Köpfe immer vor dem nahenden Ball ein, anstatt ihn zu fangen, und schadeten auf diese Weise unserer Mannschaft beim Völkerballspiel. Fiel das Wort *Völkerball* als Spielvorschlag, war es wie eine Verdammung für uns. Auch war erniedrigend, an der Interesselosigkeit jener, die als Mannschaftskapitäne in der Auswahl der Mitspieler schließlich an uns kamen, die als letzte zur Wahl standen, zu sehen, wie unbeliebt uns das Spiel machte. Ich wälzte mich in der Hitze. Julia stieß beide Fensterflügel auf. Draußen zirpten die Grillen. Die Stimmen aus den Einfamilienhäusern, der würzige Grasgeruch, die Zimmer, die die Hitze stauenden Wände, dieselben Betten, nur wir waren nicht mehr dieselben. Ein Nachtfalter krachte gegen den Lampenschirm. Julia nahm, ohne Licht anzumachen, den Gelsenstecker in Betrieb. Eine Weile war bis auf die Grillen alles still, kurz darauf hörte ich eine von uns schlafen. Die Atemzüge in ihrem unbeirrbaren Rhythmus hielten mich wach. Ich fand keine Ruhe, fand nicht aus der Erregung heraus. Die Haut war wie ein erstickender Pelz. Die Matratze schien ungemein dick. Ich schlug auf das Kopfende ein, erfolglos, und entfernte das Kissen. Im anderen Raum hustete das Kind, unsere Mutter goß Tee aus der Thermoskanne. Ich vernahm das Geräusch im Nachttopf und hörte, wie der Deckel daraufgesetzt wurde, wie unsere Mutter in ihr Bett zurück stieg und dabei mit einem Handgriff den Ziehverschluß am Schlafsack von Julias Sohn hinaufzog.

Am Morgen standen wir alle mit der gleichen Frische voller Tatendrang auf. Unsere Mutter und Julias Kind waren zu dem Zeitpunkt bereits fertig und berieten im Schatten, auf der Terrasse, über etwas Unverständliches. Unser Bruder beklagte sich, schlecht geschlafen zu haben. Er war es, der wieder von *Vogelkammern* statt Abstellkammern sprach. Er kündigte seine Heimreise für diesen oder den kommenden Tag an, was er letztlich von der Hitze abhängig zu machen gedachte. Er werde noch Elektroboot fahren und dann nach Hause. Als Kind war immer er der Kapitän, wir die Matrosen oder Passagiere. Monika brachte es fertig, als ihr zum ersten und letzten Mal die Gelegenheit gegeben war, geradewegs in einen Schwimmer zu lenken; ich zog es vor, von der Bootskante ins tiefe Wasser zu springen und mich hinten anzuhängen und mitziehen zu lassen wie ein Nixe, an einem Seil. Nach Jahren wieder in ähnlicher Zusammensetzung zu fahren, klang verrückt. Der Bruder war anders als wir, betonte, daß er nicht sentimental sei, nur etwas Farbe bekommen wolle, um nicht umsonst hier gewesen zu sein. Zum Lagerplatz mitzukommen, lehnte er ab. Julia und ihr Sohn waren verschwunden, wir vermuteten sie dort. Lotte hatte Streit mit unserer Mutter, wie wir in Lottes Alter dauernd. Auch wir sind wiederholt außer uns geraten und wie von Sinnen und vor sich in uns unbändig bäumenden Widerständen gegen die Elterngewalt lebenshungrig gleichviel wie todessüchtig auf unsere Räder gesprungen und mit den wichtigsten Dingen auf dem Gepäckträger so weit wie möglich über Latschach hinausgefahren, doch nie wirklich irgendwohin gelangt, sondern gefahren und gefahren und letztlich aus Ängstlichkeit und Schwäche und Unselbständigkeit wieder umgekehrt und kleinlaut in Winkeln des Fertigteilhauses gesessen, den Beschimpfungen und Vorhaltungen und Drohungen und Ankündigungen von Sanktionen und vor allem Freiheitseinschränkungen, die uns am meisten trafen, ausgeliefert wie mittlerweile unsere Nachfolgerin und Alleinerbin des mütterlichen Fürsorgetriebs und der Fürsorgemacht unserer Mutter, Lotte, die ebenso wie wir auf die Gewalt unserer Mutter reagierte, ebenso falsch und töricht wie wir, die ebenso sinnlos mit wehenden Haaren davonraste, eine Handtasche umgehängt, in der sich nach unseren Recherchen das gleiche wie in unseren damaligen (immer am Kopfende unserer Betten bereit liegenden) befand, Seife, ein Deo, einige Slips und Wimperntusche, das zum Leben Nötigste für sie wie für uns, die der Mutterherrschaft entfloh und aus ihr hinausraste und im rasend die Landstraßen entlangfahren wieder zu Verstand kam und langsam wieder in vernünftige Gedanken fand, die ihr abhanden gekommen waren, wie uns die unsrigen, bis Lotte wieder in die andere Richtung fuhr, auf die Mutter zu und nicht von ihr fort, weil Flucht vollkommen ausweglos schien und, wie von uns dauernd, jetzt von Lotte dauernd verschoben wurde. Auch wir sind ausgerissen und von unserem Vater im ganzen Ort gesucht und sogar bei dem

Bauern Jakele im Stall vermutet worden, weil man uns dort einmal gefunden hatte, von einem Gewitter dorthin vertrieben, und hockten stattdessen aneinandergedrückt im hauseigenen Keller hinter zwei Kartoffelsäcken. Auch wir haben im Fluchtversuch kehrtgemacht, nicht reumütig, doch geläutert, um die Zukunftslosigkeit jugendgeträumter Freiheit belehrt, gestärkt durch das eigene Fehlverhalten, und haben damit nichts als Bestrafungen, Einschränkungen und Beschimpfungen erreicht. Unsere Mutter zog Lotte an den Haaren aus dem Löwenmaulwohnzimmer auf die von Beeten an den Seiten und gegen die unterhalb gelegene Straße durch Berberitzensträucher abgegrenzte Terrasse. Auch wir hatten einmal so schönes naturgelocktes Haar wie Lotte und haben es ebenso achtlos hingenommen, bis wir es eines Tages plötzlich an uns vermißten. Auch wir waren von unserer Mutter *Nutten* geschimpft worden beim geringsten Anlaß und bei jeder Gelegenheit, vielleicht aus der Angst heraus, wir könnten uns wirklich an Männer verschenken, was dann auch geschah, aber später und lange nach der schicksalhaften Beschimpfung durch unsere Mutter – als wir tatsächlich noch Jungfrauen gewesen waren.

Lotte war keine Jungfrau mehr. Sie hatte *aus Wut*, wie sie selbst sagte, weil sie den Lehrer nicht bekam, die Freiheit auf einem Jungscharlager in Südtirol benutzt, sich am Ankunftstag von einem wildfremden und wie sie fünfzehnjährigen Uhrmacherlehrling aus Wien im Stall die sogenannte Unschuld rauben lassen. Um sich, so Lotte uns gegenüber, zu erleichtern und schließlich *unwürdig* zu machen. Auf Anfälle unserer Mutter, als diese, vor ein paar Tagen, zu Ohren bekommen hatte, was mit Lotte in der Zwischenzeit geschehen war und sich für immer verändert hatte, da es Lotte wegen einer schmerzhaften Pilzinfektion unmöglich geworden war, es unseren Eltern länger zu verheimlichen, erklärte unsere Schwester kaltblütig, schwanger sein zu wollen und auf den Schulabschluß zu pfeifen! – Wozu überhaupt? – Für wen und weswegen? Sie war ebenso stur, wie wir es gewesen waren, ebenso uneingeweiht in die Entwicklungsgrade, die sich später ergeben. Für sie war alles noch neu, wie nur für sie und den Augenblick geschaffen. Unsere Mutter verfolgte sie mit dem Wort *Todsünde*, und unsere Schwester ließ sich einfach unter den Händen unserer hysterisch brüllenden Mutter zu Boden fallen und spielte ohnmächtig, wie es ihr, mit mehr Erfolg als vor der Mutter, in Caorle, wohin die nach dem durch die Pilzinfektion sofort aufgedeckten Vorfall in sich erschütterte, von dem Ereignis schwer getroffene Gruppe der katholischen Jungschar weitergefahren war, in zwei Bussen und einem die Kranke und Entjungferte überführenden PKW, vor den Toilettenanlagen des Campingplatzes gelungen war, wo sie sich in den Schlamm vor den Kabinen fallen lassen und die Augen geschlossen hatte. Niemand hatte mit Betrug gerechnet. Deutsche Urlauber stürzten herbei und schafften sie in einen der Busse, wo sie erst auf der Fahrt die Augen wieder aufschlug. Ganz in das Experiment der Täuschung ihrer Umgebung vertieft, geriet sie nicht aus der Rolle, nicht einmal vor den Männern vom Roten Kreuz, die sie in dem Untersuchungszimmer auslachten, nachdem sie von der Begleitperson der Jungschargruppe den Anstoß zu dem besorgniserregenden Zustand erfahren hatten und, in Zusammenhang damit, das Alter der beiden Beteiligten. So ließ sich Lotte auch vor unserer Mutter einfach auf die Erde fallen, in eines der Beete rechts oder links der Terrasse, mitten in den

Lateinprofessorsentbehrungsschmerz, in die Wunde ihrer Sehnsucht hinein.

»Steh auf!« beschwor unsere Mutter Lotte, die ihrer Meinung nach auf schnellstem Weg vor einen Geistlichen zu schaffen gewesen wäre, um sie von ihrer Todsünde zu befreien. Monika und ich klopften unsere Bäuche. Während wir im Keller die Schnürlsamthose auffalteten und schnupperten, ob nicht ein Rest vom Geruch unseres Großonkels an der frischgewaschenen Hose sei, hörten wir die aufgebrachten Stimmen von oben. Am Nachmittag waren unser Bruder und Monika Elektroboot fahren am See. Julias Kind fieberte, und unsere Mutter hütete mit ihm das Bett. Wenn man erschien, legte sie beschwörend den Finger vor die Lippen und hatte die andere Hand auf die kindliche Stirn gepreßt, wie wir uns erinnern konnten, daß sie es bei uns alle Augenblicke getan hat, ihre Hand auf unsere Stirn gepreßt – und sie wieder zurückgezogen – und einen Entschluß gefaßt. Julia und ich bemühten uns um Lotte, die mit schwarzem Filzstift auf Papier schrieb und dazu schluchzte. Wir schauten ihr über die Schulter:

Morgen wird *heute gestern* sein –
Gestern war *heute morgen* –
Übermorgen wird *heute vorgestern* sein –
Vorgestern war *gestern gestern*!

Wir schwiegen.

»Na und?« brach Julia die Stille.

»Warum quälst du dich?« fragte ich Lotte.

»Ich will! – Ich will nur ihn!« – Lotte schnitt eine Grimasse. Sie habe Briefe verfaßt und wieder verworfen, Beschreibungen, wie sie am See liege und ans andere Ufer schwimme, was nicht gestimmt habe, nur um die Ausmaße irgendwie anschaulich zu machen, zu zeigen, wie sehr und unendlich und unbändig (hoffnungslos) sie ihn liebe, daß ihr keine Anstrengung und nichts zuviel Aufwand sei. Aber er würde es falsch verstehen, davon ausgehend (natürlich!), daß eine Schülerin ihm ihre Verliebtheit in ihn als Professor gestehe, während sie, Lotte, ihm doch keineswegs als Schülerin schrieb und nicht den Lehrer in ihm liebte, sondern seinem Menschsein, der *Lebensweise*, total verfallen war, ihr verfallen war, beinahe unmerklich, ohne ihr Wissen. Sie habe sogar dumm gefunden, wie er in der allerersten Stunde als Lateinprofessor vor die Klasse getrampelt war und, anstatt sich vorzustellen und als der und der zu erkennen zu geben, gleich mit einem völlig unverständlichen und verwirrenden Wort und Lateinvokabel begonnen hatte, die Schüler vor den Kopf zu stoßen, sie zu enervieren, die weder mit dem neuen Gesicht noch mit dem von dem Gesicht gesagten Wort etwas anzufangen gewußt hatten. – Darauf habe er sich von der Schülerverblüffung ab- und der Tafel zugewandt und mit Kreide das Wort aufgeschrieben und darunter die Antwort auf das Wort, die die Schüler nachzusprechen hatten. So ging es die ganze erste Lateinstunde mit *Salve* des Lehrers einerseits und *Salve magister* des Schülerchors andererseits hin und her, ohne irgendeine Ahnung von dem, was Latein wirklich bedeutet, zu geben. Nach Hunderten *Salves* verschwand der Magister wieder, und es war um Lotte geschehen, um die damals knapp zwölfjährige Lotte. »Lotte, was ist mit Peter?«

Peter, Lottes Seelentröster, den sie verschmähte und peinigte, wie wir unsere Seelentröster und *Schatten* als Ausgehvorwände mißbraucht und mit allem Üblen an uns beschmutzt und mit Füßen getreten und mit Lügen zerhackt hatten, bis sie uns fallen ließen und begruben, wie Lottes Peter sie eines Tages fallen lassen und für immer begraben würde, wenn sie zu alt für ihn geworden wäre. »Mich ekelt vor ihm!«

Lotte denkt, ewig das makellose Kind zu bleiben, das alles frei heraussagen und in jedermann eindringen kann, ohne sich zu verletzen, meinten wir, uns zurückziehend. Julia war auf dem Weg zu ihrem Sohn; man hatte einen Arzt geholt. Ich wartete unter der Holzstiege und hörte von Hitze und keiner Sorge reden. Als ich nach oben kam, erfüllte den Raum ein starker Zigarrengeruch. »Keine Angst«, beschwichtigte Julia unsere bereits halb um den Verstand gekommene Mutter, die unaufhörlich eine Hand auf die Kindesstirn hielt, wie um jede Temperaturveränderung mitzuverfolgen, »das ist die Hitze! – Kein Wunder in diesem Holzhaus!« Die Mutter entgegnete, wir seien als Kinder hier fast nie krank gewesen. Ich entfernte mich.

Die Bäume standen wie immer, als hätten sie all die Jahre auf mich gewartet. (Als Kind verabschiedete ich mich mit Küssen von ihnen.) Oben beim Lager fand ich Lotte, die früher von uns lieber bei unserer Mutter zurückgelassen worden war, der der Lagerplatz daher etwas ganz anderes sein mußte als mir. Sie kauerte, in die Betrachtung eines Zweiges vertieft, in einer der Mulden, die wir mit Holz und Laub umgeben und die entstandenen Gerüste mit Blattwerk und Farn ausgestopft und bedeckt hatten. Neben ihr lagen Papier und Filzschreiber. Plötzlich redete sie, sprach immer wieder die Worte: »Bitte komm und sei da – bitte komm und sei da ...« Ich wollte umkehren, um sie nicht bloßzustellen, doch schon hatte sie mich bemerkt. Ich machte den Mund auf, ich weiß nicht, ob erschrocken, schloß ihn wieder und rannte los. Lotte mir nach. Wir liefen, liefen um unser Leben, um alles zu Erreichende, wie es schien, um das Unerreichbare. Ich durfte nicht eingeholt werden, nicht von Lotte als Verfolgerin. Es ging bergab. Felsstücke sprangen aus der Erde, weite Moosflächen wie Kissen und Decken, Flechten, Heidelbeeren, immer wieder Gras. Ich trat auf Pilze, sprang über einen Bach. In dieser Sekunde war Zeit genug, die Kneippbäder zu fühlen, überlieferte sogenannte Roßkuren des Großvaters von Vaterseite, der, ein hartgesottener Volksschuldirektor (und übrigens in zweiter Ehe mit einer seiner Schülerinnen, der Großmutter von Vaterseite, verheiratet), immer wieder auf allein unternommenen Pirschgängen durch die obersteirische Waldlandschaft zu jeder nur denkbaren Jahreszeit in Versuchung gekommen sein soll, sich der Schuhe und Strümpfe zu entledigen, das Gewehr auf die Seite zu stellen und, von dem eiskalten Wasser zwischen den Zehen noch mehr in den Bann gezogen, sich schließlich ganz zu entkleiden und in seiner vollen Länge in den Bach zu legen und im Hochgefühl der seinen Körper von unten nach oben und vom Haaransatz bis hinunter zu den Füßen durchströmenden und angenehm inwendig zum Flackern bringenden Kälte, wieder aufzustehen und in die Kleider hineinzuschlüpfen, erwärmt. An diese uns von ihm erzählten Kneippbäder unseres Großvaters mußte ich denken, während ich auf der Flucht vor Lotte über den Bach sprang, alle aufgezählten, aneinandergereihten, in Sätze verpackten Mittel zur Beschreibung und Wiedergabe des Kaltwasserunternehmens des Großvaters waren mir in kürzester Zeit zur Verfügung. Unseren mir nie wirklich nah gewesenen und in meinem dreizehnten Lebensjahr an Altersschwäche verstorbenen Großvater wirklichkeitsgetreu vorstellen konnte ich mir natürlich nicht und werde es nie können, aber denken konnte ich es mir, im Denken spüren. Nicht wirklich und wahrheitsgemäß vor mir haben, anders, in der Blitzsekunde, die sich in das mit ganz anderen, gegenwärtigeren Dingen beschäftigte und von ihnen zerzauste Gehirn einschnitt, *klar denken*. Der Großvater ist, wenn man es genau nimmt mit dem, was man für wahr nimmt, nicht an Schwäche, er ist an Unterernährung gestorben, so unmöglich es sich anhört, empörend, so ist er doch mitten in Österreich und wohlgemerkt freiwillig an Hungersnot gestorben, was nicht ganz zutrifft, weil er nicht mehr unter Hunger litt, aber nichts mehr zu essen bereit oder fähig war, weshalb man sagen kann, daß er den freiwilligen und unfreiwilligen Hungertod starb, da man im nachhinein nicht mehr in Erfahrung bringen kann, ob er, in seinem hohen Alter tatsächlich lebensmüde, aus freien Stücken Nahrung aufzunehmen aufgehört hat oder und aus Altersschwäche, und sollte letzteres zutreffen, so wäre auch wahr, daß er den Alterstod starb, der da heißt, Altersschwäche verbunden mit hartnäckigem Hungerstreik bis zum Ende. Als ich mich auf einem Föhrenhang über dem Jakele umdrehte, war keine Lotte da. Als hätte ich mir die Verfolgungsjagd nur eingebildet, stand ich enttäuscht statt erleichtert auf dem Hang mit Aussicht auf den Bauernhof.

So jäh und schnell zu laufen hatte mich an Verfolgungsjagden mit unserem Bruder erinnert, die diese Wälder zum Schauplatz gehabt hatten, durch die ich jetzt vor Lotte auf der Flucht gewesen war. Und seltsam und geheimnisvoll vermischte der unveränderte Schauplatz die Einflüsse und Gefühle von damals und von jetzt, so daß ich am Ende, so erklärte ich es mir auf meiner Anhöhe atemlos, am Ende vor der Erinnerung an den Bruder davongerannt war, daß Lotte nur Symbol der furchtbaren Treibjagden von damals gewesen und ich einer Täuschung zum Opfer gefallen war. Ich setzte mich ins feuchte Gras und kümmerte mich nicht um das Ungeziefer. Ich bohrte meine Finger in die Erde. Es war Lotte gewesen, nicht unser Bruder. Hätte ich Lottes Zettel gehabt, zwischen schwarzen Bäumen hindurchschauend, auf das unterhalb im Sonnenlicht strahlende Gehöft mit Scheune und Traktor und einer fingerspannkurzen Figur, die auf den Fahrersitz kletterte, vielleicht hätte ich, wie sie, geschrieben:

Die Gegenwart der Menschen ist die Vergänglichkeit:
Die Blütezeit der Eltern ist die Vergangenheit der Kinder.

Als ich zurückkam, gab es Abendessen. Alle bis auf Lotte saßen um den altdeutschen Tisch, die Mutter litt unter Appetitlosigkeit, aus verschiedenen Gründen, zum einen war das im Schlafsack heruntergeschleppte Kind noch immer nicht fieberfrei, zum anderen sah sie Lotte ermordet im Wald und uns alle um ihr Grab versammelt. »Iß etwas!« mahnte unsere Großmutter. Sie war noch immer naturblond und zog mit viel Diplomatie, worin sie es in ihrem Leben zur Meisterschaft gebracht hatte, weil sie im Durchsetzen ihres Willens die Größte und dabei Unscheinbarste und Unauffälligste war, die Fäden unseres Familienapparates und seiner Auswüchse. »Wie war das noch?« fragte Monika, einen Bissen verschluckend, und ich verstand nicht, worauf sie hinauswollte, mitten in ein Gespräch geraten, dessen Ausgang nicht absehbar war. Auf Monikas Frage, die an unsere Großmutter gerichtet war, wurde nicht eingegangen. Verbittert kaute die Ansprochene an einem Salatblatt und warf unserer Mutter Blicke zu. Unser Bruder führte den Vorsitz und öffnete mit der Geige eine Flasche mit gelbem Saft. – »Schmeckt bestimmt scheußlich«, rutschte mir heraus. Der Bruder goß in sein Glas und trank. Er kniff die Lippen zusammen, verdrehte die Augen und sagte: »Vergoren!« – »Es hat sich also nichts geändert im Apfelsaftherstellverfahren unserer Großtante«, sagte Julia. Wie sprachen über die Großtante: wie sie mit hundertprozentiger Sicherheit dies und jenes auszusetzen hätte, wäre sie anwesend. Daß das Wort *Großtante* ein unheimliches Gewicht verkörpert habe in der Kindheit, sagte der Bruder. *Großtante* war ein Wort mit einer grauenvoll lauten Stimme; das Lachen unserer Großtante, das selbst durch Doppeltüren zu Hause, in der Stadt, zu hören war, machte ihr keiner nach, es ergoß sich wie auf geheime Handzeichen des Großonkels, dessen Gedächtnis sie spielte, dessen Zuhörerin und dessen von ihm in Gesellschaft erzählten Anekdoten aufmerksam lauschende und Applaus zollende stets wache und beanspruchbare Zeugin sie gewesen war, wie ein Platzregen und begrub alle anderen Stimmen unter sich und schloß wie ein Donnerschlag, wie das Einsetzen eines längeren schweren Gewitters. Mit ihrem Gelächter hatte unsere Großtante uns Kindern Angst gemacht, kamen wir überein; später, daran gewöhnt, hatte es uns nichts mehr ausgemacht, wir hatten gelernt, es einfach hinzunehmen, es gehörte in die Folge von Wortmeldung unseres Großonkels, kleiner Einmischung der Großtante, Fortführung der Rede des Großonkels, als abschließender Höhepunkt hinein wie die Rosinen in den Kuchen, die wir als Kinder genauso wie dröhnendes Lachen verabscheuten und jedermann im Falle eines für uns gedachten Backwerks anhielten, die Rosinen zu vergessen, was unsere Großtante niemals befolgt hatte, weil für ihre Begriffe ein Kuchen ohne Rosinen kein richtiger Kuchen war, so wie für sie eine Wortmeldung unseres Großonkels ohne ihr Gelächter keine gelungene Wortmeldung war und unseren Großonkel unmöglich befriedigen konnte; sie schimpfte jedesmal mit uns, wenn wir die Rosinen herauszupften. Unsere Großtante habe, was dem Großonkel im Erzählen nicht von selbst und sofort eingefallen sei (für gewöhnlich handelte es sich um Reiseberichte), auf Abruf zu wissen gehabt, und habe sie den einen oder anderen Orts- oder Berg- oder Fluß- oder Insel- oder Gebirgsnamen nicht auf der Stelle parat gehabt, habe nicht viel dazu gefehlt, den Großonkel damit aus dem Zimmer zu vertreiben, belustigte sich unser Bruder zum Ärger unserer Mutter und Großmutter jetzt, und der Großonkel habe sich in einer Ecke mit der Manschette den Blutdruck gemessen und dazu immer wieder gemurmelt, wozu fährt man denn überhaupt weg? – Das Wort *Schreckensregiment* wurde gebraucht. Das Wort *Vorhangstange*. Unser Bruder verschwand mit dem Glas in der Küche, und wir hörten, wie der Apfelsaft in den Ausguß rann. – »Wer könnte sie suchen?« fragte unsere Mutter mit aufgerissenen Augen über den Tisch. Die Großmutter, die sich als Älteste stets angeredet fühlte, glättete vorbereitend ihre Schürze. *Zu Hause*, einerlei, wo das gerade war, kaum daß sie sich irgendwo heimisch fühlten, trennten die Frauen sich nicht mehr von ihren Kleiderschürzen, die sie jeden Tag trugen wie Uniformen und nur abends mit dem Nachthemd vertauschten und morgens wieder hineinstiegen und sie einmal in der Woche wuschen und solange im Unterkleid blieben. »Hab Vertrauen!« riet Julia; das sei von jeher unserer Mutter gröbster Fehler gewesen, in keine von uns

Vertrauen zu setzen und uns so ungewollt zu den *Verbrechen* indirekt sogar anzustiften. »Bei deinen Lügen! Was du mir geliefert hast!« – Die Mutter war, während Julia noch am Wort gewesen war, vor Anspannung aufgesprungen. Sie begann, auf und ab zu rennen und dabei zu fuchteln und an die *Stücke* zu erinnern, die Julia ihr und dem Vater und unserer Großmutter und, was das Ärgste sei, *dem eigenen Kind gespielt habe*. Sie raste zu der altdeutschen Kredenz. Sie weinte in eine Papierserviette. Sie rannte aus dem Haus. Wir hörten, wie ihr Absatz das Gitter des Türsockels streifte, was wie Anschlagen eines Holzzaunes mit einer Eisenstange klang. Wir hörten sie nach oben trampeln und oben wie tot auf das Klappbett sacken.

Wir hörten Schluchzen wie Kichern durch den Plafond, als ob den wahren Geräuschen Pölster über den Mund gelegt wären. Die Großmutter räumte den Tisch ab. Mit schrägen Seitenblicken in unsere verdüsterten Mienen nahm sie uns alles, Stück für Stück, wovon wir noch lange nicht gesättigt waren. Ich fischte mir rasch ein Blatt Extrawurst vom Teller, ehe ihre wütende Hand ihn mir wegzog. Unser Bruder hatte mit einem Ruck die unterste Schranklade aufgemacht. Es waren unsere Federballschläger und Federbälle, die Springschnüre und Spritzpistolen und die Puzzles darin. Unsere. Unsere Sachen. »Ich denke, du bist nicht sentimental?« provozierte Julia, die sich unserer Mutter wegen irgendwie Luft machen mußte. Der Bruder grinste: »Alles hin!« Er wog einen zerschlissenen Federball auf der Hand wie zum Zeichen der Zerstörung, die an allen Ecken und Enden ihr Werk begonnen hatte. »Daß sich niemand zum Wegwerfen dieser Dinge gefunden hat!« – Unser Bruder warf den Federball zurück in die Lade. So schnell, wie er immer aufsteht und sich verändert, stand er auf und veränderte sich und fuhr sich durchs dunkle Haar mit dem Seitenscheitel aus der Urzeit seiner Kindheit und bemerkte mit seinem achtundzwanzigjährigen Knabengesicht: »Früher wäre ich jetzt bestimmt Radfahren gegangen ...« Wir schwiegen. Ich wollte vorschlagen, Tischtennisspielen zu gehen, als unsere Großmutter dazwischenfuhr: »Ich halte euch nicht aus, wenn ihr so beisammensteht!« Sie ruderte mit nackten Armen.

»Wir tun ja gar nichts«, sagte Julia.

»Merkt ihr denn nicht, was los ist?« Unsere Großmutter stierte wild auf uns vier. »Was ist denn los?« fragte Julia. »Dummes Luder!« sagte unsere Großmutter und puffte sie in die Seite. »Selbst dummes Luder!« rief Julia und floh ins Freie. Unser Bruder kicherte schadenfroh (wie er immer gekichert hatte in unserer Kindheit, bloß hatte uns dieses Kichern damals betroffen gemacht, während es uns jetzt nichts mehr anhaben konnte) und folgte der schimpfenden Großmutter in die Küche, um sie weiter für sich zu gewinnen. Monika sah mich flüchtig an und ging zur offenen Terrassentür hinaus. Das Licht hing wie ein schräg fallender Vorhang oder ein durchsichtiges Tuch von draußen herein und musterte Boden und Teppich. In dem Strahl tanzten Mücken und Staub um die Wette. Die klare warme Luft verlieh dem Zimmer eine eigenartige, aus der Kindheit bekannte Stimmung, als lebte es und atmete mit der Haut der Möbeloberflächen. Ich ging durch die Haustür hinaus, um niemandem zu begegnen. Nicht einmal der Anblick der vertrauten Hausberge, die ich soundsooft gemalt hatte, war mir willkommen. Ich spazierte zum Lagerplatz und hörte nichts als die zu einst so anderen Schritte mit ihrem hohlen Klang, redete mit meinen Bäumen und war davon überzeugt, Lotte höre mir zu.

Gegen dreiundzwanzig Uhr erschien sie im stärksten Gewitter. Das Bild, das sie unserer Mutter bot, war schockierend und erinnerte in allen Einzelheiten an uns. Barfüßig, an Waden und Armen schlammverschmiert, als habe sie sich in Pfützen gesuhlt, um die Augen rotverweint, mit Lippen, die von Regen überströmt waren und, als sie das Zimmer der Mutter betrat, immer noch überliefen, was den Eindruck von Speichel erweckte. Mit einer Schramme quer über das ganze bebende Gesicht stand sie mit einemmal in der Tür und bat darum, fortziehen zu dürfen. Sie schluckte stotternd die Hälfte der Silben hinunter, erstickte vollständige Wörter zu unserem Entsetzen und Staunen in sich über den ganzen Körper ausbreitender Verzweiflung in Tränensturzfluten, daß unsere Mutter für sie als Mutter ausgeschlossen, unmöglich, undenkbar sei, es daher besser wäre, sich in Frieden zu trennen als sie in den Selbstmord zu treiben, so Lotte.

Nichts habe es mit ihrem Alter zu tun, falls man ihr wieder mit Trotzphase und Pubertät kommen wolle, kein Mann sei im Spiel, gar nichts, bloß sei ihr dieses Leben unerträglich, und wenn sie nicht jetzt gleich und auf der Stelle, heute, damit aufhöre und es beende, wenn sie sich gegen unsere Mutter als Autoritätsperson und Vormund, dessen Leibeigene sie nicht länger sei, nicht durchsetzen könne, bliebe ihr nichts anderes übrig, als ihr Sterben noch deutlicher zu machen.

Unsere Mutter horchte auf: »Du willst uns verlassen? Ja, bist du verrückt? Eine Fünfzehnjährige?« Sie stieg aus dem

Bett, deckte das schlafende Kind besser zu, fuhr in ihre Pantoffel und nahm den Schlafrock von dem Bügel am Schrank. Während sie hineinschlüpfte, murmelte sie etwas. Hinunter! – deutete sie an. Im Wohnzimmer fand sie in die gewohnte Lautstärke. Ihre *Was bildest du dir eigentlich ein, Fratz* und *du Miststück* und *Nichts geleistet im Leben* und ihre *Drecksweiber*beschimpfungen in äußerster Wut und in ebensolchen äußersten Notlagen kannten wir, Lotte ließ sie über sich ergehen. Unsere Mutter schwenkte um. Lotte von allen Seiten begutachtend, sich vermutlich ihrer Schwangerschaft mit ihr erinnernd oder einer Episode aus ihrer Kindheit: »Warum kommen wir denn nicht –?« – und: »Du weißt doch, wie lieb ich dich –?« – verzweifelt: »Du bist doch mein Kind!« – Lotte, die Jugendliche, konnte mit alledem nichts anfangen. Sie sah nur sich, steckte in brennenden Augenblicken, bildete sich dieses Brennen ahnungsvoll ein, während bei uns bereits alles wieder zu Asche zerfallen war, bei ihr brannte noch nichts, doch sah sie es voraus, war nicht dumm; kindlich, aber nicht dumm; besaß so etwa die Fähigkeit, die Zukunft abzuschätzen und hatte hier wohl von der momentanen und nur sie selbst betreffenden, weil einzig und allein ihr verständlichen Ausweglosigkeit auszugehen, einer ihre Seele und ihren Kopf noch viel mehr verfinsternden, was ihr schon gar nicht einleuchtete, den unerreichbaren Lateinprofessor betreffend, auf den sie die Hoffnung nicht aufgab, nicht aufgeben konnte. Von überallher umzingelt und zusätzlich von Unverständnis und Vorurteilen sowie Sanktionen unserer Mutter erdrückt, dachte sie nicht mehr daran, sich um etwas anderes als um ihre Verzweiflung und Verheerung zu kümmern und wollte weg, anscheinend auf der Stufe, auf der man es sich mit sich woanders hoffnungsvoll denkt. Sie machte sich keinerlei Vorstellungen vom Wegsein, sie dachte sich einfach das Fortgehen und Verschwinden als Lösung und Befreiung aus. Sie irrte, und das wußten wir. Sie hatte den Punkt der Selbstausuferung und totalen Selbstüberhebung erreicht und vielleicht schon überschritten. Schlagartig war sie eine andere als Lotte, das Kind. Sie war nicht mehr Lotte, das Kind, unsere Mutter schrie und schimpfte mit einer Unbekannten. In dieser Nacht entglitt unsere jüngste Schwester unserer Mutter für immer. Der Stadtpark sei ihr Elternersatz, erkärte Lotte, dort unter einem Baum zu sitzen, beruhige sie, mit sich allein, was ihr die Mutter in ihrem Zimmer nicht ermögliche, den Kopf hineinsteckend und sie verdächtigend. Das ewige Mißtrauen ertrage sie nicht mehr. Unsere Mutter lachte künstlich auf. »Ha!« rief sie aus, »das sagst du mir jetzt nach Südtirol ...!« »Hör auf!« mahnten wir, worauf unsere Mutter noch lauter und drohender wurde und uns jetzt in die Beschimpfungen einbezog. Lotte hatte recht, wußten wir, und deshalb mußte man sie zum Schweigen bringen. Auch wir hatten lang und vergebens aufbegehrt bis zum natürlichen Verstummen. Was hatten wir gedacht, was dachte und erwartete Lotte, – Besserung vielleicht –, oder daß unsere Mutter sie aufgab, alle Jahre ihrer Aufzucht und der in sie gesetzten Hoffnung vergaß? – Das war doch nicht möglich! Ebenso unmöglich schien uns, Lotte zur Vernunft zu bringen, auf direktem Weg in die Verstellung hinein, was sie möglicherweise gerettet und vor Erfahrungen wie den unseren bewahrt hätte. Lotte schrie: »Du merkst nicht, was du mir antust, wenn du mich nicht vergißt! Vergiß mich! Bitte vergiß mich doch!« Sie spie eine nasse Haarsträhne aus, unbekümmert um ihr Aussehen. Unsere Mutter holte mit der

Hand aus und versetzte Lotte in rascher Abfolge mehrere Ohrfeigen. Gerade als wir das Theater für überstanden glaubten und hinaufgehen wollten, die gerötete Lotte in unserer Mitte, nahm unsere Mutter die Gelegenheit wahr, aus Lotte einen anderen als den gar nie erwähnten der Flucht, einen plausibleren, unserer Mutter einleuchtenden Anlaß für ihren späteren Auftritt zu entlocken. – »Ich war bei niemandem, nein!« beteuerte die jetzt endgültig zerschlagene Lotte; unsere Mutter bestand auf Schwüren, nannte ihre jüngste Tochter *läufig* und gab erst nach, als die wieder in sich zusammenfiel. Mit vereinten Kräften schafften wir die Erschlaffte nach oben. Die Fähigkeit, urplötzlich, von einem Moment zum anderen, einer Begebenheit den Rücken zu kehren und einzuschlafen, war uns abhanden gekommen. Und Lotte schlief auch nicht wirklich, sie tat nur, als schlafe sie, und tat vor sich selbst so, als glaube sie daran.

Julias Sohn hatte mit vier Jahren eine Vorliebe für Kalender und entwickelte mit der Zeit und durch das wochen- und monatelang tagtäglich betriebene, eingehende Studium von Kalendern verschiedener Jahre die Fähigkeit, die uns erstaunte, auf Abruf binnen weniger Sekunden den dazugehörenden Wochentag zu einem beliebig genannten Datum zu wissen. Jeden Morgen fanden wir ihn über Kalender und über Naturbücher gebeugt, die ihm gleichermaßen stapelweise beschafft wurden, wie er Tier-, Pflanzen-, Mineral- und Baumnamen sowie Wolkenbezeichnungen und Gewitterumschreibungen bestimmten Tagen zuordnete. Manchmal machte Julia ihm die Freude, die zugeordneten Begriffe unter die jeweiligen Tage zu schreiben. An dem Abend des Gewitters über Latschach, als Lotte auf ihrem Bett lag und weinte und wir im anderen Zimmer der Mutter zusahen, bis sie uns verscheuchte und die Decke höher über den Schlafsack des Kindes zog, kündigte unser Bruder seine unmittelbar bevorstehende Abfahrt an: Er war, nachdem er die Szene mit Lotte oben und unten und dann wieder oben verfolgt hatte, ohne nähere Erklärung die Stiege hinuntergegangen und hatte sich ins Auto gesetzt. Wir anderen folgten ihm.

»Warum jetzt?« fragte Julia.

»Bleib noch«, baten wir.

So sehr er uns gequält und in unergründlichen Wäldern alleingelassen und, jäh hinter Gebüsch hervorspringend, durch den Schreck halb um den Verstand gebracht hatte, dennoch liebten wir ihn und fürchteten die Zeit in Latschach ohne ihn, die Erinnerung in ihrem Feuer. Er hatte uns mit Gräsern gepeitscht, als wir, von Niesanfällen geknickt, mitten in der ärgsten Phase unserer Heuschnupfenallergie auf dem Weg zum Jakele gewesen waren, hatte uns überredet, den Käfig eines unserer inzwischen eingegangenen Kaninchen einfach aus dem dritten Stock in den Hof hinunterzuwerfen, anstatt ihn mühsam über die vielen Treppen zu tragen, und als der Käfig verbeult war, über unsere Gutgläubigkeit gelacht, und später wieder, als unser Vater uns ausschalt; als sehr kleinen Kindern hat er uns weisgemacht, in der Bewegung erstarrt und eine Fratze schneidend, nie unser Bruder gewesen zu sein, sondern, was uns in Panik versetzte, ein Geist; uns durch ihn zugezogene und auf Lebenszeit wie Fesseln an uns gelegte Enttäuschungen verwanden wir nie, wie die allererste uns ins Gedächtnis gegrabene: Unsere Mutter untersagt uns, so wie sie, unser großer Bruder und Julia aus dem Eierbecher das weichgekochte Ei zu essen, es aus der Schale zu löffeln, daraufhin weinen wir über die Verdammung, unsere Eier aus ihren Schalen herausgelöst aus Näpfen essen zu müssen, da überläßt uns unser Bruder seinen Becher samt Ei. Wir danken ihm geschmeichelt für seinen Großmut und schlagen die Schale mit dem Löffel auf – nichts ist darin, die Schale ist leer, unser Bruder hat sie mit der geöffneten Seite nach unten in den Becher gesetzt, wir trauern.

Aus einem Streit verschwand er unter Androhung eines Sprunges von der Terrasse unseres dreistöckigen Hauses. Als wir ihn länger vermißten, er war etwa dreizehn Jahre alt und wir entsprechend jünger, hielten wir Nachschau und sahen ihn von der Terrasse aus auf dem Beton des Vorhofs liegen. Wir rasten hinunter und fielen vor unserem blutüberströmten und reglosen Bruder auf die Knie. Wir rüttelten ihn und schlugen auf ihn ein, als er plötzlich die Augen aufschlug und sich die rote Marmelade abwischte und uns verspottete. Als ob uns mit einem schnellen Zug die Haut über den Kopf gerissen worden wäre, empfanden wir es. Die Abwesenheit unseres Bruders könnte die Erinnerung aus dem Hintergrund ziehen und uns zu ihren Opfern machen, fürchteten wir, und ebenso wie das Gefühl des im Bach badenden Großvaters im Bruchteil einer Sekunde wachgerufen worden war, genauso unversehens tauchten die durch unseren Bruder verursachten Schmerzen aus unserer ihm ganz und gar ausgelieferten Kindheit auf, Bilder und Eindrücke und Gerüche, wie er als viel Älterer gegen uns vorgegangen ist und uns in Gewissenskonflikte brachte, wenn die Stoffelefanten, die wir wie unsere Kinder, als die er sie uns auch nahegebracht hatte, liebten, auf Befehl unseres Bruders ihre Selbstmorddrohung wahrmachten und sich vor unseren Augen am

Rüssel zogen und leblos umkippten, losgelassen von seiner Hand. Wir weinten deswegen, und weil keine von uns die Macht hatte, sie wieder ins Leben zu rufen; wir konnten zwar die quietschende Stimme nach dem Vorbild unseres im Stimmenmachen brillierenden Bruders einigermaßen imitieren, waren jedoch nicht imstande, die Eigenheit ihres Wesens den Elefanten einzuhauchen, und daher vollkommen abhängig von Gunst und Gnade unseres Bruders, der die Elefanten leben und sterben ließ, wie es ihm beliebte. Befolgten wir eines seiner Gebote nicht oder wurden im Befolgen nachlässig, erfolgten sofortige Sanktionen wie Liebesentzug durch die Elefanten und Rüsselselbstmord, oder aber die Elefanten verwandelten sich in Bestien und rammten uns an der Hand des Bruders ihre Hinterfüße in den Bauch, versetzten uns Kinnhaken, hackten mit voller Wucht mit den Köpfen auf uns ein und zogen uns ihre nach Reparaturunterfangen mit Klebstoff verhärteten Zungen übers Gesicht und ähnliches; so sind wir einesteils unseres Bruders überdrüssig gewesen und verwünschten ihn, zum anderen benötigten wir ihn, um das, woran wir glaubten, dazu zu bringen, sich mit uns zu befassen, um *Mütter* zu sein ...

»Fährt er wirklich bei dem Wetter?« fragte Monika.

»Ich glaube«, erwiderte Julia.

Ich deutete dem Bruder durch die Frontscheibe den Rüsselselbstmord an. Und wirklich ging durch ihn ein verständiges Zucken, er ließ den Motor sterben und stieg aus.

»Was willst du?« fragte er.

»Zieh dich nicht aus der Affäre«, sagte Julia.

Als er weg war, berichtete sie, daß er immer noch alle Elefanten (insgesamt sechs) in seinem Bettzeugraum zu Hause habe.

»Wirklich?« Monika und ich waren darüber verblüfft.

»Ja«, sagte Julia, »aber nicht kreuz und quer reingeschleudert, sondern fein nebeneinandergelegt und zugedeckt«, – jeder habe sein eigenes Kopfkissen, sie trügen die Strampelhosen von einst. Er glaubte wohl immer noch, daß sie leben.

Und wir glaubten das auch.

Anderntags war Julias Sohn von dem Fieber geheilt. Anstatt im Sand vor dem Haus zu graben, wie wir es in diesem frühen Alter am liebsten an heißen Tagen, wenn aus irgendeinem Grund das Baden nicht möglich war, getan hatten, unter dem eigens dazu hinter den Sandhaufen geschafften Sonnenschirm, hielt er über einem Buch über Giftpilze auf der Treppe aus, zu dem er Kalenderseiten umblätterte. Unsere Mutter kam abwechselnd von oben und unten und befühlte seine Stirn nach der Temperatur, schob ihm Kissen unter, ergriff seine Hände, strich ihm durch das Haar, tätschelte im Vorbeigehen seine Wange, schrie vor Verzükkung über sein philosophisches Dasitzen und war in Wahrheit enttäuscht darüber, brachte das Kind immer mehr mit widerlicher Zudringlichkeit und zudringlicher Fürsorglichkeit, ihm Sonnenkappen aufzwingend und sie durch einen Sonnenhut unserer Großmutter ersetzend, der auch noch die Ohren überschattete und besser schützte gegen das von ihr wie nichts anderes im Sommer gefürchtete Sonnenlicht, die ihr widerwärtig Angst einjagenden Sonnenstrahlen, gegen ihre hirnlose Vorgangsweise und die tatsächlich darin verborgene Hilflosigkeit und Lebensangst auf; das Kind scheuchte unsere Mutter, seine Großmutter, mit zum Lachen reizenden Handbewegungen weg, sobald es ihren Schritt vernahm und ihren Schatten auf sich spürte, und gab ihr, als sie sich um einen Kuß hinunterbeugte, eine klatschende Ohrfeige, worauf sie, ein letztes Mal seine Stirn befühlend, wie beleidigt, doch zu uns auf die Seite grinsend, als dürfte nur das Kind es nicht sehen, daß sie die Züchtigung nicht ernstnahm, abzog. – »Ist sie wahnsinnig?« fragte ich Julia. Julia nickte. Monika sagte, sie glaube, unsere Mutter sei nichts anderes als lebenstüchtig, ihr uns als Wahnsinn erscheinender Lebensgeist habe sich gegenüber unserem gar nicht mehr vorhandenen und im Grunde doch auch nie losgelassenen millionenfach bewährt, unsere Mutter sei *lebensgewandt*, das mache sie zu einer Verrückten und unglaublichen Naturkatastrophe für uns. »Lebensgewandt!« – Julia lachte spöttisch. Was sollte das heißen! Sie fuhr sich durch ihr gebleichtes und strohiges Haar. »Gehen wir näher darauf ein«, schlug ich vor.

»Aber ich möchte doch wissen ... wie kommt das ... bei so einer Herkunft ... bei dieser Frau als Mutter ...!« – Monika tippte sich mit dem Finger zwischen die Augenbrauen.

»Du willst das wissen; ich nicht!« – Julia verschwand hinters Haus, zu Lotte, die dort bei ihrem Kaninchen saß. In dem eingezäunten Rasensechseck hatte es etwas Auslauf. Mit dem Kaninchen trieb Lotte einen Kult und wurde hysterisch, wenn in Gegenwart des in einem Handbuch über Zwergkaninchen als lärmscheu beschriebenen Tieres etwas lauter gesprochen oder gestritten wurde. Auf der Herfahrt hatte sie es in einer von unserem Vater zusammengezimmerten Kiste zwischen den Beinen gehabt und, je nach Sonneneinfall, ein Tuch über die Kiste gehalten, so daß es immer Schatten bekam. Das Kaninchen war so stark überfüttert, daß es schleimigen Kot absonderte, neben Gemüse und anderer erlaubter Nahrung genehmigte Lotte ihm Anteile an Süßigkeiten, Eis und Schokolade; sein Kot verklumpte und verkrustete, und Lotte ging alle paar Monate zusammen mit unserer Großmutter väterlicherseits mit der Schere, nach längerem Einweichen des Kaninchens, an die Entfernung des Kotballes, der sich aber rasch wieder nachbildete. Für das weiße Kaninchen nahm sie viel auf sich. Sein Tod stand kurz bevor, wir waren auf das Schlimmste, auf noch nie dagewesene Entgleisungen gefaßt. Uns war noch das Inferno des Familienlebens wohlbekannt, nachdem unsere weißen Kindheitskaninchen plötzlich tot in ihren Käfigen gelegen waren nach längerem Siechtum, mit am Ende steif gewordenen Pfoten und appetitlos, starre weiße Felldinger – nicht anders als die Vögel in den Latschacher Vogelkammern –, unsere die Kindheit hindurch vergötterten liebsten Wesen, zu uns ins Bett genommen, mit welchen wir geredet, geschlafen, geschmust hatten, widerlich ausgestreckte und vereinsamte Kadaver, Bälge; das alles stand Lotte kurz bevor, wir sahen es bereits an der verkrüppelten Vorderpfote und der von Tag zu Tag abnehmenden Lebenslust des Kaninchens, Lotte mochte es fühlen, war aber nicht bereit, es sich auszudenken, ein Leben ohne ihr Kaninchen war noch unvorstellbar und vollkommen fremd für sie; als ob uns ein Körperteil abgeschnitten worden wäre, hatten wir damals empfunden und die toten Pelzdinger nicht mehr angerührt und das Wegschaffen und Vergraben unserem darüber verärgerten Vater überlassen, durch ein hofseitiges Treppenhausfenster heimlich beobachtet, wie er die Grube aushob, zu seinen Füßen den Käfig mit dem weißen Fleck; uns allen, jeder von uns, war es zu dem Zeitpunkt der Erkenntnis des endgültigen Gestorbenseins ihres Kindheitskaninchens gleich elend zumute gewesen, wir waren zugrunde gerichtet gewesen und verstört und vereinsamt und hatten mit unseren Kaninchen den allerletzten Bezugsfaden zum Leben verloren, mit dem Kaninchentod war er uns abgerissen. In das Fell unserer Kaninchen hineinzuriechen war das Schönste gewesen, Geschmack nach Heu und Liebe. Ein wärmender und dabei frischer Duft. Sättigung. Ohne unsere auf uns zuhoppelnden Kindheitskaninchen waren wir keine Menschen mehr wie mit Kaninchen. Wir waren andere darauf. Beim Tod meines Albinokaninchens, bei dessen Säuberung mir unsere auch im Schlachten von Kaninchen von früher und aus der Bauernhofzeit kundige Großmutter väterlicherseits als einzige in der Verwandtschaft hilfreich war und sich scheinbar vor nichts ekelte, alles mit grobem Verstand aufnahm, sie konnte ich mir am allerwenigsten von allen Menschen beim Beischlaf denken, war unser Bruder mit der Nachricht vom Tod aus der Küche gekommen und hatte die letzte Polaroidaufnahme meines geliebten Kaninchens, wie es auf einem Sessel seinem Spiegelbild gegenüberhockte, im Schwung zu mir geworfen; als ich das Foto vom Boden aufhob, fing er wie üblich an, schadenfroh loszukichern, das Bild war durchbohrt, genau durch den Leib meines Tieres hatte der Bruder eine Nadel getrieben, ich schrie sofort auf und heulte und verließ, bis der Kadaver hinausgeschafft war, das Zimmer nicht, schlagartig bedrängt und verängstigt von der Gegenwart des Todes in der benachbarten Küche. Ebenso erging es mir übrigens, nachdem unser Großvater gestorben war. Wir waren zu einem Diavortrag bei unserem Großonkel in dessen am Stadtrand im Grünen gelegenen Haus zu Besuch gewesen, nur wir Geschwister, als die Großtante nach einem Anruf Licht machte und, während man auf der

Leinwand noch einen chinesischen Tempel oder Palast sah, verkündete, daß unser Großvater *eingeschlafen* sei. Es war die erste Begegnung mit dem Tod eines nahestehenden Verwandten und mir zu seinen Lebzeiten bekannt gewesenen Menschen. Ich verlangte, heimgeführt zu werden, während die anderen, auch Monika, in den dritten Stock des großväterlichen Wohnhauses in der Mondscheingasse den Toten anschauen gingen; die Kinder- und Enkelschar hatte sich um ihn versammelt und wusch und bekleidete den völlig ausgezehrten und verhärmten Leib. In meinem Zimmer unter der Bettdecke, während Großonkel und Großtante nebenan, auf unsere Eltern wartend, über mich verärgert fernsahen, stellte ich mir den Großvater als jetzt überallhin gelangenden Geist vor meinem Fenster vor und ließ mich nicht von unserem Vater berühren, als er heimkam, weil er die Leiche an seinen Fingern hatte, und sooft ich unsere verwitwete Großmutter besuchte, ekelte mich vor den überall hinterlassenen und in meiner Vorstellung über Möbeln und sogar in der Besteckladе, über Löffeln und Messern und Gabeln glühenden Abdrücken und Lebenszeichen des Großvaters, ich rührte seinen Rasierer und sein Waschzeug nicht an, ich vermutete in jedem in der Wohnung aufgespannten Leintuch als Zwölfjährige, die ich war, das Totentuch und rief mir wiederholt die mir von meinen Schwestern geschilderte Szene der Leichensäuberung und Abholung der Leiche im Sarg ins Gedächtnis. Unser Vater gab dem toten Großvater seinen Gehstock mit. Unsere Großmutter soll *gefaßt* gewesen sein und ihm das Kinn hinaufgebunden haben. Enzian wurde ihm zwischen die gefalteten Hände gesteckt. Im Fahrstuhl des Hauses bildete ich mir Leichenduft ein und sah jedesmal das Bild der Sargträger mit dem Großvaterssarg vor mir, von dem großen Spiegel an der Rückseite des Fahrstuhls verdoppelt. Julia, die später bei unserer Großmutter wohnte, fand in betrunkenem Zustand einen besonderen Reiz darin, in Abwesenheit unserer nächtigenden Großmutter das Sterbebett mit Lokalbekanntschaften umzufunktionieren, was ihr anderntags unverständlich war; nicht bloß einmal fiel unserer Großmutter beim Bettenüberziehen ein verlorener Ohrstecker oder sonst eine Spur Julias in die Hände. Über dem Sterbebett hing ein Christusgemälde, der Herr und die Jünger auf Wanderschaft, ein Wiesenbild, alle mit langen Haaren, zu dem unser Großvater als letztes den Blick aufgerichtet haben soll. Mich hat das Bild immer bloß mit Furcht erfüllt wegen seiner Größe.

Am Nachmittag fand ich Lotte in unserem Schlafraum. Sie war gerade dabei, mit ihrer Pocketkamera von sich selbst eine Aufnahme zu machen. Als ich näherkam, bemerkte ich eine Schwarzweißaufnahme, die sie mit den Zähnen festhielt. Unser Großvater mütterlicherseits in Kriegsuniform, etwa neunzehnjährig.

»Was machst du da?« fragte ich. Der Blitz der Pocketkamera blendete mich.

»Das sieht man doch. Das ist unser Großvater! Und das bin ich!«

Ich begriff nicht, was sie meinte. Der Großvater und sie. Von mir oder Monika kannte ich ein besonderes Maß an Sentimentalität, was jedoch nie so weit gegangen war, daß wir uns in verstorbene Großväter verliebt hätten. Der Vater unserer Mutter hatte sie als lediges Kind gezeugt. Sein Vorwand, mit ihr ein Tennisleibchen von oben zu holen, sollte unserer daraufhin vergebens heiße Fußbäder gegen die Schwangerschaft machenden Großmutter zum Verhängnis werden. Als SS-Mann, als welcher er auch in Lottes Zähnen zu sehen war, hatte er auf Drängen unseres Großonkels, den unsere Großmutter in der Sache eingeschaltet hatte, in Abwesenheit die Großmutter *auf dem Papier*, wie es hieß, *für den Namen des Kindes*, geehelicht und sich bald darauf, ebenfalls ohne ihr gegenüberzustehen, von ihr scheiden lassen und sein, was Berufe und Frauen betraf, äußerst abwechslungsreiches Leben geführt, das ihn zwischen München, Graz und Rumänien, wo seine Familie lebte, umhertrieb. Unser Großvater von Mutterseite war uns vollkommen fremd. Im Unterschied zu dem anderen Großvater, der die Jagd, die Dichtkunst und Kneippbäder liebte, war er schwer einzuschätzen, ein leidenschaftlicher Hobbykoch, Gulaschkoch, dessen Todesursache für immer Rätsel aufgab. Vielleicht wurde er vor dem Fernsehapparat ermordet. Vielleicht auch nicht. Wir glaubten lieber an Mord, das gab Geschichten. Einmal war er zu Besuch gewesen, wir erinnerten uns bis auf seine leeren Versprechungen, uns Spielzeug zu schicken, mir eine Sprechpuppe, ich weiß es genau, unserem Bruder eine Kinderschreibmaschine, die der ebenso wenig wie ich die Puppe je bekam, an kaum etwas an ihm; er dürfte ein sehr ruheloser Mensch gewesen sein und fuhr eigentlich mehr zu einem Eishockeyspiel seines Freundes nach Graz, als um uns zu besuchen. Er war dick und glatzköpfig. Nicht sehr appetitlich im Alter, doch als junger SS-Mann schön. Lotte war damals zu klein gewesen, um ihn, wie er wirklich war, in Erinnerung zu behalten. Sie hing ihren Traumbildern nach.

Fotografierte ihren Großvater und sich und dachte sich Geschichten aus mit sich und dem jungen Mann auf dem Foto unter glücklichen Umständen, in anderen Verhältnissen, als Liebende. So hatten wir uns unseren Vater und uns als Gleichaltrige geträumt und gewünscht, in ihm die Erklärung zu finden.

»Was ist es für ein Gefühl, ein Kind zu tragen?«

Lotte nahm die Fotografie aus dem Mund und sah mich aufmerksam an.

»Anders als ich gedacht habe«, erwiderte ich.

»Und wie hast du gedacht?«

»Mächtig. Ich glaubte, es müsse ein Machtgefühl sein.«

»Ist es denn keines? Warum nicht?«

»Frag Monika, ich kann das nicht erklären. Monikas Schwangerschaft ist schon deutlicher als meine, meine sieht man noch kaum.«

Sie möge mir von sich vorlesen, forderte ich sie auf; die Mitteilsamkeit eines Teenagers gegen meine Verschlossenheit auszunutzen, stand mir im Sinn, während Lotte offen und vertrauensvoll jedem Fremden ihre Selbstmordabsicht preisgab, die sie alle paar Tage auffrischte und über sie schrieb so wie wir früher, aus demselben ihr wahrscheinlich gar nie bewußt gewordenen Grund, ihren Selbstmord bereits in der Absicht zum Selbstmord zu ersticken, die Flamme zu tilgen und Wörter und Sätze darüberzuschütten, damit die Glut erstarb, während Lotte ihren Liebeskummer jedem ausschüttete und dabei dem Hintergedanken erlag, es könne von einer Zufallsbegegnung der rettende Hinweis kommen, wie sie *die Sache* angehen müßte zum Erfolg. Gewiß war der Vorsprung unserer toten Großväter, den sie durch ihre frühere Geburt und ihr früheres Leben und Sterben gegen uns Spätergeborene und aus ihnen Stammende, zu ihren Zufälligkeiten Gehörende, behielten, der Reiz, dem Lotte hingegeben war, wenn sie sich mit dem Bild des jungen SS-

Mannes fotografierte. Ein nächster Blitz schlug mir entgegen. Lotte legte die Kamera auf den Tisch, die sie mit langen Armen gegen sich selbst gerichtet hatte, und suchte unter der Tischdecke nach Zetteln. Sie las:

Vollkommenheit wäre unerträglich.

Wäre sie es nicht, gäbe es sie.

In ihrer Schule genoß sie den Ruf, den auch wir in unseren Schulen gehabt hatten, frühreif und verständig zu sein, ihren Altersgenossen überlegen im Denken, dafür im Sport langsam, in Handarbeiten ungeschickt; am liebsten betrieb sie in den Pausen den Scheinselbstmord und am allerliebsten, wenn ihr der geliebte Lateinprofessor dabei zusah, wie sie, mit unsichtbarem Strick um den Hals, von der Fensterbank des Klassenzimmers auf den Fußboden sprang mit überdrehten Augen, heraussstehender Zunge; häufig tötete sie sich während Lateinstunden mit *Gift* und speichelte und griff sich an die Kehle, als würde sie verätzt; oder starb den Herztod im Laufen durch einen Schulkorridor, gerade vor dem als Aufsicht umherspazierenden Professor, sank vor ihm zu Boden und stand nach einer Weile, als ob nichts gewesen wäre, wieder auf, wie wir es gemacht hatten in unseren Pausenhöfen und Schulgängen, vor den von uns geliebten Menschen, in meinem Fall vor dem Musiklehrer, dessen Kind ich erwartete. In den Deutschstunden, die von einem nebenher als Schriftsteller tätigen und eine Literaturzeitung herausgebenden mürrischen Mann gehalten wurden und in welchen man mehr über sein Privatleben erfuhr als von der deutschen Literatur, die er in wenigen abgegriffenen Bibliotheksbänden vor sich auf einer Schülerbank aufgeschlagen hatte und manchmal dazu mitgenommene Brötchen aß und einen Piccolosekt trank, fiel es Lotte ein, so lange auf die

Wand zu starren, bis ihre Pupillen sich vor dem Bild eines Eisenbahnzuges weiteten, in den Waggons saßen Bären, Teddybären, wie uns Lotte erzählt hatte, und jedesmal wenn der Deutschlehrer dazwischenfuhr und sie ihrer Verträumtheit und offensichtlichen Geistesabwesenheit wegen anschnauzte, sagte sie, sie habe Fantasie und lasse sich von niemandem daran hindern, diese, so weit es ihr nur möglich sei, auszuspinnen. Die gesamte Lehrerschaft war vor unserer jüngsten Schwester zum Rückzug gezwungen, zum Leidwesen unserer es nicht fassen wollenden Eltern wich sie keinen Millimeter von ihren Schulgewohnheiten wie Scheinselbstmord und Waggonssehen ab.

»Freust du dich?« fragte sie mich und meinte die Geburt. Ich schüttelte den Kopf. Ich verließ Lottes Augenblicke. Sie waren der Vergangenheit zu nah.

Unten standen Julia und ihr Sohn am Herd. Unsere Großmutter redete hinter dem Haus auf unsere Mutter ein. Julia kochte in dem linken Kochtopf Erdäpfel und in dem rechten Kochtopf Äpfel für ein Kompott. Ich hörte, wie sie zu ihrem Kind sagte, im Wasser sähen sie beinahe gleich aus, Kartoffeln und am Baum gewachsene Äpfel. Sie schnupperten in die unterschiedlichen Dämpfe. Links roch es nach Gemüse, rechts nach Obst. »Oben und unten!« rief das Kind.

Gegen Abend begegnete mir am Seeufer ein Mann. Wir setzten uns auf eine Bank. Er erinnerte mich an einen von früher. Die Nasenflügel, der Mund, die Art, zu sprechen. Aber seine Hände widersprachen dem. Ich stand auf. Vereinzelt waren Surfer zu sehen, auf das Wasser geschriebene Noten zu einer Melodie. Die Hände, die Entdeckung der Hände hatte mich abgeschreckt. Der Mann meiner Erinnerung, zu dem ich als Sechzehnjährige in das Hotel gerannt bin, hatte Knabenfinger, schmale, feste mit zarten Nägeln. Dieser hier hatte sie nicht. An diesem hier fand ich nichts mehr, das mich verzaubert hätte, im Gegenteil, er vertrieb mich mit seiner Andersartigkeit, eine mißglückte Nachahmung jenes Vorgängers, von welchem er nichts wußte, eine Zerstörung der damals mich erschlagenden Wirkung des anderen. Ich bin einfach hingerannt, einfach vor seinem Zimmer gestanden. Er öffnete die Tür, hatte nicht mit mir gerechnet, so früh, im Morgendunst eines unausgeschlafenen, vom Vorabend und der Hälfte der Nacht gezeichneten Sonntags. Im Morgenrock wich er zur Seite, ich folgte hinein. Mein erstes fremdes Hotelzimmer mit Blick auf die Straße, mein erstes fremdes Männerbett. Er legt den Schlafmantel ab. Er sitzt auf der Bettkante. Sein voller, voller Mund. Seine kalte Nase. Seine Augen, Augen eines Hechts. Seine engen Nasenflügel, ein Junge, ein grauhaariger Junge mit rosa Haut. Ich wage nicht, seine Brust anzuschauen, unser Vater hat kein einziges Brusthaar. Ich strecke mich aus. Er liebt mich, denke ich, jetzt rührt ihn meine Jugend, ich tue alles für ihn. Ein morgentönendes Licht, ein Anfang, ein beginnendes Fest, eine Einigkeit im Ursprung. Er weist mich in die Spielregeln ein. Er sagt, ich möge die Beine anwinkeln. Ich will. Er fragt, ob ich es will. Ich nicke, denn ich will unbedingt seine Frau werden. Er rutscht auf und ab. Er steigt wieder ab. Aus der Duschkabine Wasserdampf, Geruch von Seife und Duschgel, sein schnöder Gesang. Ich vor dem Spiegel. Er guckt durch den Spalt. Ich bedecke erschrocken meine Brüste. Ich schäme mich. Er zieht mich zu sich unter das heiße Wasser. Ich wehre mich, verstecke mich. Ich krümme mich. Er ist am ganzen Körper glitschig. Wir fahren aufs Land. Die Gesellschaft nimmt Backhuhn zu sich. Landluft und Nachmittagssonne und Stimmengewirr. Es verschlägt mir die Sprache. Heute noch wird er fliegen. Heim. Zu den Seinigen. Zu ihr. Wann er wiederkommt? Unwahrscheinlich. Auf dem Flugplatz sein Abschiedsgriff. Sein schneller Kuß. Seine Abschiedsworte wie Gurgeln und Tritte. Sein Abgang, klar. Ins Flugzeug, Abschiedswinken. Ich sehe nach.

Ich sah ihm noch nach Jahren nach, wie er für immer von mir ging. Ich suchte ihn in ähnlichen Männern. Dieser hier am Strand paßte mir nicht.

Ich ging.

Wach
hinter den Augen
das Meer

Im Zimmer waren die Betten gemacht, unten lag auf dem altdeutschen Tisch die Nachricht, daß Lotte abgängig sei, einen Abschiedsbrief hinterlassen habe. Sie waren sie suchen gegangen. Und fanden sie am See. Sie schwamm mit einem Mann um die Wette. Unsere Mutter rief sie ans Ufer. Den Fremden hörte sie sich erst gar nicht an, als er zu Verteidigungsreden anhob. Er könne Firmeninhaber und sonstwas sein, soll sie auf seine Vorstellung mit Namen und Beruf und Herkunftsland Deutschland entgegnet haben, an ihrem Kind habe er sich nicht zu vergreifen. Darauf der Fremde: »Niemand vergreift sich ...« – Unsere Mutter: »Da bin ich noch rechtzeitig gekommen, ein Glück!« – Der Deutsche: »Lassen Sie uns vernünftig sprechen ...« Unsere Mutter schlug ihm die Bitte ab, verfluchte die Freiheit Lottes und drohte ihr vor anwesenden Badegästen des Privatstrandes mit Hinzuziehung von Fürsorge und Polizei, sollte sie Einspruch erheben. Dem deutschen Urlauber riet sie zu einem Etablissement. Lotte war entsetzt, bei Tag hatte sie sich vor Zugriffen sicher gefühlt. Sie wurde abgeführt und in unser Zimmer gesperrt, wie es hieß, zum Nachdenken. Wir anderen fühlten die Schmach mit Lotte. Das Fertigteilhaus labte sich am Schweiß unserer geprügelten Seelen. Wir wünschten uns fort.

»Was sollen wir hier noch?« fragte Julia.

»Wir haben kein Auto«, erwiderte ich.

»Die Mutter braucht uns für Lotte ...«

»Ich will mit Lotte nichts zu tun haben!« rief Monika.

Wenn Monika im Bett oder in der Badewanne oder im blauen Liegestuhl hinter dem Haus lag, waren die Regungen in ihrem Bauch deutlich zu merken und mit freiem Auge festzustellen, man brauchte nicht mehr eigens daraufzufassen und zu drücken. Manchmal waren es sachte Vibrationen in regelmäßigen Abständen, eine Ausbuchtung und Beule, der Fuß- und Fersengröße entsprechend, dann Schluckauf, von dem ich mir nichts sehnlicher wünschte, als ihn einmal an mir zu spüren. Ich konnte beide Hände, wie es Monika die längste Zeit gemacht hatte, zu Hilfe nehmen, wie ich wollte, nichts. Als würde sie eine Unterhaltung führen, richtete sie sich an den Nachmittagen ein und lächelte bei jeder Rückmeldung, als ob zwei voneinander entfernte Menschen Funksprüche empfingen und darüber beglückt wären, und hielt eine Hand auf die Kuppel ihres Bauches. Wenn es von innen fast wie im Ärger zurücktrat, lachte sie hellauf und verklärte sich, nichts konnte sie noch berühren.

In von Julia übernommenen Fachzeitschriften über Schwangerschaft und Geburt war ein Zeitpunkt für die erste Kindesbewegung angegeben, bei mir war er längst überschritten, ohne Lebenszeichen.

»Was machen wir morgen?« hörte ich Julias Stimme durch die Dunkelheit des turmuhrseitigen Zimmers.

Lotte schluchzte in ihrem Winkel.

Wir konnten ihr nicht helfen.

Jede von uns wäre lieber allein gewesen, doch Alleinsein war unmöglich in dem Fertigteilhaus. Julia beschloß, in der Vogelkammer den Luftmatratzenplatz unseres Bruders einzunehmen. Wir übrigen teilten uns auf das Zimmer oben, mit Lotte, und das Wohnzimmer unten auf. Ich hatte die Wohnzimmercouch mit dem schwarzen Überwurf, die meiner Mutter Kindheitsschlafstätte gewesen war. Bleischwer schlief ich über brennenden Träumen.

Alles änderte sich mit dem Auftauchen des Deutschen im hellen Sommeranzug. Den Tag über mit Vorbereitungen für den Abend beschäftigt und kaum ansprechbar, immer erregt und in Eile, stahl sich Lotte bei Einbruch der Dunkelheit in Kleidern von mir, *als ich*, durch das von Balken (wegen des noch bei Tageslicht zu Bett gebrachten Kindes) zusätzlich verfinsterte Zimmer unserer Mutter, die annahm, wenn sie in dem schwachen Abenddämmerschein am Balkon eine Gestalt sah, ich ginge fort, eine Volljährige, der nichts zu verbieten sei, und bei Lottes Rückkehr frühmorgens zu schlaftrunken war, unter wirren Haaren ein Gesicht zu erkennen und sich nicht einmal aufrichtete, wenn Lotte durch das Zimmer in unser turmuhrseitiges huschte, davon überzeugt, daß ich, die noch nicht deutlich Schwangere, unter die Leute zu gehen nötig hätte; mit der Seeuferbekanntschaft aus Frankfurt am Main hat sie am allerwenigsten gerechnet; unsere Mutter hielt ihre Wirkung und Ausstrahlungs- und Einschüchterungskraft und Fähigkeit zu überzeugen für so eindrucksvoll, erschütternd und nachhaltig, daß sie vermutlich keinen Gedanken mehr an jenen Wettschwimmer verlor. Lotte hatte mich nie nach meiner Meinung gefragt, geschweige denn mein Einverständnis in die Unternehmung abgewartet, war, wie es aussah, lebensmüde oder begierig auf eine Existenz im Schwererziehbarenheim, das unsere Mutter bereits uns mit viel Erfolg, im Falle von zu argen Verletzungen ihrer Erziehungsstrategie, angekündigt hatte, als dann nicht mehr zu verhindernde Maßnahme. Sie dachte im Ernst, Gutes zu tun, immer wenn sie das uns Zerstörende anstieß, blieb sie vor sich selbst unschuldig und meinte es nur immer wieder gut oder hatte es vielleicht irgendwann gut gemeint und konnte nun einfach nicht mehr länger um Strafen umhin, weil wir sie dazu zwangen, unser Verhalten war schuld, wir waren die Schuldigen, nicht sie, wir waren es immer, bei welchen wir *uns zu bedanken hatten* für ein Unglück, bei unserer Mutter die Schuld zu suchen, stand uns nicht zu, unsere Mutter reagierte bloß, wir agierten, unsere Mutter setzte Taten zu unserem Schutz und zur Vorbeugung und Verhütung, hatte als Mutter pflichtgetreu einzugreifen, wo immer sie es für richtig hielt, wo wir sie dazu nötigten mit unseren verwildernden Sitten und Unarten und Verbrechen. Lotte kümmerte es nicht, was ich dazu sagte, daß sie meine Kleider anzog und das Haus verließ über Nacht. Ihre Ungeniertheit, mit der sie die Sache anging, glich zu stark unserer ehemals kopflosen und ungestümen und wäre uns ebenso niemals auszutreiben gewesen, wenn uns auch noch so oft deren Unsinn eingeleuchtet hatte, und war Lotte nicht abzugewöhnen. Als *unbescholtenes* Mädchen nach Südtirol gefahren, ging sie aus der ersten Nacht dort bereits als eine Arbeiterin an ihrem Selbstmord hervor. Wer sich in fremde Arme wirft in dem Stockdunkel eines an ein Mönchskloster angeschlossenen Stalls oder Schuppens, es nicht einmal klar vorgehabt hat, und einen Fremden, was immer dem einfällt, mit sich anstellen läßt, ist krank oder lebensmüde oder alles zusammen. Lotte war so tief in die Verzweiflung verbohrt, daß sie nichts und niemand unversehrt – frei ihrer Verzweiflung und Zerrüttung – zu erleben fähig war. Beherrschten Julia, Monika und ich indessen die hilfreiche Selbstschutzvorkehrung, so daß uns nichts mehr den Kopf kostete, höchstens einen vorübergehenden Schmerz, war Lotte dem Grauen noch nicht gewachsen, doch anstatt es fernzuhalten oder hinauszuzögern, zog sie es absichtlich heran und hoffte mit dieser *Roßkur*, es unterzukriegen, während das Gegenteil eintrat, unsere jüngste Schwester sich verrechnete und sich den Viren zur Abhärtung und in der Hoffnung auf dauerhafte Immunität aussetzend, vorsätzlich überall dorthin gehend, wo die Gefahr lauerte, sich für immer ausschloß, gar nicht mehr willig, für immer ausstieg, nie lebenswillig gewesen war, wie wir alle uns keiner Zeit erinnern konnten, zu der das Wort *lebensfähig* auf uns zugetroffen hätte oder auch nur im leisesten Zusammenhang mit unseren Bewältigungsversuchen, zunächst von unserer Mutter für uns betriebenen, dann von uns selbst als gescheitert aufgelassenen, gestanden wäre. Das Leben in der Welt betraf keinen von uns, nicht einmal unseren Bruder, der doch völlig anders war als wir, sich nie in solchem Maß wie wir von den Methoden unserer Erzieher distanziert hatte, im Gegenteil zu paktieren versuchte und schließlich an seiner Unentschiedenheit verrückt wurde, sich noch als Sechzehn-, Siebzehnjähriger und bis über die Zwanzig hinaus Fußbäder unter seinem Schreibtisch gefallen ließ, die ihm von unserer auf Knien rutschenden Großmutter mütterlicherseits hingeschoben wurden, in roten und gelben Plastikwannen, was ihnen von uns von vornherein verboten und ausgetrieben worden war, uns wie Hilflose zu umsorgen; gegen die von ihnen ausgespielte Abhängigkeit unsererseits wehrten wir uns, wo wir konnten. Die ihres Glaubens nach *an uns Schuldigen* und sich daraus für alles an und in und aus uns zuständig und für uns auf Lebzeit verantwortlich Fühlenden, davon Besessenen, gaben sich unsere Kindheit hindurch uns gegenüber als die Erhabenen und Ernstlichen – und sind nichts als Absolutheit beanspruchende Schwätzer gewesen, ohne Gedächtnis. Sie betrachteten uns, als wären wir lächerlich und zugleich hübsch und bedauernswert, und lachten Gift und Galle aus sich heraus, in unser Inneres. Unser Bruder war ihnen entgegengekommen und ließ sich verhätscheln und bemuttern, bis sie es selbst anstößig fanden, ohne sich zu ändern, und ihn einstimmig *alter Esel* nannten, während sie ihm das Fußbad bereiteten.

Das Verhältnis unseres Bruders zu unserer Mutter und Großmutter war ein zu unserem Verhältnis zu ihnen grundverschiedenes und hatte doch den Hintergrund mit uns gemein. Wir widerstrebten alle dem Dasein. Hoffnungslos verloren, trieben wir, ohne zu suchen, dahin. Jede hatte ihr Unglück gefunden, von dem sie zehrte, Lotte, Monika, Julia, ich, unser Bruder arbeitete aus einer anderen Richtung an seinem Ruin. Lotte verließ jeden Abend auf das Geräusch des haltenden Wagens hin das Fertigteilhaus, ohne es unsere Mutter merken zu lassen. Wirkte sie noch so bewußt auf *Kindfrau* hergerichtet, war sie in Wahrheit unschuldig an ihrem Aussehen, denn nicht die, die wir kannten, stakste auf für ihre Jugend unmöglichen Absätzen den Hügel hinunter zu dem bereitstehenden Jaguar, aus welchem zur Begrüßung eine Hand mit den Fingern nach ihr schnappte wie ein unruhiges Tier, ihr in Widersprüchen existierendes und gerade daraus seine Wirkung schöpfendes Gehabe, die Rücksichtslosigkeit zu der Unwissenheit, ihre Art, tonlos einzusteigen und den Fahrer forsch zu kommandieren, machte Männer schwach.

Nur für Lotte war ich vom Wohnzimmer zurück hinauf gewechselt in das turmuhrseitige und auch wegen der Einsamkeit, die mir das Einschlafen erschwerte in der nach früher riechenden, in neuer Lebendigkeit glühenden Atmosphäre.

Die Treffen waren gegen neun. Julia, Monika und ich fotografierten mit Lottes Pocketkamera, ohne sie eingeweiht zu haben, wie sie einstieg und wegfuhr. Sosehr wir zusammenhielten und unser Schicksal teilten und überzeugt davon waren, nach Julia alle deren uns vorgelebtes Schicksal an uns wiederholen zu müssen wie eine Pflicht, so verfeindet waren wir untereinander und nahmen es uns gegenseitig übel, alle den Eltern in die Autoritätsfalle gegangen und in ihr um alles beraubt worden zu sein. Als Zerrissene (nur noch der Zerstörung Dienliche) hervorgekommen, süchtig nach Elend und Leid, gewöhnt an Mißtrauen und Lüge, stürzte sich jede zu ihrer Zeit und auf die nur für sie gedachte teuflische und bedenkenlose Weise in den Untergang. Daß keine von uns der Entwicklung entgangen war, konnten wir nicht ruhen lassen, augenblicklich haßten wir Lotte, die nicht widerstand. Was sie in diesen Nächten erlebte, erfuhren wir aus ihrer grünen Mappe, in der wir heimlich lasen. Den in der Nachricht an mich angedeuteten Abschiedsbrief bekam ich nie zu Gesicht, vermutlich beruhte er auf der Übertreibung harmloser Worte durch unsere bei solchen Gelegenheiten von ihrem furchtbaren Angstdenken zerfressenen Mutter.

Ich lag im Bett. Es war heiß, der Tag am Verdunsten. Mich umgaben die Gerüche der Latschacher Kindheitstage, eines stehenden Wassers gegen den ruhelosen Strom.

»Das war noch Stolpern!« versetzte Julia von ihrem Bett aus und sprach das Brennen unserer aufgeschlagenen Knie an und erstes Farnkraut. Wir überboten uns gegenseitig in den Erinnerungen, trieben uns auf ihren Wegen voran und liebten es, alles zu vergessen und aufgelöst in der Vergangenheit zu sein. Wir nannten es *Gedankentaumel,* Rückwärtsgehen im Denken. Wir sausten in unseren Gedanken wie in Rennwagen an uns vorbei; vom Fahrtwind mitgerissen.

»In Gedanken ist Gegenwart«, sagte Julia. »Augenblicke, die die Gegenwart bewahren«, hakte ich ein. »Neu zeigen«, ergänzte Julia.

»Was ist Gegenwart?« fragte ich.

»Gegenwart ist jetzt!«

Wir sahen uns an. Was jetzt sei, wagte keine in Zweifel zu ziehen, die Hilflosigkeit wäre zum Lachen gewesen, die Auslieferung an Augenblicke, unabschätzbar viele, vielleicht nur wenige, die jederzeit und unwillkürlich mit unserer Zerfleischung beginnen konnten und bloß noch nicht wollten, sich Zeit ließen wie in der Ecke liegende Bluthunde, dabei sprungbereit und abgerichtet nur, uns zu vertilgen, die Welt von uns zu säubern. Vergangenheit ist nichts, Gegenwart noch weniger, Zukunft gar nicht vorhandenes, erfundenes Glück. Vor die Augen gehaltener Köder, der zum Weiterleben verlockt. Das Leben will solche wie uns nicht auf Dauer! Solche wie wir erledigen sich für das Leben sehr bald. Wir sind nur Anflüge, Erscheinungen. Nichts an uns bleibt. Wir sind zum Vergehen, versanden rasch. Schneller als gedacht sind wir im Denken verweht. Zum Sterben Gedachte. Sterblich sich das Leben Träumende. Unmögliche. Unwürdige. Träumer! Wie Kirschkerne speit uns das Leben aus.

So gingen unsere Gedanken, leuchtende Laternen an schiefen Pfählen, beidseitig eines Weges, in dem man versank. Wir werden zerfleischt, sagten wir uns und lächelten, auch Julia. Sie sagte, sie habe die Kontrolle verloren und nie so etwas gehabt wie Kontrolle, freien Willen. Sie habe nie eine Wahl gehabt und schon gar nicht als in ihrer Volljährigkeit vor mütterlichen Attacken Geschützte, die immer herbeigesehnte Unabhängigkeit sei keine gewesen, Julia brach zusammen jede Nacht, brach zusammen in allen Taten und Machenschaften, in jeder Beziehung, der mutmaßliche Ausbruch und Befreiungsakt aus der den Grundsätzen unserer Mutter untergeordneten Jugend zog ihren qualvollen Abtritt und das Ende nach sich; sie sei nichts gewachsen gewesen; in der Not, drückte sie sich aus, habe sie mit achtzehn in der Verdoppelung die Lösung gesehen und sich unter Mutterschaft ein Leichtes vorgestellt. Ihre Hoffnung sei ermordet worden: auf den Stall- und Erd- und Wiesen- und Hotelzimmer-, wie auf den Heu-, den Fliesen-, den Parkett- und den Marmorböden und in Betten und auf Tischen, über Klosettmuscheln, sagte Julia. Die Geburt als das Häßlichste und Gnadenloseste, die Menschheitskatastrophe ...

»Wir sind alles Durchgeschüttelte!« rief Julia und fand damit aus dem Ernst. Leichtfüßig stieg sie aus dem Bett und ging aus dem Zimmer und über die Holztreppe am blätterrauschenden Wald und der verbotenen Weide vorbei, außen am Haus entlang.

Mit Erschrecken hatten wir, die Bettdecken bis ans Kinn hochziehend, ob im Einschlafen oder Erwachen, festgestellt, daß wir nichts so sehr wünschten und herbeisehnten wie das Ende derer, die die einzigen sein sollten, die Macht über uns hatten und diese Macht einzig und allein zu unserem Übel benutzten und, wo es nur ging, vor jedem brutal hervorkehrten und mit dieser durch die Jahre hindurch und weit über unser Erwachsensein hinaus kaltblütig weiter von ihnen zu unserem Nachteil behaupteten und für sich beanspruchten Macht über uns und ihrer immerwährenden Vorrangstellung gegen uns unser Ansehen nicht nur schädigten und untergruben, uns tatsächlich zerstörten, für ein Leben unmöglich machten durch die ständig uns erdrückende Bevormundung, im Falle Julias zusätzlich durch gegen sie verwendete Begriffe wie *Vormundschaft, Pflegschaft, Pflegschaftsgericht,* die Julia zwar nun nicht mehr in Panik versetzten, Schlimmeres anrichteten an der indessen Fünfundzwanzigjährigen, die aus ihrer nie zwanglosen Lage heraus nicht bloß arbeits- und kontaktscheu, sondern unwiderruflich arbeitsunfähig und kontaktgestört geworden war, wir, allen voran Julia, hofften auf nichts als auf das plötzliche Verschwinden unserer Peiniger. In der Umklammerung ihrer Liebesbezeugungen behütet, erstickten und krepierten wir an ihren Gemeinheiten, die sie überall dort sofort anzuwenden bereit und im Begriff waren, ebenso unvermutet und aus Instinkt wie zuvor ihre Liebe und Fürsorge, wo es mit Liebe und Fürsorge nicht weiterging – ab wo wir uns von selbst und ohne ihre Kontrolle entwickelt hätten. So entwickelten wir uns nicht, war Julia mit sechzehn steckengeblieben, Lotte mit fünfzehn, und wir hatten in Form unserer Bäuche resigniert. Wandel als Unfall, unbedachte Bahngeleiseüberquerung bei Nebel und Dunkelheit, Unglück bei Fahrbahnnässe mit Gegenverkehr oder ein Geisterfahrer! – Unsere Eltern tranken nie Alkohol, waren nüchterne und vorsichtige Fahrer und hatten Medaillen ihrer Schutzheiligen am Armaturenbrett.

In Latschach warteten wir eines Abends auf die Rückkehr der Mutter und der Großmutter von einem Rundgang. Gewitterblitze gaben Julia Hoffnung, die am Bett ihres Bücher durchblätternden Kindes hockte, wir hielten alle den Atem an und wagten, je mehr Zeit verstrich, desto weniger zu sprechen, bis uns Gehen durch Schlamm und über den Asphalt herauf aus der Erwartung stieß; kurz hingen wir der Einbildung nach von Gendarmen, die die Kunde vom Blitzschlag überbrachten, bis auch dieses Bild zerrann, mit ihm alle anderen von umgestürzten Baumstrünken und zerschmetterten Körpern und Vorstellungen unserer Blüte darauf. Solange es unsere Mutter und Großmutter gab, die beiden Kontrollbeamtinnen, mit jeder nur denkbaren öffentlichen Stelle in bestem Einvernehmen stehend und vereint beim geringsten Anlaß zu ihrer Absicherung sofort Schritte gegen uns einleitend, solange deren Macht über unser Leben bestand, konnten wir nicht möglich sein. Das wußten wir und gönnten ihnen alle Vorzüge der Welt, wenn sie uns nur in Ruhe ließen, doch das konnten sie nicht, weshalb wir sie hinauswünschten aus dem Leben, selbst unfähig dazu. Bewußtlos, verstümmelt, um jede Möglichkeit (zum Dasein) gebracht, vermochten wir nicht, uns zu regen, gelang es unserer ältesten Schwester nicht, ihr eigenes Kind zurückzugewinnen, obwohl sie in der Zwischenzeit Vormund war und alle Ansprüche innehatte; mehr, als sie bereit war, zu kämpfen, fürchtete sie Konsequenzen und die ihr bei jeder Gelegenheit angedrohten Racheakte von Mutter und Großmutter. Als die beiden so ungewöhnlich lang ausblieben, und es alle Augenblicke draußen blitzte, daß ganz Latschach davon hell erleuchtet war, waren wir in innerlichem Aufruhr und träumten uns in bevorstehende Freiheit, Unabhängigkeit, Unverdrossenheit, und Unbehelligtheit hinein und fühlten das Fertigteilhaus nicht in der sonstigen Schwere; wir befanden uns am Höhepunkt, als die Schritte zu hören waren und der letzte Strohhalm, es könnten Gendarmen sein, im Hinauseilen auf den Balkon brach. Jahrelang hatten wir nicht im geringsten geahnt, was uns zu unserem Segen vorschwebte, bis zu der das Geheimnis lüftenden Nacht, als Mutter und Großmutter doch wieder gesund vor uns standen, uns auseinandertrieben und mit Julias Sohn verfuhren, als ob er ihr Eigentum wäre, was Julia ohnmächtig mitansah. Unsere Mutter hat noch immer gegen jedes Aufbäumen unsererseits einen Weg gefunden, uns zu entkräften und entgeistern; sie, die eine von uns gerade in den Armen hielt, konnte dieselbe, ging ihr etwas an ihr gegen den Strich, als Tochter *abschreiben*, unsere Mutter war jederzeit zu allem bereit und fähig, zu jedem vom Staat genehmigten Wahnsinn, und verweigerte Julia deren Kind und erlaubte Nachmittagsbesuche, untersagte jedoch den gemeinsamen Schlaf Julias und des Kindes in einem Zimmer *aus Vernunftsgründen*, um das Kind *in keinen Zwiespalt zu bringen*. Ihr Gewohnheitsirrsinn, daß jeder Tag gleich abgehen müsse, um gelungen zu sein – an ihm hatten wir uns verrenkt und liefen jetzt mit verdrehten Köpfen umher, verunstaltet. Während Lotte Abend für Abend, von uns vom turmuhrseitigen Fenster aus beobachtet, in dem Wagen des Deutschen wegfuhr, was die Nachbarn mitansahen, während sie in und um Villach und Klagenfurt an der Seite des Firmeninhabers aus Frankfurt am Main ein reges Nachtleben führte, verbissen wir durch unsere Schwangerschaft auf uns Zurückgeschleuderte uns in Trauer über uns, befiel Monika in jeder Kindesbewegung ein Glücksschauder, saß Julia auf ihrem Bett und starrte vor sich hin oder las in Notizen. Nicht selten war das erste in Windeseile Unternommene, wenn Lotte gegangen war, unter ihrem Bett die Mappe hervorzuzerren und sie vom Staub zu befreien und in ihr zu suchen.

Zum Großeinkauf in Villach trotteten wir hinter unserer Mutter durch die Gassen, schnupperten durch jede offene Tür, wie um uns zu bereichern, durch jeden Friseurladen- und Fleischer- und Kleidergeschäftsgeruch wie durch ein Fremdes, Schwebendes gegen die mütterliche Gewalt gestärkt ... – Unsere gutgelaunte Mutter spendierte jeder von uns am Drauufer ein Eis: wie früher. Wir sahen die gleichen Tauben auf der Brücke und den *Würstelkönig*, die schäbige braune Holzhütte mit den gelben Klebebuchstaben, die Stände mit Modeschmuck, wo sich Lotte einmal das ersehnte Fußkettchen gekauft hatte und einen Tag damit glücklich gewesen war, bis es beim Baden riß. Wir duchquerten Schuhgeschäfte und ließen uns von unserer Mutter Sandalen aufschwatzen und die, die nach unserem Geschmack gewesen wären, ausreden; wir schritten in den von ihr gegen uns durchgesetzten flachen Sandalen durch den dämmerigen Park, wo in der Vergangenheit auf einer Bank unser Großonkel gewartet hatte, als unsere Mutter noch keinen Führerschein besaß; hier in Villach war er gestorben. Am Tag zuvor mit seinen kleinen Enkeln, den in Wahrheit in keinem Verwandtschaftsverhältnis zu ihm stehenden Nachkommen der Tochter unserer Großtante, in einer Tropfsteinhöhle, eine Fahrstunde von Latschach entfernt, am Morgen während des Zähneputzens von einem Schwächeanfall gebeugt, der im Villacher Krankenhaus als sein zweiter Herzinfarkt erkannt wurde, starb er binnen achtundvierzig Stunden. Unsere Großtante, von der wir unsere Großmutter, die Schwester des Großonkels und Fertigteilhausbesitzers, immer nur als einer *Diplomatischen, ganz Schlauen* sprechen hörten, pendelte bis zum Schluß zwischen dem Sterbezimmer auf der Intensivstation und dem engen Kundenraum einer in der Spitalsgegend gelegenen Konditorei, lief hierhin, um sich des Fortschrittes des Sterbenden im Prozeß des Sterbens zu vergewissern, dorthin, um sich zu laben und vor ihrer schnellen Entscheidung bei Kräften zu halten, dem Großonkel das Leid *zu verkürzen* und die Apparate, die ihn am Leben erhielten, abschalten zu lassen, *seiner Qual den Atem zu nehmen*, sagte sie auf dem Begräbnis. Nie hätte er gedacht, selbst noch mit seinem roten Peugeot nach Latschach gefahren und ganz seinen Molekular- und Weltallstudien hingegeben, im Leichenwagen heimgeführt zu werden auf eigene Kosten. Unser Bruder, sein Liebling und der ihm nächststehende männliche Verwandte, berichtete nach einem Besuch am Sterbebett von der Kraftlosigkeit der Stimme unseres Großonkels und dessen Wunsch, die Beichte auf französisch abzulegen, weil er Gymnasialprofessor für diese Sprache war. Die Großtante hatte unserem Bruder die Kleidungsstücke des Großonkels mitgegeben, wahrscheinlich, um Zeit zu sparen. Daß er uns nie wieder im Schummerlicht des Parks erwarten und bei unserem Kommen aufstehen und uns mit einer trockenen scherzhaften Bemerkung empfangen könnte, wurde uns klar.

Am Abend brach Lotte wie gewohnt auf das Geräusch des haltenden Wagens hin auf; als wir ihr nachsahen, stand in der Wegkehre ein schwarzer Combi, in den unsere jüngste Schwester stieg. Der Schäferhund der Nachbarn, der Lottes Kaninchen vor Jahren durch die Umzäunung gehetzt hatte, worauf es in Todesangst das halbe Fell verlor, schnüffelte das Straßenstück ab, von wo das Auto losgefahren war. Die Nachbarn schlossen die Fenster. Kein deutsches Kennzeichen, ein österreichisches mit dem Wappen von Wien.

Anderntags ging ich gegen zehn Uhr hinunter. Die Luft war lauwarmes Streicheln. Ein Weberknecht lief quer über die ganze Hauswand. Monika war nicht zu finden. Lotte war angeblich im Wald. Julia sprach mit ihrem Sohn, sie saßen auf zwei Stühlen im Löwenmaulzimmer.

»Weißt du«, hörte ich Julia, »wenn du zeichnest, wie du hier eben gezeichnet hast, machst du das viel besser als ich!« Sie holte in Gedanken aus, ehe sie ausführte: »Was du zeichnest, ist viel eher Kunst, ist vielleicht wirklich Kunst ... Meine Zeichnungen stellen etwas dar. Lassen keinen Zweifel zu und keine Wünsche offen. Keine Erwartungen, verstehst du?«

Das Kind erwiderte nichts.

»Sie vermauern alles. Mauern zu! Beschließen!«

Julia strengte sich an:

»Wörter sind ähnlich meinen Zeichnungen. Nehmen wir Apfelbaum oder, was nehmen wir ...«

»Neger!« rief das Kind.

»Apfelbaum oder Neger. Banane oder Schwert oder Strauch. Haus! Bach! Turm! Blut! Junge! Element! Kuh!

Pferd! Deine gezeichneten Dinge gehen über Dinge hinaus. Du sagst vielleicht *Apfelbaum*, führst den Stift aber so, daß es zu einer Erlösung des Apfelbaumes wird, was und wie du zeichnest, in deinen Bildern platzen Wörter auf! Deine Zeichnungen sind wertvoll! Ich zeichne Apfelbäume und es sollen Apfelbäume sein, die gezeichnet sind; meine Zeichen für Apfelbäume stellen nichts als Apfelbäume dar! Deine Apfelbäume gehen weiter und gehen aus der Enge des Gewöhnlichen hinaus! Breiten Möglichkeiten aus, erweitern in ein Nächstes! Deine Apfelbäume überragen meine weitaus!«

»Aber wenn man sie doch gar nicht erkennt ...«, hörte ich Julias Kind.

Darauf Julia resigniert: »Irgendwann verkommt dir diese Gabe ohnehin.«

Was meiner Zwillingsschwester der Amerikaner David gewesen ist, ist mir mein Musikprofessor gewesen und sind sie uns beide geblieben und bedeutet Julias Kinderarzt ihr. David war in Monikas Bauch *begraben*, der Musiklehrer in meinem noch kaum über die Gürtellinie gewölbten; der Kinderarzt ließ Julia nicht los. Lotte zerstreute sich in der Beschreibung ihres harmlos lästigen Seelenfreundes und *Leibwächters*, um nicht auf den Lateinprofessorsschmerz beschränkt zu sein. Lotte entfloh ihrer grausamen Gegenwart, von der unsere Mutter nichts wußte. In unseren Schriften, bei jeder von uns, fand sich mindestens einmal der Satz inmitten endloser Verdammungen: *Es ist Liebe!* Der aus Bloomington in Indiana ahnungslos nach Österreich gekommene David hatte nicht mit der Liebe und totalen Hingabe meiner Zwillingsschwester gerechnet, als er bei ihrer Freundin und Schulkollegin das Elternschlafzimmer bezog. Die Eltern verreisten, und Monika, dort übernachtend, schnupfte so lange vor seiner Tür durch die Nase auf, bis er dem Geräusch nachging; ihr erster Beischlaf unter dem monströsen Kupferkruzifix über dem fremden Ehebett war die Folge, Monikas lauernde Eifersucht und Davids hellblaue Präservative. Einmal vergaß er darauf, am Tag vor der Abfahrt. Sein Klavierspiel in der *Herzlweinstube* in der Innenstadt, die Umarmungen zum Abschied in einer mittelalterlichen Gasse. Einzig an der Hoffnung auf Davids Rückkehr oder immerhin auf Besuche, wenn sein Kind geboren sein würde, richtete sich Monika noch auf. Unsere Mutter hatte uns wissen und erfahren lassen, daß auf jedes Unglück Aufschwung folge, daran hielten wir auch nach der Kindheit fest und konnten uns nichts unverrückbar rettungslos Schlimmes und Schreckliches für und vor uns denken und reagierten umso verzweifelter, als der Schrecken unerwartet zu brennender Gestalt kam. Uns waren unsere Lieben nicht gegönnt, keiner von uns, oder wir haben uns die geliebten Menschen so ungeschickt ausgewählt, daß es zu nichts anderem führen konnte als zum Untergang. Möglicherweise verhielt es sich so, wie wir bisweilen vermuteten, daß wir es nämlich von Anfang an nur auf Scheitern abgesehen gehabt hatten und die für unsere Zwecke geeigneten Leute gesucht und in den uns ins Verderben und Unglück stürzenden Männern entdeckt oder gar, das Unheil selbst angestoßen und aus ihnen heraus entwickelt haben, vielleicht haben wir uns an ahnungslos auf uns Zukommenden heillos vergangen und sie solange dahingetrieben mit unserer Launenhaftigkeit und unserer Untreue, bis sie nicht mehr anders konnten, als sich zu retten und von uns loszusagen. Wir waren die Skrupellosesten und verlangten von unseren geliebten Menschen das Gegenteil. Julia schlief mit Freunden und Freundesfreunden ihres Kinderarztes *zur Vorsorge, Vorbeugung, zum Schutz,* lasen wir bei ihr, und war in der Folge verwundert, *ihres Lebensgefühls beraubt*, wenn er dergleichen *wagte.* Monika erlaubte sich Unverfrorenheiten David gegenüber, schmollte selbst jedoch bei jeder Kleinigkeit, das Wort zwischen ihnen war *jealousy*, das sich durch ihre Wochen zog. Ich hatte meinen Musikprofessor verführt, unbeholfen, und ihn, als ich mich nur mehr als gewagten Seitensprung empfand, mit der Schwangerschaft überrumpelt.

Wir lasen bei Monika:

Wie bei Julia und ihrem Kinderarzt, an dem sie noch umkommt, war es nicht zwischen David und mir, weil David mich nicht bewußt, auf grausame Weise verletzt hat, aber doch verlassen, und in der Verlassenheit verletze ich mich unaufhörlich an ihm. Das Ende unserer Liebe ist sein duftendes T-Shirt mit der aufgedruckten Grafik einer Tanzgruppe und *Bloomington* im Bogen über den Köpfen. Ich habe es nicht von ihm, sondern von meiner Freundin, in deren Familie er sechs Wochen in Österreich lebte. Er hat das Elternschlafzimmer bewohnt und im Bücherregal ein Bild seiner Verlobten aufgestellt. Von meiner Schulfreundin weiß ich, daß er die ersten Tage vor dem Bild weinte, bis wir uns in die Wälder schlugen, weil keine andere Möglichkeit war. Wie ich ihn liebte! Noch nie zuvor an einem Mann eine so sonnige Wärme entdeckt! – Und die beinah unsichtbaren Härchen auf der Nasenspitze, über die unser Bruder spottete ... Ich war glücklich – von Eifersucht bis zur Raserei getrieben, aber glücklich. Dann war er weg, tot, von dem Eisenbahnwaggon vertilgt, aus dem er die Abschiedsversammlung am Bahnsteig zu fotografieren und in dem er ungerührt seinen amerikanischen Gewohnheiten entgegenzufahren imstande gewesen ist, während ich am Zerbrechen war. An einem heißen Augusttag, nach dem Abschied, saß ich frierend, in Decken gehüllt, neben der mich tröstenden Freundin auf meinem Bett, fallengelassenes Blatt, vergessen, verwesend. Sein T-Shirt über mein Kopfkissen gespannt wie die abgeworfene Haut einer Echse, in ihm gespeichert wunderlichster Geruch nach Vergeblichkeit ...

»Was gibt es heute?« fragte ich in das Wohnzimmer und gab zugleich zu verstehen, daß mir übel sei. – »Da wirst du dann besser fasten!« rief die Stimme unserer Großmutter hinter dem Vorhang aus dem Küchendampf. Ich sah nach Lotte, die neben der Terrasse in einem Erdstreifen mit Küchenkräutern hockte. Das blaue Liegebett lehnte zusammengeklappt an der Hauswand. Als kleines Kind habe ich unseren Großonkel für tot gehalten, als er mit hinunterhängender Unterlippe darauf schlief. Verstört war ich auch von dem Metallarm der Brotschneidemaschine, den ich nicht aufragen sehen konnte und, sooft ich vorbeikam, nach unten zog, eine der Unebenheiten in meinem kindlichen Bewußtsein. Mein Puppenwagen hatte an den Schrank zu stoßen, stand er mit dem geringsten Abstand zum Schrank, schob ich ihn, bis er anstieß, hin, was mir von den Eltern verboten war, die nicht wollten, daß ihre Möbel abgestoßen würden und Abdrücke hätten durch mich. Bei Baumwollstrumpfhosen waren es die hellen, die ich leiden konnte, während mir die tiefblauen und schwarzen eine Qual waren, und unser Vater mich letztere zur Angewöhnung unter seiner Aufsicht zwanzigmal an- und ausziehen ließ. Lotte kauerte, gleich wie in der Mulde oben beim Lager, jetzt in dem Beet und riß mit bloßen Händen Schnittlauch und Petersilie aus.

»Was machst du?« fragte ich, und überraschend antwortete sie: »Denken.« Prompt meine Frage, worüber sie in Gedanken *fliege*. – »Fliege?« wiederholte sie. Dann fragte sie scharf, ob ich nie ohne Umschreibung auskomme. Sie wandte sich mir zu. Keine Falte auf dem klaren Gesicht; auch wir hatten uns nicht vorstellen können, wie Altern anfängt; erinnerten uns an Augenblicke in der prallen Sonne, einen Spiegel in der Hand, die Entdeckung, das fremde Gesicht, unbekannte Linien, Ungereimtheiten, später Gruben, unübersehbare, schließlich Auf und Ab in der Landkarte aus Verzweiflung und Leidenschaft und bei uns ausschließlich aus Verzweiflung ohne Leidenschaft oder verzweifelter Leidenschaft, was sich immer erst im nachhinein, mit Abstand, zeigte und unerwartet aus einem Augenwinkel wuchs, als Klammern an den Mundwinkeln, deren tiefgehende messerstichartige Entwicklung wir mit Schrecken an Julia sahen, desgleichen die Stirnfalte, *Zornfalte*, die noch nicht dreißigjährigen Frauen das gebrannte Aussehen verleiht. An Lotte war noch nichts auffällig, schien alles klar und rein, lud auf den hochsommerlichen Promenaden der Kärntner Städte zu nichts als zum Zugreifen ein, galt als Ausruf wie »Nehmt mich doch!«, während uns höchstens ein Pfiff nachgezischt wurde, wenn es gutging, wogegen sich Julia mit fünfundzwanzig bereits jenseits von allen Gesetzmäßigkeiten zur Erwerbung von Männergunst und -aufmerksamkeit befand und es nicht wußte, doch fühlte, bereits soweit außer sich und hinter sich und zerstört von der Zeit und ihr jetzt unverständlichen Verhaltensweisen, daß sie den eigenen Anblick mied und nur bei Halbdunkel auf sich nahm und jeden beschimpfte, der vergaß, im Bad das Neonlicht auszumachen. In ihren Kopf zurückgezogen, hoffte sie, indem sie ihrer Verzweiflung über das Scheitern der Beziehung zu dem Kinderarzt lebenslänglich treu bliebe, könnte sie immer die sein, die sie bei ihrer ersten Begegnung mit dem Kinderarzt gewesen war, während sie in der Tat inzwischen Jahre trennten und es immer länger her war, daß er sie *Kleine* genannt und in einem Brief um ein Treffen gebeten hatte; dennoch zehrte sie von nichts anderem, als schlüge mit ihrem hartnäckigen Denken an damals weiter ihr Herz für die Zeit mit dem Kinderarzt, die auf diese Weise aufrecht bliebe und in der unsere Schwester, die doch längst und jahrelang aus ihr verbannt war, trotzdem weiter existierte. Ihr einziger Glaube hing an der *Wiedervereinigung*, dem Zusammenfinden *der Teile*, zu welchen sie sich zerfallen sah, *wie nach einer Explosion*, lasen wir bei ihr. Aus seinem Leben für immer ausgeschlossen, unter dem erdrückenden Verbot, je wieder in sein Haus zu kommen, hatte Julia den Kinderarzt umso mehr und hartnäckiger geliebt und sich nichts anderem mehr aufschließen können und war untergegangen in ihrer gewaltigen Hingabe an nichts. Der Kinderarzt fürchtete ihre kopflosen Auftritte zu jeder erdenklichen Tages- und Nachtzeit; plötzlich stand sie da, zwei oder drei Jahre nach Abbruch der nie ernsthaften und im Grunde nur zur Abwechslung während seiner Trauerarbeit nach dem Verschwinden seiner Freundin versuchten Beziehung, und begehrte, als ob es keine Veränderung geben könnte, Einlaß und Zuflucht, und wurde neuerlich hinausgeworfen aus dem Haus, das er ihr einmal als *Zuhause* vorgestellt hatte, wofür sie alles, wirklich alles, aufgegeben hatte, von ihrem von einem Tag auf den anderen bei unserer Mutter zurückgelassenem Kind über die Möglichkeit zu einem ordentlichen Studium, alles, und ihr Elternhaus und das mit einem Schlag, mit Einsetzen der wie eine dunkle Melodie ewig in ihr weitergehenden Liebe verloren. Julia war mit liebesglänzenden Augen, ausgerastet vor Hoffnung, gegangen und nach etwas über zwei Monaten an Leib und Seele zerfetzt zurückgekehrt. Sie wurde zu unserer Großmutter väterlicherseits verbannt, um ihr die Nähe zu ihrem Sohn zu verwehren und das seine ersten Schritte machende Kind zu schützen vor der *Rabenmutter*, so unsere Mutter nach der Rückkehr über Julia, eine *Nutte*, eine *biologische Mutter*, die man nicht Mutter nennen dürfe und der man den Zugang zur Vormundschaft vermauern müsse aus Pflichtgefühl, was in Gestalt von unsere wieder zur Vernunft kommen wollende Schwester wie eine Verbrecherin beschattender und ins Verhör nehmender Fürsorgerinnen geschah; jeden zweiten, dritten Abend hielt die Runde Kriegsrat um den Küchentisch: unsere Mutter, unser Vater, zwei Fürsorgerinnen, eine davon Freundin unserer Mutter, die andere im Alter Julias, und Julia als in allen vergangenen und gegenwärtigen Tagen von allen Seiten in die Mangel Genommene; in der Streitphase zwischen seinen Großeltern und der vor ihrer Degradierung zum Tier, das *geworfen* hatte (Vater und Mutter), völlig entgeisterten Julia ließ sich das einjährige Kind niemals ohne Schwierigkeiten schlafen legen, gab es Gerangel darum, wer es am besten könne und wer darin am erfolgreichsten sei, wobei der Knabe auf diese und auf jene spezielle Weise zu Bett gebracht wurde und jedes Mal wie ein Stein aus den Händen fiel, bevor er in Gebrüll ausbrach. Glückte bereits beim ersten Anlauf einem der Konkurrenten das Zubettbringen ohne Geschrei, hatte er für diesen Abend den Triumph und war im Vorteil zu seinen Gegnern vor der Richterschaft der Fürsorgerinnen.

Julia hätte sich Arbeit suchen müssen, um den Fürsorgerinnen zu gefallen und das von ihr gewünschte Ziel der Vormundschaft, die sie ihrer Jugend wegen nach der Geburt nicht übertragen bekommen hatte, zu erreichen, so zog es sich über fünf Jahre hin, und erst als sie keinen Wert mehr darauf legte und es ihr gleichgültig war, überschrieb die Fürsorge ihr die Vormundschaft und legte die Amtsvormundschaft nieder. Unsere Mutter hortete das Julias Vormundschaft bekundende Dokument, wie sie überhaupt alles Staatliche und Offizielle an sich brachte, um es gegebenenfalls gegen den einen oder anderen von uns in dessen argloser Nachlässigkeit zu verwenden. Anstatt gezielt um ihren Sohn zu kämpfen, ließ Julia sich in der Folgezeit ein ganzes Jahr lang treiben und versank in ihren unglücklichen Nächten. Ab dreiundzwanzig Uhr lehnte sie in ihrem Stammlokal an der Theke und betrank sich bis zum Morgen und ging dann zumeist in Begleitung in das großmütterliche Zimmer oder wohin auch immer. Die Beaufsichtigung ihres Kindes versäumte sie oder erschien entgegen der Vereinbarung mit der Fürsorge zu spät, verschlampt und übernächtigt, über sich selbst erschrocken aus einem fremden Haus gestürzt, orientierungslos. Die Nachbarin, die vor dem Pflegschaftsrichter zugunsten unserer Mutter über Julia zu Protokoll gegeben hatte, daß sie den Säugling durch das Treppenhaus geschleppt habe *wie ein Stück Holz*, woraus sie, die Nachbarin, durch den Türspalt geschlossen habe, *sie hat keine Liebe fürs Kind*, war eingesprungen, und Julia mußte sich bei ihr bedanken. In Kleidern, in welchen sie geschlafen hatte, erfand sie für den Einjährigen eine Beschäftigung über Stunden, während sie sich im Bett unserer Mutter wie eine Tote ausstreckte. Julias Haar verfilzte. Sie bekam unreine

Haut. Auf Fotos aus dieser Zeit gähnt sie mit geröteten Augen. Tagsüber mit dem Kind auf Kinderspielplätzen, auf denen möglichst wenig Beaufsichtigung nötig war, nutzte sie die Nächte zum Vorantreiben ihrer Zerstörungsarbeit an sich selbst, und kein Mittel war ihr zu schlecht und keine Droge zu scheußlich und niemand zu häßlich oder zu alt oder zu verbrecherisch.

Der Sinn liege in der Zerstörung, sagte sie. Daß sie hinter dem zur Schau gestellten Grauen trotzdem hoffte, der Kinderarzt könne eines Nachts erscheinen, was einmal geschehen war und unsere Schwester nur noch tiefer in den Wahnsinn stieß, weil es die noch härtere Strafe war, anderntags, nach dem Umarmungstanz zweier, von welchen bloß der eine bei Verstand gewesen war, während der andere es als Betrunkenenscherz gemeint hatte, vertrieben zu werden unter Androhung der Polizei, als sie wie verabredet erschienen war, daß sie, nicht nur um sich umzubringen, untertauchte im Schlamm abgebrühter und erstickter Menschen, um sich mit dem einen oder anderen gleich wo und wie und auf der Toilette zu vereinigen und damit weiter zu zerstören, sondern vor allem, um für *ihn* bereit zu sein, dem bekannt war, wo sie die Nächte zubrachte ... Sie wurde von einer ihrer zahllosen Betrunkenenbekanntschaften, die sich Julias Leidensgeschichte anhörten und dazu Joints drehten und rauchten und Julia in andere Lokale führten und in allen möglichen Drogen unterwiesen, eines Nachts auf zwei Männer aufmerksam gemacht, die an der Theke standen; Männer um die vierzig, der eine in einer weißen Lederjacke, der andere grau und gedrungen. Dem war etwas Entscheidendes vorausgegangen: In Geldnot und von unserer Mutter *Nutte* geschimpft durch das ganze Stiegenhaus, schlenderte sie an der Seite ihres Bekannten Frankie – der immer wieder geraume Zeit in der Innenstadt fehlte und sich dann plötzlich in schicker Kleidung in das Nachtleben mischte und ein Bier nach dem anderen ohne Umweg aus der Flasche *ausblies*, Firmen gründete und mit Geld nicht sparte und von dem man hörte, es habe ihn wegen Betrugs oder Scheckfälschung erwischt –, in Richtung Hauptplatz, als ein silberner Wagen verlangsamte und der Lenker nach Frankie rief. Sie hatten gerade davon gesprochen, daß Julia für Geld und um im Getränkekonsum nicht immer auf Fremde angewiesen zu sein, zu fast allem bereit wäre, da tauchte der silberne Wagen auf, und Frankie, Alkoholiker, aber doch geistesgegenwärtig, fragte sie rasch, ob sie für fünfhundert Schilling *einen blasen* könne, worauf sie ohne zu denken genickt haben muß, denn Frankie lief voraus und hielt den verlangsamten Wagen an, der stand im Abendlicht bereit, und Julia stieg ohne zu fragen ein, Frankie hatte alles vereinbart, ab ging die Fahrt; der Kunde, ein Zwerg mit Toupet. Sie fuhren über den Stadtrand hinaus und drangen vor bis zu einer abgelegenen Siedlung. Da es finster war, keine Straßenlampe in der Nähe, wandte sich der Zwerg allmählich ihr zu und besprach mit ihr das Wichtigste. Da er auf ihren Vorschlag des Blasens nicht einging, spreizte sie die Beine. Ängstlich nach den Seiten lugend, schwang sich der Zwerg auf sie. Nach einer halben Minute war es vorbei. Sie bekam ihren Geldschein. So einfach! Er setzte sie vor ihrem Stammlokal ab, wo Frankie schon wartete. Sie fiel ihm in die Arme. – Geld! – Endlich! – Diese Nacht niemanden bitten, sich nicht anbiedern müssen! *Selbst* bezahlen! Sie fühlte sich frei und leicht und konnte, wenn ihr danach war, sogar mit dem Taxi zum Haus des Kinderarztes fahren. Im Morgengrauen beließ sie den Taxifahrer im Glauben, er fahre sie nach Hause, in diesem Glauben war sie selbst auch. Nachdem sie durch die Fenster des großen Zimmers und vom taunassen Garten aus lang genug in den ersten Stock hinaufgeschaut hatte, rannte sie weg. Dann kam die Nacht mit den beiden Vierzigjährigen. Frankie rechnete ihr den zu erwartenden Erlös in Getränken vor, worauf sie den Herren vorgestellt wurde, und sie fuhren mit ihr los. Das Geschäftliche war mit Frankie bereits abgewickelt worden. Die Fahrt hindurch redeten nur sie und der Fahrer; der Kleine, der, wie sich zeigen würde, an der Universität lehrte, beteiligte sich nicht. Julia war betrunken und dem Glauben verfallen, sie *opfere* sich für *ihn.* Nach der Ankunft durchquerten sie einen Garten. Rundherum freie Natur. Grillen, Laub, Büsche, ein glücklicher Ort um das Einfamilienhaus des einen der Männer. In dem im Erdgeschoß befindlichen Wohnzimmer gab es eine Unterhaltung und Wein aus Kristallgläsern, erinnerte sich Julia schriftlich genau. Ein angenehm möblierter Wohnraum, halb modern und rustikal, Glasvitrinen, Fauteuils und in ihnen die beiden Herren, Julia zuprostend. Der Kleine legte seinen mißtrauischen Ausdruck nicht ab, während der andere umso mehr zu scherzen aufgelegt war. Mit den Worten »Dann gehen wir jetzt hinauf« verschwanden die Herren über eine rotbespannte Treppe nach oben. Julia suchte noch die Toilette auf und summte und sang, ziemlich betrunken, während im ersten Stock leise Radiomusik erklang. Mit einem ängstlichen Grinsen, das sich erst knapp vor der angelehnten Schlafzimmertür löste, tappte sie die Treppe hinauf. Sie klopfte. Die Tür wich zurück, im Halbdunkel standen die beiden. Noch steckte der eine in seinem Schnürlsamtanzug und der andere in dem grauen Steireranzug, noch war

Julia heil. Doch da ging schon der erste ans Werk. Seine Hände kneteten Julias Schultern, sein Körper warf sich im Stehen an sie, seine Lippen preßten sich auf ihren Mund, wobei es aus seiner Kehle heraufröhrte, was der Kleine aufmerksam verfolgte. Der erste Herr wollte Julia ausziehen, doch sie verbot sich den Zuseher, der darauf draußen wartete. Nach dem *Liebesakt* zog sich der erste Herr nur widerwillig zurück und hat sie, wie er später gestand, nur aus Freundschaft zu ihm dem anderen überlassen. Seinen Steireranzug ließ der in einer Ecke fallen und sprang sie an. Nur aus Bart und behaarter Brust, klebte er einmal auf und einmal unter ihr. Später fällte er das Urteil, sie sei *professionell*, erfuhr sie von dem ersten Herrn, bei dem sie längere Zeit lebte. Diesmal wurde ihr bloß der halbe Preis gezahlt, den Vorschuß hatte Frankie bei ihrer Übergabe kassiert.

Lotte trat vor mir ins Wohnzimmer, meine lange Abwesenheit hatte sie das Interesse an einem Gespräch verlieren lassen, ich hatte zu viel über Julia nachgedacht, deren schlimmstes Jahr vergangen war, nicht aber vergessen, Julia war nie frei davon. Erwähnte man vor ihr, die jetzt Schopenhauer las und aufgehört hatte, zu rauchen, Frankie, wurde man beschimpft. Fragte man sie nach dem Jahr, wußte sie nichts zu sagen. Sie schämte sich jetzt, wo sie verändert war, der Exzesse, vor nichts anderem so sehr als vor ihrem eigenen Bewußtsein und ihrem eigenen wieder denkfähigen (wieder ausgegrabenen) Kopf.

Bis auf das Kind saßen nur Frauen bei Tisch, die mit blinkenden Löffeln die Nudeln auseinandertrieben und das Suppenwasser verrührten zur Kühlung. Nach dem dritten Löffel rutschte Julias Sohn von dem schwarzen Polster, auf dem wir alle einmal in Latschach zu sitzen hatten, und gab sich auf dem Teppich dem Studium von *Naturbüchern* hin. – »Er wird schon, wenn er hungrig ist!« beugte unsere Großmutter einem Aufschrei unserer alles im Hinblick auf das Beste bereitenden Mutter vor. Julia starrte in ihre Suppe. Ich schluckte Flüssiges und sagte: »Superstimmung!«

In Beschimpfungen ist unsere Mutter die Erfinderischste und, wenngleich sie für jeden immer *nur das Beste* will, die Rücksichtsloseste und hätte das Zeug dazu gehabt, mich in die Verzweiflung zu treiben, wäre sie jemand anderer gewesen als unsere Mutter. Ich lief hinaus, das Essen war mir verdorben, ich stieß die Tür in das Großonkelschlafzimmer auf und legte mich der Länge nach auf das Bett der Großtante. Hysterisch schrie ich, mehr wegen des Verlustes einer Mahlzeit als infolge der fast schon Gewohnheit gewordenen Beleidigungen. Lotte wurde geschickt. Unsere Großmutter sorgte sich um die Wiederherstellung des ursprünglichen Zustandes des Zimmers nach meiner Vertreibung aus ihm. Vor dem Fenster, dessen Jalousien hinuntergelassen waren, flüsterten unsere Mutter und Julia. Lotte hatte, als ich den Kopf hob, die Schürze der Großtante um. Ich hatte getobt und mir eine Fehlgeburt als theatralischen Höhepunkt gewünscht und unsere Mutter als Schuldige bezeichnet.

»Mußt du unbedingt Julias Schicksal teilen?« fragte ich Lotte.

»Welches hat sie denn?«

»Schau sie dir an!«

»Und du? Und Monika? – Warum sollte es bei mir anders sein?«

»Triff diesen Mann nicht mehr, bitte!«

»Welchen?!«

»Den mit dem Wiener Kennzeichen. Wir haben gesehen ...«

»Und? – Was dabei? Ich gehe, mit wem ich will! Niemand kann mich hindern! Ich bin jetzt fünfzehn, habe die Regel, bin keine Jungfrau mehr! In meinem Alter seid ihr alle noch Jungfrauen gewesen; ich bin nicht wie ihr und schon gar nicht wie Julia! Sollte ich ein Kind kriegen, wird es mich freuen! Ich hasse die Schule ...«

»Lotte, hör auf! Du kriegst deinen Lateinlehrer nie!«

»Dann will ich auch nicht mehr leben.«

»Das ist Trotz, Lotte, das ist der blanke Trotz! Und das vergeht! Du mußt dich nur beherrschen ...«

»Hast du dich je beherrscht? – Sieh dich an: deinen Bauch da, nennst du das Beherrschung!«

»Du sollst es anders machen ...«

»Anders!! – Ich bin ich und lebe wie ich muß, ich kann nicht anders leben! Wenn *er* mich nicht nimmt, soll jeder mich haben! Zerfleischen und verderben sollen sie mich, wenn ich für den Geliebten zu schlecht bin ...«

»Lotte, das ist Selbstmord!«

»Ach, ich hab es satt!«

»Lotte, du bist noch jung und schön ...«

»Eben!«

»Lotte, sieh mich an, ich ...«

»Bemüh dich nicht. Du solltest wissen, daß mir nichts hilft ...«

»Liebeskummer?!«

»Liebesverzweiflung, Liebestod. Er wäre der Sinn meines Lebens, begreifst du, ohne ihn ist mein Leben nichtig, wie ein Mensch ohne Atem und Herzschlag!«

»Wieso hast du mich verfolgt, oben beim Lager?«

»Lager?« fragte sie verwundert und verstand nicht gleich, »ach so, der Platz am Felsen!«

Sie löste die Schürze und legte sie zurück in den Kasten.

Ich fragte, wie es um ihre Infektion bestellt sei, die sie seit der Entjungferung hatte.

»Der Pilz? – Juckt und näßt.«

Konnte sie da mit Männern schlafen?

Natürlich! Den Deutschen habe es zuletzt ein wenig gestört, da es ihr Schmerzen verursachte. Endgültig abgereist sei er wegen etwas anderem, das er genannt habe: *Turnsaalgeruch.* Unsere jüngste Schwester war noch empfindlich. Sie hatte sich auf die Bemerkung hin im Bad eingeschlossen und war lang nicht herauszubewegen. Es habe ihn Nerven gekostet, nur mit einem Handtuch um die Mitte, eine Minderjährige auf den Korridor hinauszubitten. In seinem Zimmer betrank Lotte sich – und machte sich dann am Unterleib des Deutschen zu schaffen, so wie sie es aus einem Sexfilm unseres Bruders kannte.

»Bloß habe ich versagt«, gab Lotte vor mir preis. Sie sagte, er habe *gelitten.* Ich bebte vor Lachen, da lief sie davon wie der wilde Stier, verletzt oder einfach wieder beleidigt.

Mit Katzen der Umgebung auf unseren prallen Bäuchen genossen wir nachmittagelang die Sonne hinterm Haus, auf verschiedenfarbigen Plastikgitterstühlen, hinter uns die durch die dünnen Wände hörbaren Unterhaltungen der in der Küche hantierenden Frauen. Der Wind versetzte die Trauerweiden, die unser Großonkel gepflanzt hatte, in Schwingung. Von Zeit zu Zeit fiel uns etwas ein.

»Hat dir kein Mann wegen deiner abgebissenen Nägel die Meinung gesagt?«

»Doch, jeder irgendwann.«

Ich fuhr mir durchs Haar. Monika betastete ihren abgeflachten Nabel. Wir zählten Vornamen auf und lachten über die ungewöhnlichsten. Wir berührten mit keinem Wort unser Leiden. Das Leid war in unseren Bäuchen; wie Grabhügel warfen sie sich vor uns auf.

Mütter!

Wir sahen uns an.

Wie laut und unwahr die Geräusche im Kreißsaal, wenn man sie aus uns herausziehen würde! Wie unbarmherzig, niederträchtig, stumpf. Wie es einfach und natürlich so sein würde, weil keine andere Möglichkeit war; wir waren keine Ausnahmen, Erhalterinnen der Art.

Unsere Verbrennungen jedoch waren umfassender und gefährlicher. Daß *Schwangerschaft* sich ähnlich anhöre wie *Kaffeerösterei*, nahm ich mir nicht heraus zu bemerken.

Bei Julia war zu lesen, wir fanden den Zettel auf dem Fußboden, daß sie das Interesse am Leben verloren habe, dann wieder befalle es sie *schubartig*, breche der Lebenswille *orkanartig* und *krankhaft* aus ihr heraus; sie sei hin- und hergerissen zwischen Leben- und Tot-sein-wollen – denn Leben und Sterben waren ihr dasselbe, *eine* Angelegenheit, von der Sprache verfälscht. Sie hatte nach der Trennung von dem Kinderarzt, neben nicht mehr überschaubaren und von ihr im Vollrausch und in ihrer als Wirkung und Folge auf Überdosen von Medikamenten einsetzenden Sucht nach Nähe und Wärme (allein von ihrem Kinderarzt) an sie herangelassenen, von ihr selbst später als unnötig und tödlich bezeichneten Bekanntschaften für eine Nacht einmal einen getroffen und angesprochen, wie jeden wie sie an der Theke Ausschau Haltenden irgendwann, ohne etwas anderes in Aussicht zu haben als die Einladung auf ein Getränk; der Mann habe sie mit Interesse angeblickt, hatte aber nichts zu bieten, nichts als seine Stimme und ein Gespräch, das sie auch annahm und selbst großteils am Wort war und sich die Stunden ihrer üblichen *Wartezeit* verkürzte, bis der Kinderarzt endlich auf der Treppe stünde, denn nur daraufhin harrte Julia das ganze Jahr hindurch an der Theke aus, und fragte sie einer, warum ihr Blick dauernd auf der Treppe sei, erklärte sie, jemand habe versprochen zu kommen und verspäte sich, ihre Vorstellungsgabe führte zu den abwegigsten Geschichten, die zu erzählen ihr die Stunden zu erleichtern schien und ihr dazu möglich machte, zu träumen, bis zum Morgen und der über die Zapfhähne gerufenen und letzte Nachtschwärmer verscheuchenden *Sperrstunde.* Ihre Leidensgeschichte bekam jeder zu hören, kaum hatte Julia sich zu ihm gesellt oder er sich zu unserer ältesten Schwester, war er eingeweiht in ihr Schicksal, mußte Details aufnehmen und an Ort und Stelle verwerten, erfuhr von *der Geburt* über den schulischen Werdegang als Anstoß zum Untergang alles, bis hin zum Höhepunkt der Leiden in dem Haus des Kinderarztes, wußte am Ende alles und glaubte kein Wort und hielt Julia für eine von zuviel Fantasie Gequälte, doch keiner entfernte sich, die Lage Julias bannte jeden, auch den Mann auf dem Barhocker. Nach einem zufälligen Wiedersehen in der folgenden Nacht ergab es sich, daß sie gemeinsam durch die winterliche Innenstadt gingen, auf ihren Vorschlag zu ihr, zu unserer Großmutter väterlicherseits. Sie zeigte ihm alles von dem großväterlichem Sterbebett über die Dinge unserer Großmutter, die gerade auswärts nächtigte, dem Bildnis von Jesus und den Jüngern auf der Wiese, dem Schrank des Großvaters bis hin zum familiären Fotoalbum und gab Einblick in die Küche und in die Speisekammer und erzählte, daß ihr kürzlich, der kindheitlichen Gewohnheit eingedenk, aus einem Blechkessel bis zu faustgroße Staubzuckerklumpen gegen das Verbot unserer Mutter zu naschen und sich im Bündnis mit der dazu anstiftenden und einladenden Großmutter anschließend mit einem halbverwesten nassen Fetzen über den Mund wischen zu lassen, ein Irrtum widerfahren sei, sie hatte jetzt endlich ohne Fetzen zum Abschluß aus dem Vollen fassen und sich die weißen Klöße nur so hineinstopfen wollen – und es war Mehl! Der Begleiter sei auf alles liebenswert eingegangen und mit ehrlichem Interesse. Er habe sich in seiner konservativen und klassischen Bekleidung von der Masse abgehoben und sei ihr sofort (in der Menscheneintönigkeit bunt und verrückt Angezogener) als entschiedener Sonderling aufgefallen bei ihrem zweitem Treffen oder zufälligem Wiedersehen (das nicht ganz zufällig war, hatte unsere älteste Schwester es doch nicht versäumt gehabt, ihn gleich anfangs zu unterrichten, daß sie jede Nacht in dem an einen Friedhof mit lebenden Toten, ein Lazarett, ein Sterbelager erinnernden *Triangle* sei, dessen Pächter aus Leiden und Liebeskummer der jüngeren Generation Kapital schlug und aus dem Masochismus und Sadismus der meisten und Randalierende und andere Störenfriede eigenhändig über die Treppe und vor das Lokal, an die frische Luft ohrfeigte). Er habe sie fasziniert, stand geschrieben. Sie habe sich, vom Fußboden in der Wohnung unserer Großmutter aufgestanden, hinter der Tür der Toilette *blitzartig* verliebt.

Der junge Schlachthofnachtportier, der sie von Zeit zu Zeit, gegen fünf oder sechs Uhr morgens, wenn sie eben erst ins Bett gestiegen war, überraschte und selbst darüber verwundert war, daß sie sich mit jemandem wie ihm einließ, der eigentlich Medizin studierte, an dem alles und jede sich totstellende menschliche Regung auf einen umfassenden Schrecken seiner Kindheit zurückzuführen war, hatte fortan nichts mehr bei ihr zu suchen, plötzlich war sie geheilt, ihr pausenloses Denken und Sicherinnern an den Kinderarzt ging zurück; sie blickte voraus und bangte um eine Zukunft, die es durch die Gestalt des Neuen wieder für sie gab. Er schrieb ihr, er freue sich jetzt sogar wieder auf ein *Würstel am Hauptplatz*, was sie als Beleidigung verstand. Verbrannt und verstümmelt nicht allein durch den Verlust des in Wahrheit nie für sie gewesenen Kinderarztes, ebenso von den die Zerstörung an ihr vorantreibenden und wie in einem Räderwerk an ihr aufrecht erhaltenden Nächten, war Julia (nach ihre eigentliche Willenskraft zu denken, selbständige schillernde Gedanken zu haben, eigene Wege zu gehen im Weiterdenken, zugrunderichtenden Erlebnissen) kein unbeeindruckter Mensch mehr und hatte die Hochschule des zwischenmenschlichen Chaos und Zerfalls absolviert, worin Zerrüttung gelehrt worden war. Haß war ihr Kapital, das sie in alle Richtungen verstreute und nachts, was nach Gedanken roch und nach Gefühlen aussah, in Halbdunkel und Dämmerschein, in Verschlafenheit und alkoholgeschwängertem Todeswunsch der Leidensgefährten ertränkte, und sich so über die Runden brachte mit dem Ziel und der trostlosen Aussicht ihrer von selbst und folgerichtig auf ihre Bemühungen der Aufgabe und Auflösung irgendwann eintretenden Vernichtung. Ihr Sohn war zu diesem Zeitpunkt zu klein, um sie wie dann später mit seiner Gegenwartslust abzulenken, ihr das Chaos zu verbieten mit dem klaren Blick seiner sie selbst begehrenden und in Klarheit fordernden Augen. Julia verstand es, sich abzukehren, und führte ein Doppelleben, bei Tageslicht mit ihrem Kind in Parks, auf Spielplätzen, im Garten, nachts an der Tränke, auf der Lauer: *Wer könnte es diese Nacht sein?*

Ihre erste Reise nach den Folgen des Kinderarztes ging nach Budapest. Bereits in der Ankunftsnacht kam es zum Streit, sie schlug dem Begleiter mehrmals auf den Kopf, angeblich, weil sie bei Dunkelheit nichts sehen und nichts von der Stadt erkennen konnte. Sein Spott über ihre Verunsicherung trieb sie zur Hysterie. Sie habe den Verstand verloren; genauso habe der Kinderarzt immer über sie gelacht, lasen wir. So war die Verbindung im Keim erstickt und durch Julias in Schmerz und Haß geäußerte Befürchtungen unmöglich, von Anfang an. »Als hätte er mich angenagt, und es wäre nur noch die Hälfte von mir oder noch weniger da«, schrieb Julia. Was wir erst von den Latschacher Zetteln erfuhren: Der Anschein des neuen Mannes habe nichts mit Tatsachen zu tun gehabt, denn tatsächlich hauste er, den sie im Geiste auf Ledermöbeln in hohen Räumen gesehen hatte, zusammen mit einem Menschenknochen von Friedhöfen sammelnden und in Kartons im Vorhaus aufbewahrenden *Künstler* und dessen nackt umherspringender Freundin in einer von Zigarettenluft, Schimmelpilz und Kälte geprägten schlauchartigen Wohnung, in deren engster und einem Sarkophag in der Form entsprechenden Kammer mit einem Krankenhausbett und Unmengen von aufgehäuftem Lesestoff, schmutzigem verstaubten Unrat und Trödelwaren und Erinnerungsstücken. Zu zweit in dem durchgelegenen Einzelbett, war es von der ersten gemeinsamen Nacht an nicht gutgegangen, zerronnene und nicht zu rinnen aufhörende *Verlassenheit*. Julias Annahme auf dem von uns gefundenen Zettel: *Der Erwachsene entfernt sich immer weiter von sich und der Wahrheit, immer weiter in allem, was er tut und anstrebt und unterläßt, bis er weder sich noch der Wahrheit begegnet ... und das reine Leiden ist!*

Und: *Das Leben ist mir nicht möglich – und umgekehrt.*

An *Liebe* habe sie nie wirklich Gefallen gefunden, hatte Julia einmal gesagt; bei uns, Monika und mir, nahm diese den gleichen Status des unerlaubt und heimlich begangenen Verbrechens ein, wir alle hatten, kaum geschlechtsreif, über nichts mehr so angestrengt nachgedacht wie über die möglichst bald und klaglos an uns zu vollziehende Entjungferung, als Gegenschlag zu den einseitigen Methoden unserer Erzieher und deren Hygieneterror; schmutzig und elend zu sein als höchstes Ziel und mitten in den Abschaum hinein – uns in jahrelang mit Erfolg von uns ferngehaltene Abgründe der Stadt und des Lebens hinunter zu stürzen und an dem jähen Umsprung heldenhaft zugrunde zu gehen und der Gnadenlosigkeit und Unbarmherzigkeit der uns verschlossenen Wirklichkeit zum Opfer zu fallen und am Höhepunkt der Grausamkeit an uns selbst zu verrecken, selbst schuld daran, Meister in der Zerstörung. Die Selbstbeobachtung und Bespitzelung eigenen Wahrnehmens und Denkens schloß von Anfang an jede Möglichkeit des reinen Lusterlebnisses aus, was wir von unserem ersten Beischlaf an bekämpften und theatralisch überspielten und uns nie wirklich diesbezüglich auf den Grund kamen, wieso oder warum oder wieso und warum nicht, was die Ursache sei; ob unsere von uns selbst als dem Geist gegenüber, im Verhältnis zu ihm, billig und nichtswürdig gesehenen Körper, mit welchen arges Schindluder zu treiben uns immer schon aus Leidenschaft mit Schadenfreude und Spott erfüllt hatte, wie sonst wäre es uns so leicht gefallen, uns bedenkenlos die Unschuld für das ganze Leben auf garstige und nichtssagende und nicht wieder rückgängig zu machende Weise rauben zu lassen, wenn wir nicht im Zwist mit uns selber als Körpern und uns in unseren Gedanken begriffen gewesen wären. Stets war der Geist über die Körper erhaben; *Körpermorast* und *Körperschande* lasen wir in Latschach von Lottes Hand; einen Krieg trugen wir aus mit unseren Leibern, gegen welche sich dauernd zu widersetzen den Tod heranzog. Jeder Triumph über uns als Körper bestätigte uns, Lottes Entjungferung in Südtirol, »ohne es beabsichtigt zu haben und nur aus einer zufälligen Situation, angeheitert, Kapital schlagend, um ein Stück weiter zu sein ...«, lasen wir, durch den Wiener Uhrmacherlehrling, dessen Namen sie zu dem Zeitpunkt nicht einmal wußte, die daraus entstandene und während der weiteren Reise schmerzlich verschlimmerte Pilzinfektion, die ein Südtiroler Arzt an der mit diesen Körperzonen noch überhaupt nicht vertrauten, von ihrem eigenem Wahnsinn Verschreckten konstatiert hatte, Lottes Leiden aus dem Entbehrungsschmerz des Lateinlehrers heraus, dessen Zuneigung ihr so sehr fehlte, daß sie ohne sie keine Zukunft mehr sah und sich nichts mehr erwartete als die Erlösung im Tod – man denke, ein fünfzehnjähriges Mädchen –, ihre Selbstmordabsicht am Strand von Caorle, ihr Siechen auf der Ladefläche im Bus, während die anderen halbe Nächte vor den Zelten feierten, die Arztbesuche, der glühheiße Sand zu der immer teuflischer von unten herauf in ihr brennenden und sie wie Säure verätzenden Infektion, die auf dem Campingplatz nur leidlich gemachten und von der Umgebung belachten Sitzbäder, das alles zusammen befriedigte Lotte im Höllenschmerz und verhalf dem unsichtbaren Leiden gleichsam zu äußerer Form: Ihr diffuses Lateinlehrersleiden trug nun schlagartig den Namen *Infektion*, ihr für *ihn* gedacht gewesener Leib war geschändet, die Zerstörung eingeleitet, die sogenannte Unschuld dahin, sogar die Möglichkeit einer Schwangerschaft und umfassenden Existenzveränderung war nicht ausgeschlossen, das Trauern kein Gedankennebel mehr wie bisher; es wurde bestaunt und besprochen und für Scherze innerhalb der Jugendgruppe mißbraucht; sie konnte auf der Ladefläche im Bus liegen und an die Decke starren und spürte das Brennen, das sie gedacht und im Bewußtsein mitgetragen hatte, erfaßte es jetzt als etwas und fühlte sich erleichtert; die Pilzinfektion sei ihr Trost, schrieb Lotte.

Immer zu Frühlingsbeginn plagten Julia Depressionen, die sie seit dem Ende der Beziehung zu der Havannas rauchenden und englische Schuhe tragenden klassischen Bekanntschaft aus dem *Triangle* in der Form kannte; der Mann hatte sie schon nach den ersten Tagen in seinem Krankenhausbett mit solchen Anwandlungen, sich unter der Decke zu verkriechen, dabei angezogen wie zum Ausgehen, und sich stundenlang totzustellen, erstaunt, und es strikt abgelehnt, daß sie sich zu ihm legte, um ihm Gesellschaft zu leisten, nicht einmal das Entblößen ihres Oberkörpers stimmte ihn um, wußten wir von unserer ältesten Schwester, die es nach den ihr total verfallenen älteren und teilweise für Liebesdienste bezahlenden und für alles und jedes aufkommenden Herren nicht verstand noch ertrug, wenn jemand von ihr unbeeindruckt war; sie handelte mit sich als Körper wie mit einem Gegenstand, den sie, wem immer, zuspielte und darin grundsätzlich erfolgreich gewesen war. *Eingekesselt lag er da, eine nach nichts Lebendigem stinkende Leiche.* Seither nahm sie zu Frühlingsanfang, wenn die allgemeine Atmosphäre und das Erwachen in der Innenstadt, die veränderten Lichtverhältnisse und Farben und die Marktstände und luftig gekleideten Menschen die Zeit mit dem Kinderarzt und die schwermütigen Erinnerungen an ihren festen Glauben, am richtigen Ort und in dem Haus als ihrem Zuhause zu sein, im Begriff, den Einzug ihres Sohnes vorzubereiten, wiedererweckten, an sich ein Umschlagen ihrer Lebenssicht wahr, von lebenswillig auf schon tot. Gleichzeitig mit dem Verfall ihrer Lebensfreude, mit nichts im Bewußtsein als der Ausrottung und Vertilgung, dem Versanden ihrer Lebensfähigkeit, ihrer *Möglichkeiten*, trat die das restliche Jahr über vergessene Zeit in gegenwärtige Fugen und bedeckte und veränderte jede Wahrnehmung und führte von Frühling zu Frühling, mit dem erneuten Aufkommen der schwebenden Luft, der einmaligen Sonne, schlimmere Einsichten herbei, die sie immer und immer wieder an die Grenzen des Erträglichen trieben, doch, überwunden, sie auch retteten, meinten wir. War ihr Kinderarzt, solange sie sich noch jede Nacht von ihm hatte heimführen lassen, überaus aufmerksam und bemüht um sie gewesen und hatte ihr immer alles verziehen und ihr einmal nach einem Mißgeschick auf der Toilette eine seiner Hosen gereicht und mit ihr über eine Zukunft getagträumt und Gedanken am Kaminfeuer aus seiner Richtung (und Sicht) in ihre Richtung (und Sicht) gesandt, war das Vertrauen aus einer ungewöhnlichen und vom ersten Augenblick an wachsenden Vertrautheit und Verwandtschaft ihrer Charaktere zum festen Bündnis gereift und hatte sich etwas wie *Liebe* entwickelt, empfand Julia jede Stunde in seinem abgelegenen und vom Trubel abgeschirmten Stadtrandhaus am Bach als Zeit der Freiheit und aller offenstehenden Wege und des größten Glücks, gab es nach dem Einzug nur noch über sie herziehende Schatten und den Zuständen der Mißbilligung und Erniedrigung ihrer Person in unserem Elternhaus vollkommen ebenbürtige Verhaltensweisen und Angriffs- und Abwehrmechanismen des Kinderarztes. Hätte Julia ihr heutiges Wissen damals gehabt, wäre sie vielleicht fähig gewesen, den Kinderarzt zu mehr zu reizen als zum Versuch der Entziehung der Tochter von einem Schulkollegen. Nicht einmal ihre Kleider zu waschen war Julia fähig, sie warf die verdreckten Sachen einfach weg und war angewiesen auf Almosen des kaum Patienten behandelnden und auf diese Weise Zeit für seine *Trauerarbeit* gewinnenden Kinderarztes, der nicht bereit war, sie finanziell auszuhalten, mit dem Argument, er wäre schon an seiner Gefährtin gescheitert, die ihn verlassen hatte und umso nachhaltiger über allen Dingen und in allen Zeichen lag. Die Italienreise, zu viert, drei pausenlos betrunkene Männer jenseits der vierzig mit unserer ältesten Schwester, die sich ihrerseits, um nicht so trübsinnig und trübend zu wirken, in unabsehbarste Ausuferungen hinaus betrank, gequält von seinen leicht hingesagten Versprechungen und öffentlichen Heruntermachungen, seinem im Hotelflur nach der Ankunft bekundeten Bedauern, mit ihr das Zimmer zu teilen.

Die *Gefährtin* tauchte hie und da auf, saß mit ihm auf einem Picknicktuch im Garten, bei Erdbeeren und Sekt, eine Dunkelhaarige mit orientalisch maskulinen Zügen, und schaffte es jedesmal, ihn zu verwandeln; seine Härte und Macht wie fortgeblasen, hockte er mit der als Waisenkind zu ihm gekommenen jungen Geliebten vor seinem Vogelgehege und blickte mit erwärmten Augen auf die aus elenden Stunden in Innenstadtlokalen und Gedanken an ihn Heimkehrende und lud sie ein, sich zu ihnen zu gesellen und mitzutrinken, was sie, um sich nicht zu verraten, tat; die Freundin unterhielt es, in Julia untergrub es die Hoffnung. Mit den feierlichen Worten: »Das ist sie, für die ich alles tue!« hatte der in den Lebensgeistern wiedererwachte Kinderarzt ihr seine Geliebte vorgestellt. Julia, noch ohne jede Erfahrung in Sachen Menschenbeziehungen, zerbrach an den Tatsachen und unterdrückte zugleich ihre Klarsicht darauf und blieb, hoffte nichtsdestoweniger und gab ihre Hoffnung erst auf, als er sie mit anderen gegen die Abtrünnige gerichteten jungen und bildhübschen Frauen und Mädchen und seinem steigenden Mißmut und Unwillen in allem und mit zunehmender Rücksichtslosigkeit brutal verbannte. Irgendwann habe es keine andere Wahl mehr gegeben, *als für ihn gestorben zu sein*, schrieb Julia. In Latschach träumte sie oft von dem Kinderarzt, obwohl Hochsommer war, frischten sich die einzelnen Tage und Hiebe und Grade der Zerstükkelung und Zerfleischung in Latschach wieder auf und bewegten Julia aufs neue. In einem Traum gab sie sich damit zufrieden, auf dem Bauch unter (in Wahrheit nicht vorhandenem) Gestrüpp in seiner Garage seine Ankunft mit seiner von Zeit zu Zeit aus Wien zu Besuch kommenden Frau zu beobachten, und schon seine Heiterkeit angesichts ihrer Lage auf dem Bauch in der Garage beglückte sie, als wäre sie seiner Gleichgültigkeit gegen sie für ihr Leben verfallen, daß er sie nicht vertrieb nach allem und ihr im Traum gestattete, mit ihm die Stufen in den Keller, die im Traum nach oben statt nach unten führten, hinaufzusteigen, beglückte sie, jede Unannehmlichkeit in Kauf zu nehmen war sie bereit, nur um für Augenblicke in seinem Schatten zu sein ... ihrer beider Herzen in dem gemeinsamen Gehäuse eines Raumes zu wissen ... Julia hatte sich, wo es nur ging, falsch verhalten, und wie unsere Mutter es auf ihre saubere und vorsichtige Weise uns eingeimpft hatte, allem immer vorzubeugen, den Beischlaf des Kinderarztes mit einer aus Wien angereisten Bekannten befürchtend, mit seinem Malerfreund *etwas begonnen*, was den Kinderarzt in der Tat anekeln mußte und in seiner Meinung, Julia sei ein völliger Fehlgriff, bestätigen. Was wir nicht gewußt hatten und erst aus den Latschacher Aufzeichnungen erfuhren, war eine Begebenheit wenige Wochen zuvor, die unsere letzte Hoffnung auf Besserung verfallen ließ.

Aus heiterem Himmel, wie es schien, überkam Julia im Schreiben in Latschach jener südsteirische Vorfall. Hatte sie zuvor über ihren Sohn geschrieben, ihre eigentümliche Form der Liebe zu ihm und die Komponente der Ohnmacht, kehrten die folgenden Sätze zurück in die verhängnisvolle Buschenschenke, einem kleinen Hof in der südsteirischen Hügellandschaft, auf einer oftmals gewundenen Straße erreichbar, umgeben von Werkzeugschuppen und Ställen für Geflügel, Hühner, Gänse, Enten in allen Größen, wo der Schrecken des für längst verwunden und abgefertigt geglaubten Jahres nach dem Kinderarzt zu bizarrer Gegenwart und erstaunlichster Form gekommen war. Mit einem jungen Mann, den sie in einem Innenstadtlokal der gepflegteren Sorte, wo hauptsächlich Jüngere als sie sich die Abendstunden im Gespräch und Beisammensein bei aktueller Musik gestalteten, durch die Lektüre eines Buches und ihre Erscheinung, deren *mystischen Ausdruck*, schrieb Julia, ohne es zu beabsichtigen, neugierig gemacht hatte, legte sie den vom Regen durchweichten Lehmweg zurück; etwa auf halber Strecke wurde gegessen; sie hatten ihre eigene Mahlzeit mit, waren in Geldnot, was den Anstoß gegeben hatte, in kein Gasthaus zu gehen, die viel günstigeren *Weine im Eigenbau* in Anspruch zu nehmen, von welchen das Achtel um sieben Schilling zu haben war, wogegen ein Glas Wein in der herkömmlichen Gaststätte gut das Doppelte verschlang. In dem größeren Raum war eine elektronische Orgel in Betrieb, in der von ihnen des Platzmangels in dem überfüllten Nebenraum wegen gewählten Küche sprang der Hausherr mit seiner *Quetsche* von einem Bein auf das andere und stimmte aus voller Kehle die anzüglichsten Lieder an. Ein nicht der Sprache mächtiger lallender und, sooft er die Hände frei hatte, heftig gestikulierender Vierzigjähriger verstand es, sich trotz seiner Behinderung nützlich zu machen, und schenkte die Gläser ein und balancierte sie, seinen Bewegungen nach ein Spastiker, an ihren Bestimmungsort und irrte sich meist in der Aufteilung. Eine Frau mit Lupenaugengläsern streckte jedesmal ihre Hände in Spülwasser, ehe sie daranging, die Gäste zu bedienen. Von nebenan strömten sie in die Küche, wenn sie auf die Toiletten wollten, in dem Raum mit der Orgel wurde getanzt, ging es lauter zu als hier, wo sich hauptsächlich die Bewohner aufhielten. Julia und ihr Begleiter rechneten aus, wieviel Sieben-Schilling-Achtel sie sich leisten könnten. Sie tranken und verbrauchten ihr Geld. Neidisch auf eine sie in ihrer plötzlichen Bereitschaft zu Kommunikation immer begieriger einbeziehende Runde Jugendlicher, die fortwährend Wein bestellen und Brettljausen anschaffen konnte, vergaßen sie die Grundsätze des Stolzes und der Menschenwürde und ließen sich soweit herab, daß sie zum Gespött wurden und für Abwechslung sorgten mit Tauschgeschäften von nur auf ihre wachsende Betrunkenheit zurückzuführender Art und eine Havanna-Zigarre gegen ein Achtel eintauschten und während des Trinkens die Belustigung und Hetzrede in Kauf nahmen und ihr Verhältnis zum Gegenstand von Spekulationen machen ließen und nach dem ersten Glas ein weiteres durch eine Prise Schnupftabak erpreßten. In der allgemeinen Erregtheit stand ein voller Zweiliterkrug auf dem Tisch, und das Saufen konnte sich ungestört fortsetzen, ein Krug folgte dem anderen, wie Verdurstende tranken sie, bis ihr Freund die Dunkelheit für den Zeitpunkt zum Aufbruch hielt, wovon unsere völlig betrunkene Schwester nichts wissen wollte und sich mit allen Mitteln dagegen auflehnte. Der junge Mann war bereit, das an der Hauptstraße geparkte Auto heraufzuholen, solange könne sie bleiben. Julia gab ihr Einverständnis. Kaum war er aufgebrochen – auch die Jugendlichen waren gegangen –, wechselte sie in das Nebenzimmer und fand in einer großen Runde Aufnahme und trank. Ab hier wurde Julias Erinnerung undeutlich. Ab dem entscheidenden Augenblick fiel sie aus. Aus der Sicht des Freundes, der sie unter Fremden wie unter Freunden sich gebärden fand, sich von ihr anstiften ließ, auf der Orgel zu spielen, geschah folgendes: Julia stand auf, nachdem sie sich mit anwesenden Kindern angeregt unterhalten hatte, durchquerte das Vorhaus und die indessen verfinsterte Küche, hin zu den Toiletten. Dort nach dem Lichtschalter tastend, überfiel sie jemand von hinten und stieß sie in eine der Klokabinen und sperrte von innen zu. Als Julias Freund des Orgelspielens müde war und nachsehen ging, was sie so lang draußen mache, hörte er es hinter der Klotür stöhnen. Er klopfte und kündigte die Abfahrt an.

Anderntags wußte sie von nichts. Nicht, wie sie heimgekommen waren, und daß sie nicht aussteigen hatte wollen, und schon gar nicht, wie sie ins Bett gelangt war. Auf die Frage des Begleiters, was in der Klokabine geschehen sei, konnte sie nur ratlos den Kopf schütteln. Nicht einmal das Gesicht des Mannes oder sein Alter fielen ihr ein. Nichts. »Ich glaubte, geschützt zu sein. Immun geworden nach langer Krankheit. Im Gegenteil. Ich kann mich nur noch verabscheuen!«

»Ich arbeite an etwas Lebensveränderndem«, verriet Julia über das Paket in ihren Armen, das sie, wenn ihr das Kind zu nah kam, erschrocken über ihren Kopf hielt. Das Paket bedeute ihre Zukunft, gab sie zu verstehen. Unsere Mutter strich Brote in der Küche und fuhr dem Kind, sooft es in Reichweite stand, über die Stirn. – »Mit welchem Geld wollt ihr für eure Babys aufkommen?« hatte sie am Nachmittag gefragt. Wir rechneten mit Schicksalswenden, einem unerwarteten Haupttreffer oder einer anderen Lösung.

»Ist ein zweites Kind in dem Paket?« fragte Julias Sohn. Sie nahm am selben Abend Abschied und fuhr mit dem Bus nach Villach und von dort im Zug nach Graz. Auf unsere Frage nach dem Anstoß, wir vermuteten eine Nachwirkung des Buschenschankunglücks, nannte sie Arbeit. Welche? Wir wußten nichts von Arbeit, die Julia verrichtete. Abermals verwies sie auf das gut verschnürte Paket. Waren Halstücher drin, die sie zu färben gedachte? Wollte sie eine Skulptur errichten? Wollte sie malen? Schrieb sie mit dem Ziel der Publikation? Sie gab nichts Näheres preis. Sie könne nichts sagen, denn verriete sie es vor seiner Zeit, entferne es sich aus dem Bereich der bislang nur nutzbaren Möglichkeiten.

Die Mutter umarmte und drückte Julia, mit der sie sich zuletzt am besten verstanden hatte; gewiß, glaubten wir zu sehen, weil diese in Gedanken schon mit dem, was sie in Angriff zu nehmen vorhatte, beschäftigt gewesen war. Deshalb hatte sie unsere Tragödie kaum betroffen, hatte ich sie vor dem Fenster des Großtantenzimmers mit unserer Mutter tuscheln gehört. Die Verschwörung. Das Elend. Die Not. So könnte ihr Roman heißen, dachte ich bei mir und war mir ziemlich sicher, daß sich ein Manuskript in dem Paket befand, das sie einem Verlag senden wollte. Gewiß kamen wir darin vor. Vielleicht gehörten ja auch ihre Latschacher Notizen schon zur Handlung. Je umsichtiger sie gegen uns war, desto übler richteten ihre Sätze uns zu?

»Adieu, Julia! Und wasch dir immer die Hände!«

Ihr Sohn blieb freilich zurück. Der guten Luft wegen, unsere Mutter hätte ihn niemals freigegeben, der vollkommenen *Unsicherheit* ausgeliefert.

Anfang der folgenden Woche erreichte uns ein Brief, dessen Überbringung durch den Latschacher Postboten wir vom Balkon aus beobachtet und an der violetten Farbe des Umschlages den Absender richtig vermutet hatten. Warum sie, für sich keineswegs überraschend, den Latschacher Ferienaufenthalt gekündigt und uns und die Erinnerung von heute auf morgen hinter sich gelassen hatte und was sich in dem geheimnisumwitterten Paket befand, daß es tatsächlich die in Julias Abwesenheit von uns ohnedies gelesenen Notizen, auch zu dem Vorfall in der Südsteiermark, waren, klärte sich uns schlagartig auf, sowie Julias alles andere als beruhigender Gemütszustand, wieder in Graz und in der *normalen Umgebung*, wo kein Rückblick aufkomme, so sehr strotze das Straßendickicht von früher und von Begebenheiten *in ihren Sichtwinkeln zu den verschiedenen Zeiten*, wie Julia es in dem ausdrücklich *den Frauen* vorzuenthaltenden Brief umschrieb, daß jede Möglichkeit zum *klaren Kopf* und zu Bewußtsein zu kommen von vornherein vertan sei, da kein Abstand zum Atemschöpfen und Anlaufnehmen bestehe. Jetzt sahen wir, daß sie gehen und abreisen hatte müssen und keine andere Wahl gehabt hatte, überkommen von Entsetzen über die eigene Verlorenheit. Monika und ich waren schwer gezeichnet vom Nachmittag des Vortags. Auf dem Spaziergang entlang der Asphaltstraße, am Ende der in der Kindheit namenlosen und lehmig sich unterhalb des Grundstücks unseres Großonkels vorbeiziehenden Sonnenstraße, an den Einfamilienhäusern links und rechts des Weges, die wie ausgestorben waren und nicht ihre alten Gerüche ausströmten und keine den damaligen vergleichbaren Eindrükke, mit morschen Holzbänken und einsam an den Wäscheleinen flatternden Fahnen der Verlassenheit, an angebauten Schuppen, woraus es nach Kaninchen und Katze gerochen hatte, und Blumenbeeten und rostigen Zaunpfosten und verwilderten Wiesen zwischen den Gründen vorbei, ohne daß sich ein Mensch in einem Fenster oder Garten gezeigt hätte, bis auf einen, die Großmutter einer früheren Spielkameradin, deren abenteuerliches Haus mit Versteck- und Verkleidungsmöglichkeiten uns in einem Gemisch aus bitterem Mottenkugel- und säuerlichem Altweiber- und süßem Kindergeruch im Gedächtnis war und immer sein würde, an welcher wir ohne Seitenblick vorübereilten, erreichten wir das Kaufhaus, dessen Bevorzugung deutscher Urlauber uns letztlich davon abhielt, von den Schaufenstern angelockt, hineinzugehen, wo hinter einer altmodischen Kassa eine schreckliche Alte in ihrem Fett saß und Landsleute prellte, wo es sich machen ließ. Als ich eine neue Wertkartentelefonzelle sah, zögerte ich nicht, während Monika langsam zur Kirche weiterging. Mir glühte der Hörer in der Hand. Ich stierte blind durch die verdreckte Scheibe. *Sein* Name, das war sein *Name*! Mein Herz schlug wie von Sinnen; meine Stimme war fremd; jedes Wort schien am Gaumen zu haften und ging, einmal hervorgebracht, unter in zuviel Speichel. Schließlich unterbrach mich der andere Teilnehmer mit dem Hinweis, daß er nicht der von mir Angesprochene sei. Er sei dessen *Nachwuchs*. Sein Sohn! Der Musikprofessor selbst halte sich bei einem Fortbildungskurs im Burgenland auf. Um alles gebracht, verließ ich die überhitzte Zelle. Was ich auslösen wollte mit dem Anruf, weiß ich bis heute nicht, weiß nur, daß mir die Wertkartentelefonzelle im ersten Augenblick wie eine Himmelsgabe, ein Wink des Schicksals erschien, wie sonst hätte ich, ungeachtet der Bemühungen des Musikprofessors, mir während der ersten drei Monate die Vorteile einer Abtreibung gegenüber meiner Beharrlichkeit auf wie niemals sonst in Liebenswürdigkeit und Pünktlichkeit eingehaltenen Landfahrten schließlich im wahrsten Sinn des Wortes aus seinem Kopf in meinen hineinzupfropfen, damit ich einsehe, daß ein Kind mein Ruin wäre angesichts der von ihm als Bedrohung skizzierten und meine Abhängigkeit zu ihr durch den Enkel triumphal festigenden Mutter, wenn nicht von Sinnen und frei jeder klaren Einschätzung der Verhältnisse, wie anders hätte ich die Nummer des mich für das Verbrechen der Zwangsvaterschaft für mein Leben Verdammenden und sich selbst deshalb Verteufelnden wählen können und mir etwas Erfreuliches erwarten? Ich sehe ihn, wann immer ich zurückblicke, es zuerst sachlich und überlegt angehen und mich im Gespräch über meinen die Vorzüge eines Kindes überwiegenden Ruin aufklären, ohne dabei auf mich und auf das betroffene Leben in mir auch nur im leisesten achten zu können und ohne auch nur im Anflug eine Vorstellung des von dem Todesurteil betroffenen Wesens zu haben und ohne die Spur einer Schuld, einzig darauf aus, wie er das ihm von einer Schülerin angerichtete Malheur aus der Welt schaffen und sein Schicksal für immer davon säubern und seine Schwäche der einladenden Jugend einer Schülerin gegenüber bereinigen könnte, ich sehe ihn nervös werden ab der elften Woche, ich sehe ihn Grimassen schneiden und um Luft ringen in der zwölften. Wir waren zu einer Kirche gefahren und trennten uns dort. Ich lief im Gefühl einer Retterin die Steintreppe hinunter zur Straßenbahn bei hellstem

Sonnenschein. Zum Trost kaufte ich mir einen Punschkrapfen, den ich in der Wohnung unserer Großmutter mütterlicherseits, deren Lob für meine Durchschlagskraft einheimsend, aß. Sie war uns auf meine Bitte hin – zum Schutz und zur Versicherung – bei dem letzten Treffen unbemerkt gefolgt, während er mir seine Grimassen der Ohnmacht schnitt; da er sie nicht kannte, war es ein leichtes gewesen, sie als Bodyguard anzuheuern. Für Heimlichkeit dieser Art war ich von jeher Spezialistin gewesen. Wie gern hätte ich mich ihm einmal mit Bauch gezeigt, immer noch voll der Hoffnung, er könne mich dann lieben. Verwirrt holte ich Monika ein. Sie hatte sich auf einen Grabstein des Latschacher Friedhofs gelegt und blinzelte in die Sonne. Ich verurteilte es, immer auf Friedhöfe zu gehen, was mir nicht ähnlich sah und allein meinem Zorn, meiner Wut entsprach; in dieser Zeit hielt ich mich dennoch am liebsten bei den Toten auf. Wir schritten zwischen den Gräbern. Wir schlugen uns ins Gesicht. Wie kleine Mädchen rannten wir heulend, getrennt voneinander, heim. Der Brief Julias am anderen Morgen brachte uns neuerlich gegeneinander auf, worauf Monika in den Wald lief. Das Telefonat erschien mir als gröbste Schuld. Was eigentlich ja nicht schlimm ist, die Stimme eines Sohnes mit der des Vaters zu verwechseln, war für mich das Furchtbarste, nicht wiedergutzumachen. Ich hatte alles gesagt! Gestanden! Mich unnötig vor einem um zwei Jahre Jüngeren bloßgestellt! Der Geliebte würde es erfahren, es wäre für immer aus! So und ähnlich marterte ich mich, als ob ich meine letzte Chance vertan hätte. Daß er mir Geld versprochen hatte für den Fall der Abtreibung, Geld über Jahre, versäumte ich darüber zu bedenken. Ich lebte einzig aus meinem Willen, geliebt zu sein statt verabscheut.

Julia schrieb, daß sie an der tödlichsten aller Krankheiten des Jahrtausends leide und sich mit nichts mehr beschäftige als mit der Zukunft ohne sie. Zukunft gebe es nur ohne sie. Wer sich Zukunft in Aussicht setze, erwarte sich *weitere* Gegenwart, von Mal zu Mal und von Abschied zu Abschied. Es beruhige sie, an eine Zeit nach ihr zu denken, denken zu können, im Denken unsterblich zu sein. In Wirklichkeit gibt es die Zukunft mit uns nicht, es gibt sie nur als Gegenwart, wenn sie nicht mehr Zukunft ist, schrieb Julia. Ich ringe an meinem Unvermögen, ansprechbar zu sein, schrieb sie: ein verträglicher sympathischer Mensch. Eine Zeitgenossin! – Nie sei sie verträglich und sympathisch gewesen. Sie tue nichts, als sich auf das Ende vorzubereiten, das in ihr in ständiger Ausbruchsbereitschaft *schwele* (in Klammern stand: schwelen war sein Lieblingswort in vollkommener Gedankenfreiheit und Gedankenschwebe am offenen Kaminfeuer), was sie mitunter, immer häufiger und ernsthafter in Angst und wahre Todesangst und Lebensangst und, jäh umschlagend, Furchtlosigkeit versetze, ihres Todes in so hohem Maße gewiß zu sein und niemanden in den genauen Zeitpunkt einzuweihen und keinen Menschen in seine Hintergründe und Ursachen, niemandem ihre Todeskrankheit zu offenbaren, auch uns nicht, das Leben habe sie, Julia, satt und zögere nicht länger, werde nicht mehr lang darauf warten lassen, sie für immer auszuspeien und die Welt von ihr zu säubern und die Menschheit von ihr zu befreien, aus der sie immer schon, seit ihrer Geschlechtsreife und dem Anbruch der Ära ihrer Unberechenbarkeit, zu entfernen gewesen sei und nie und zu keiner Zeit, außer als Kind, auch nur das Kleinste und Geringste in der Menschheit und auf der Erde verloren gehabt habe, nie war sie hier *richtig*, immer eine Geste der Verlegenheit, eine verunglückte Nebenerscheinung menschlichen Daseins, eine Entartete, eine zu Unförmigkeit verdammte Mißbildung. Sie habe diese Existenz von ihrem vierzehnten Lebensjahr an immer mehr abgelehnt und gehaßt und bis heute nie und in keinem Moment davon ablassen können, ihr entgegenzuarbeiten, sich zu sträuben und zu widersetzen. Alles von Julia Gewagte sei gegen die ihr aufgezwungene Existenz als Lebensnot gewagt und unternommen worden, in der äußersten Verzweiflung. Nie war sie zufrieden, niemals glücklich, nichts fand sie schön. Als Pubertierende sich gegen alles von oben wie von unten Kommende bis zur Selbstmordabsicht auflehnend, legte sie die Eigenschaften der Überdrüssigen und Verächtlichen nie ab. Nicht für hier geschaffen und von Natur aus für das Leben unmöglich und ihm kein ganzes durchschnittlich dauerndes Menschenleben hindurch möglich zu sein, war ihr von Anfang an, nach dem Ende der glücklichen und in Zuversicht verschütteten, halbglorifizierten Kindheit, klar. Sie kannte den Tod seit langem, köderte ihn, lockte ihn, reizte ihn, bis er sie in Krankheit mit gräßlichsten Auswüchsen und Folgen befiel. Das glatte Zelt der Kindheit, das beruhigende und Unwetter fernhaltende Dach, fiel über der Wärme zusammen, Kälte drang herein und zerstörte Julias Körper. – Wie wenige mich vermissen werden und wie wenig sich ändern wird, überlegte Julia. Das bekümmere sie mehr als der Tod. Den Tod habe sie jetzt entgegenzunehmen wie eine auf Gutschein bestellte Ware. Wiederholt habe sie betont, sich bis zum Alter von fünfundzwanzig eine Existenzchance zu geben, dieses Jahr sei es soweit. Wie und wann genau, könne niemand sagen, doch *demnächst* schlage es zu. Widerfahre ihr das Gewünschte.

Mein einziger Verlust ist mein Sohn, der mir das Lebensglück verkörpert, schrieb Julia. An ihn denkend, wird mir im Herannahen des Endes bang vor dem Abschied, der sich in allem vollzieht. Das Leben ist Vorbereitung gewesen. So zu denken, fällt leicht. Aber dann schließlich, zu dem Zeitpunkt, auf den Körper zu verzichten und herauszufallen aus allem, was Leben war, in eine unabschätzbare Abgrundtiefe, glaubt man sich nicht ... Ohne mein Kind sein zu müssen, verstört mich.

Ein Abschiedsbrief?

Ein erster? –

... Ich liebe unsere Mutter für die beschützte Kindheit, die sie uns beschert ... Wüßte sie um die Ernsthaftigkeit meines Verfalls, sie könnte mich nicht mehr lieben. Sie hätte keinen Begriff, um mich darzustellen, sie wäre vor ihrer einst nur mit dem Besten ausgestatteten und von allem Bösen abgeschirmten Tochter mundtot gemacht, die sich selbst – aus Langeweile! – in den Abgrund warf, um dort den Grund zu finden ... Unsere Mutter hat, wie wir aus ihren über uns als Säuglinge geführten Tagebüchern wissen, nichts dem Zufall überlassen, jede Minute berücksichtigt, alles vorausgedacht, geplant und ...

Unsere Eltern sind in ihrer Existenzeinstellung zu der unseren nicht nur grundverschieden, sie haben absolut nichts mit uns gemein, während sie für das Leben sind, so geschaffen dafür wie niemand sonst, kann ich sagen, sind wir, bin als erste ich wohl zwangsläufig und altermäßig am ungeeignetsten und unpassendsten hier, sicher oder sehr wahrscheinlich durch die Sicherheit unserer Erzieher in unserer Unsicherheit aufgekeimt, die, ohne es zu wissen, sich an uns versündigten, indem sie uns jede Schwierigkeit aufhoben und uns vor Hitze und Kälte, bevor wir sie noch spüren und kennenlernen und uns aus Erfahrung für später davor in acht nehmen hätten können, in Schutz genommen und von der Welt ferngehalten und abgehalten haben und uns mit der schönsten Kindheit zu entsetzlicher und anhaltender Unfähigkeit verholfen haben, mit dem Kindheitsparadies das Erwachsenenchaos angetan haben, ohne es zu ahnen, auf immer. Es fällt schwer, zu sagen, ich liebe meine Eltern, wie ich sie hasse. In ihrem Hang zu Harmonie, Hygiene, Ordnung und der dazu nötigen Planung vergaßen sie auf unsere Selbständigkeit, um die wir Mädchen, im Unterschied zu unserem Bruder, auf das hartnäckigste immer wieder in allen Jahren gekämpft haben mit dem Ergebnis unserer noch klareren Unterwerfung durch unsere Eltern und Großeltern, die, selbst einst Notleidende, uns den Frieden als Wirklichkeitsverbot aufdrängten und uns mit Wonne und Reichtum überschwemmten und an dem Aufbau ihre helle Freude hatten, bis uns nichts zu tun übrig blieb, als zu kapitulieren, in die fertigen und ins letzte durchdachten Schemen und Existenzmuster unserer Eltern gepreßt. Ich liebe unsere Mutter für ihre sonnige Sicht auf uns als Kinder, die uns für immer als ihre Kinder sieht und immer wieder nur als ihre Kinder – und selbst nichts anderes zu sehen mitbekam von unserer durch die harte Schule einer Scheidung (in Abwesenheit des nur für die Rettung des Namens ihres Kindes geheirateten Mannes) gegangenen und daraus *nur aus eigener Kraft* hervorgekommenen, für immer davon gebrandmarkten Großmutter. Ich liebe unseren Vater wie ich ihn zugleich verachte, für seine unbarmherzige Bedenkenlosigkeit ... Ich trug seine alten Studentenfotos wie die Schulkameradinnen Fotos ihrer Freunde mit mir und gab sie durch jede Runde. Ich bewunderte ihn als Ursache. Bis ich fand, daß er von nichts wußte. Ahnungslos gehandelt hat, als es geschah, selbst ein Werkzeug ...

Ich hatte ein außergewöhnliches Erlebnis, als ich gestern zur Haltestelle ging, schrieb Julia. Eine Versammlung fiel mir von weitem auf, darunter ein Polizist mit Funkgerät. Ich vermutete zuerst ein Verbrechen, eine alte Frau oder ein Mann lag, von zwei jungen Männern gebändigt, auf der Bank der Haltestelle. Unter dem Schädel mit schütterem grauen Haar ein zerquetschter grüner Hut, die obersten Knöpfe des Hemdes aufgemacht, die rosige Haut sichtbar, ein schlaffes Halstuch, am Faltenrock erkannte ich dann das weibliche Geschlecht der Person und entnahm Andeutungen der Zeugen, daß sie, auf der Bank sitzend, einfach umgekippt und seitwärts gefallen war. Der Polizist, den man im Zuge seiner Einschulung in Erster Hilfe unterwiesen haben mußte, verstand sich nicht anders nützlich zu machen als mit dauernden Funksprüchen, die er durchgab und empfing, mehrmals hintereinander tönte in müdem Dialekt die Frage nach dem exakten Standort des um Hilfe ersuchenden Beamten aus dem Gerät, umständlich antwortete dieser in angelernter Formelsprache, umständlich wurde die Mitteilung wiederholt und überprüft, was ich schon gar nicht mehr für möglich hielt, während die Betroffene orientierungslos in schwerem Schock lag und, von den beiden jungen Passanten beschwichtigt und wiederholt auf das baldige Eintreffen eines Rettungsfahrzeuges vertröstet, von dem, solange der Polizist den Standort nicht klargemacht hatte, keine Rede war, zu zappeln begann und wie ein Neugeborenes mit ihren blau angelaufenen nackten Armen Abwehrbewegungen vollführte, während aus ihrem Mund Wasser rann, die Augen eingefallen wirkten, auf beiden Handrücken dunkelviolette Male entstanden, und die spontanen Helfer nicht damit nachkamen, den dürren Körper niederzuhalten, dessen alleinige Beschäftigung die des Entfesselungskünstlers zu sein schien, so als wollte er sich mit aller Macht aus den Griffen befreien und zu Boden gehen. Ich bin nicht von Anfang an dabeigewesen, doch präsentierte sich mir die unerwartete Szenerie an der Straßenbahnhaltestelle als Bild des Todes mitten im gewohnten Alltagstrubel der Stadt. Die Zuschauer waren sprachlos und bestanden aus Augenpaaren und erschrockenen Mienen. Ein ruckartiges Zucken ging durch den hilflosen Leib. Es war unmöglich, sich die Frau unter anderen Umständen, gesund, vorzustellen. Eine Nonne trat wie zum Spott zu der Meute Wartender an der Haltestelle und maß mit knappem Blick die Verunglückte und wandte sich, wie es aussah, mitleidlos der zu erwartenden Straßenbahn zu. Ich stand am Kopfende und konnte unser aller Zukunft im Zustand der Frau erkennen. In ihr hatte sich die Wahrheit entlarvt! Abschreckend, als dann endlich der Notarztwagen vorstieß, auf die allgemeine Erleichterung hinter der Schiebetür viel zu junge und ebenfalls hilf- und orientierungslose Pfleger und Mediziner hervorsprangen und die Statisten zum Halten von Decken und Heben von Tragen verpflichten mußten, um irgendwie das Ziel des Abtransportes der immer wilder Ausschlagenden und nicht im geringsten Ansprechbaren von der Bank zu erreichen. Verkleidet wie Mechaniker am menschlichen Leib, gaben sie ihr Bestes, wie sie dachten, und waren dabei doch am unbekümmertsten um das Leben der Betroffenen, über die sie eine Decke warfen und die sie wie eine Fracht auf dem Rollbett schoben, von wo sie ihnen, bis sie sie angegurteten, zweimal beinahe hinuntergestürzt wäre, und gingen daraufhin pflichtbewußt daran, dem Polizisten Fragen zu beantworten, wohin man die Frau nun bringe und dergleichen, für das polizeiliche Protokoll. Anstatt so schnell wie möglich zu fahren, wurde die Identität der Frau durch die Befragung der Versammlung angestrebt und für den darüber mehr als nur erfreuten jungen Polizeibeamten durch die Gestalt eines bislang stumm gewesenen alten Mannes erhellt, der kurz entschlossen auf den Beifahrersitz des Notarztwagens kletterte und als Nachbar der Verunglückten beschloß, sie zu begleiten. Ich, die ich mit dem Tod der Frau unter meinen Augen auf der Bank gerechnet und mit der Aufklärung über den Tod, an so unerwarteter Stelle, *mitten im Leben*, hatte noch immer nicht aus meiner Fassungslosigkeit gefunden. Von der bestiegenen und von den meisten bald darauf wieder verlassenen, hinter dem Notarztwagen stehenden Straßenbahn aus, die zu warten hatte, konnten wir, die anderen vollkommen schweigsamen Fahrgäste und ich, beobachten, wie der Arzt in dem Wagen vor uns das Stethoskop ansetzte, von der Frau sah man durch das rechteckige Rückfenster nichts. Als ich ausstieg, wurde von dem eifrigen Polizisten per Funk die Bestattung angefordert. Mit ganz anderen Schritten überquerte ich daraufhin den Marktplatz und erlebte die Leute gezeichnet vom Tod. Ich denke an Lotte. Ihr soll es anders ergehen. Hätte ich jetzt dieses Wissen, das aus Erfahrungen gewonnene, aus Leiden geschöpfte, um wieviel anders und besser würde es mir neben dem Kinderarzt gehen! Über etwas nicht hinwegzukommen bedeutet, lebenslang davon zu zehren, von dem dir von einem anderen angetanen Unglück in seiner unüberbietbaren Macht. Unglück hat Wirkung, dauert, währt; Glück bleibt nicht lang, flackert auf, ist verschwunden. Glück existiert erst im nachhinein, in den Träumen vom Unerreichten, von jetzt an Unerreichbarem, nur das reine Unglück bleibt bestehen. Der Gegenstand meines vollkommenen Unglücks in erdbebenartigen Erschütterungen meines täglich ins äußerste und bis zum Wahnsinn geforderten, frisch aus der Obhut der Eltern und der fatalsten aller vorfrüh in Angriff genommenen Mutterschaften geflohenen noch unentwickelten Wesens, der Demütigungen in dem von mir und ihm und bald nur von mir allein bewohnten Haus, auf dem Sterbelager meiner Gefühle, Abtötungslager, Vergiftungsort meiner Erwartung und Hoffnung, der plötzlich über den Kinderarzt gekommenen und wie Schatten sein Antlitz verfinsternden Abscheu und Ablehnung gegen mich und alles, was mit mir zu tun hatte, vornehmlich in Orvieto, an dem für sich wunderschönen und unberührten Ort ... im *Hotel Posta*, dessen Zimmer auf die Hofseite ging und das heute nicht mehr existiert ... als ich, um diese schlimmen Tage dort für immer auszumerzen, zu überlagern, abzutöten, dort anrief, gab es das vormalige Puff und damalige Hotel nicht mehr; die Gleichgültigkeit meines auf den einmaligen Hausbesuch hin über alles als Aussicht und Lebensmöglichkeit gestellten und allein seines dreißigjährigen Altersvorsprungs und seiner Schulkollegenschaft mit unserem Vater wegen zu Frühlingsbeginn wie der anbrechende Frühling und das Ende der langen Kälte selbst geliebten und verehrten Kinderarztes, mußte und muß für mein ganzes Leben bestimmend sein und wird es bleiben. Nie werde ich frei davon sein, niemals unbelastet, die zwei Monate ereigneten sich in der für mich folgenschwersten Vorperiode zu mir selber und stehen so nicht bloß irgendwie und ein wenig für mich und alles vor mir, ich bin verseucht von ihnen, verarmt an ihnen, zerstört und gehe zerstört durch die Zeit. Hatte ich neben dem Kinderarzt noch keine Ahnung von Gegenwart und kann mich nicht erinnern, je *mich* gefühlt zu haben und etwas anderes als dunstschwadige Ahnungen, ist jetzt die Zeit, die mich in fester Form nicht aufnimmt, war erst die Zeit ohne mich, in der ich doch lebte und war, bin jetzt ich ohne die Zeit, früher fassungslos, jetzt umgeben von Leere. Wann immer ich zuviel getrunken habe, zeigt sich die alte Wunde, als wäre nichts geschehen, nichts hat sich verändert, mich von dieser Entwicklung abzuschneiden, ist mir nicht möglich, wird nie möglich sein, denn in der Leidensgeschichte mit meinem Kinderarzt bin ich, ich bin diese Entwicklung vom hoffnungsvollen Menschen zu einer Haßerfüllten. Es fällt schwer, zu gestehen, daß ich nicht mehr geworden bin, kam mein Wunsch nach einem Kind bereits aus der Unfreiheit meiner Person, die sich stets vor sich ohne Ablenkung fürchtete? Denkt euch, mein Kinderarzt hielt mich für schlecht.

Irgendwann hat er sich vor mir zurückgezogen, ich ließ nichts anderes zu, keinen Augenblick ohne alle meine Sinne auf ihn gerichtet zu haben, erniedrigt, gefesselt, vernichtet durch seine Macht. Wir waren in Orvieto, und er floh. Er hielt mir mein Gesicht vor, die Miene, immer wieder das Gebrüll, wie entsetzlich und erbärmlich – meine Steifheit! Unmenschlichkeit! – Als ich es nicht verstand, die italienischen Freunde, wenn nicht in deren Sprache, so doch wenigstens mit Körpersprache zu grüßen! Die beiden Reisegefährten beschwichtigten ihn, der immer mehr gegen mich aufgebracht war, immer erregter auffuhr, die Fäuste ballend, Beschimpfungen ausstieß, Schauspieler und Hauptakteur vor großer Menge, um irgendwann in stillen Winkel Isabella nachzugreinen, *Isabella!* Ich begriff nichts, kam nicht davon ab, trotz allem *mich* für die Mitte zu halten. Es war ein Ende, versteht ihr? – Ein unendlich lang gedehntes, schmerzliches, von Beginn an in seinen grellen Lichtnuancen und kräftigen Farben, von Ostern an, zu nichts als zur Zerstörung gedacht. Ich will es fassen können, Jahre später – endgültig beruhigt sein! Frei werden! Die Asche abklopfen! Die verstümmeltste und verkrüppeltste aller Lieben totschlagen, die Liebesbereitschaft tilgen, sterben für den Wahn, leben im Sterben, frei von Zeit ... Nie kann ich sie durchblicken. Nie verzeih ich mir das. Den Kinderarzt zu verschmerzen, gibt mir das Leben keine Möglichkeit. Erde darübergeworfen, ich bin ja schon kalt.

Mit Grüßen

Julia

Das Anfahrgeräusch eines Volvos holte mich an die Oberfläche der Sachlichkeit zurück; ich konnte sehen, wie Lotte die Hand aus dem Fenster hielt und spöttische Bewegungen machte, in der Ahnung, ich blicke ihr nach. Ich trank Milch im abgestandenen Küchengeruch. Gleich darauf kamen Mutter und Großmutter mit dem Kind. Julias Brief unter dem T-Shirt, beeilte ich mich nach oben.

Nicht lang – und unsere Mutter stand da, ihre Augen suchten das Zimmer nach Indizien ab, sie nahm mich ins Verhör über Monika und Lotte. Ich sagte, ich hätte nichts bemerkt, wüßte nicht, daß sie nicht hinterm Haus saßen. Unsere Mutter gaffte. Mit in die Hüften gestemmten Händen verhöhnte sie mich. Ich solle nur keine Mißgeburt bekommen bei dem kleinen Bauch. Spöttisch ging sie hinunter, sich meiner Ausweichmanöver auf ihre Fragen bewußt. Ich fingerte Julias Brief hervor und las weiter. So kannte ich sie nicht. Ja, doch, wir hatten in ihren Notizen gelesen, was etwas anderes war als ein direkt an uns adressierter Brief, etwas dem nicht vergleichbares. Es stand nichts wirklich Neues in dem Brief, aber die Art und Weise, in welcher er geschrieben war, gab zu denken, schlug Alarm. Zudem fesselte mich der Brief, als ob ihn mein Musikprofessor abgefaßt hätte – ich daraus lernen könnte für meine eigenen Leiden. Von der *Frauenmilchsammelstelle* war die Rede, einen guten Absatz lang. Wie sie tagtäglich mit unserer Mutter dahin gefahren sei, am Spitalsportier vorbei, der auf die hochgehaltenen Milchflaschen mit der abgepumpten Flüssigkeit hin automatisch die Sperrschranken öffnete, durch die grundlos kein Privatwagen durfte. Wie ihre Milch als *unrein* zurückgewiesen und dem Kind Kunstmilch durch die Sonde eingegeben wurde. Wie sie vierzehn Tage lang machtlos zuzuschauen hatte, wie man in dem Krankenhaus mit dem Neugeborenen verfuhr und es handhabte, ohne von ihm zu wissen. Was für ein Schock, der ihr das Herz gebrochen und den Verstand entzweit habe, des Neugeborenen zwei Stunden nach dem Geburtsschmerz und seiner ersten Ansicht beraubt zu werden und selbst zurückzubleiben, während das Kind von Rettungsleuten – ich stockte.

Ob mir ähnliches bevorstand, ähnlicher Lärm nach der Stille, die Groteske der Entfernungen (Kilometer), nachdem lang so nah ... Die Frauen in dem Provinzspital hatten schon Sekt öffnen wollen und alles dazu vorbereitet gehabt, als es geheißen hatte, nach vier endlosen Tagen, der Junge kehre zu unserer ältesten und zu dem Zeitpunkt völlig ausgezehrten und nur mehr noch mit der Lösung des Selbstmords kokettierenden Schwester zurück, als, was Julia gespürt und sich aus *Gespür* gegen die Sicherheit in Vorfreude und Hochstimmung von Zimmergenossinnen und Angehörigen verwehrt hatte, die Meldung kam, es sei *etwas Verdächtiges* am Hals entdeckt worden, das Kind bleibe, wo es sei – zur Beobachtung. Die Welt fiel zusammen für Julia, die im Grunde, bis der Kinderarzt sie von dem unter schwierigsten und außergewöhnlichsten Umständen aus dem Kinderspital nach Hause gewonnenen Kind, als es zehn Monate alt war, wegholte, an der Kippe zum Irrsinn balanciert war und von einem Wahnsinn in den anderen fiel, aus dem eines lebensunlustigen, sich gegen Nahrung von Geburt an sträubenden Säuglings in den Irrsinn eines alternden Kinderarztes, mitten in dessen lang vor der Bekanntschaft begonnenen Trauerarbeit um Isabella.

Monika stand auf dem Felsen und starrte in die Tiefe. Als käme jetzt und jetzt jemand herauf, zuckten die Muskeln um Augen und Lippen. Sie ließ es zu, sie bückte sich und warf und lachte lautlos bei zurückgestürztem Kopf. Unglaublich, daß ich schwanger bin, hochschwanger, wie unglaublich, da sich nichts geändert hat. Es schmerzt, zu denken. Man darf es nicht. Man darf nicht zu oft. Vornehmlich war es unsere Ohnmacht vor der Erfolglosigkeit im Leben, der nicht vorhandenen Folgerichtigkeit, der Unwahrheit in der Wahrheit. Monika überquerte die Terrasse. Ich folgte. Wir gingen zu den Plastikgitterstühlen und stützten unsere nackten Arme auf die kalten Stangen. An ihrer Art, heranschleichende Katzen durch Klatschen zu zerstreuen, erkannte ich die Unmöglichkeit, mit ihr zu reden. Seit sie oben im Wald gewesen war, umgab sie dunstende Stille.

Lottes Heulen und Monikas hastiges Atmen, in dem Geruchsgemisch von Haarshampoo und Nagellackentferner. Lottes Leid nahm kein Ende, ständig hob sie den Kopf und schien Kraft zu schöpfen vor dem nächsten sich über das Kissen ergießenden Ausbruch. Alle Augenblicke sah ich den Kopf sich heben und fallen, heben und hinfallen. Es war heiß und am Morgen würde es kalt sein, so daß wir mit über die Köpfe gezogenen Pferdehaardecken aufwachen würden. Wir erinnerten uns der Mondlandschaftsspiele, bei welchen, wer zu Boden ging, ausgeschieden war und dann doch wieder mitmachte, des Kindheitsschmerzes, heute milde belächelter Nachhaltigkeit. Wir dachten an das Den-Hügel-Hinunterrollen von der Wäschespinne bis zur Hausmauer im vollen Licht. An Geschobenwerden in der Schubkarre, an den Vater, so groß!! Wir kamen auf das unverwechselbare Knirschen beim Zertreten von Käfern und Wanzen durch unseren Großonkel, das wir noch immer hörten. Wir hören sie, unsere Zeit. Monika fing an, zu berichten, wie sie David erstmals gesehen habe in der Küche ihrer Schulfreundin, als er einen Wurstzipfel abschnitt.

Lottes klare Stimme und ihr Ziehen an meinem Bettzeug weckte mich unsanft aus verschwommenen Träumen. Ich hatte da weitergeträumt, wo ich vor dem Einschlafen aufgehört hatte zu denken. Wie es aus dem Tiefschlaf Geholte tun, drehte ich mich, obwohl ich Lottes Ruf vernommen hatte, nichts wissen wollend und unbeteiligt herum, was mir zum Unterschied von meiner seit Wochen zu Rükkenlage verdammten Zwillingsschwester noch möglich war, während bei Monika der Insasse zurücktrat, wagte sie es, ihn mit Bauchlage in die Enge zu treiben.

»Was denn!« stöhnte ich, ohne das Gesicht zu heben, »ist wer krank oder was?« – »Krank?« – Wie Lotte das sagte, klang beunruhigend und verdammte zum Aufstehen. Mich entschuldigend, richtete ich mich auf und rieb meine Schultern, vom Schlaf verschwitzt und verklebt stierte ich zwischen meinen aufgestellten Knien wie zwischen Zaunlatten hindurch auf meine sich auf dem Boden windende Zwillingsschwester. Mein erster Gedanke galt unserer Mutter: Warum stand sie nicht bei Licht im Zimmer, gab ihre Anordnungen, machte alles wieder gut?! (Wie sie es in der Kindheit zu tun verstand, unsere Betten abzog und in Windeseile wiederherstellte, wenn einer von uns ein Mißgeschick passiert war ...) Oder war sie schon bei den Nachbarn und holte Hilfe? Fieberhaft rannten meine Vorstellungen, als ich hörte, wie Lotte fragte: »Was soll man da machen?« Nach diesen Worten leuchtete mir die Besonderheit der Nacht ein, und der große nasse Fleck auf dem Teppich, als ob eine Blumenvase umgekippt wäre, ergab die folgenden

Schlüsse, ich jagte durch das Dunkel und stieß die Tür in das von einer stechenden Urinnote erfüllte Zimmer auf und kroch in das warme Lager unserer Mutter, die durch Kaiserschnitt von uns entledigt worden ist, was wir ihr kopflos zum Vorwurf gemacht hatten und gnadenlos zur Sprache brachten, wann immer sie auf Mutterschaft und ihre Verantwortung uns gegenüber aus ihr heraus pochte, ihr das Anrecht auf wahre naturgegebene Mutterschaft absprachen und ihr ins Gesicht sagten, sie sei aufgrund des Kaiserschnittes unsere Mutter nicht, ohne uns durch Pressen aus eigener Kraft geboren zu haben, was aus späterer Sicht uns spätestens nach den von uns mitvollzogenen Erfahrungen Julias als zum Unglück verdammter Mutter *auf natürlichem Weg* absurd war. Mutter ist, wen es von innen dazu verführt, täglich für bestimmte andere zu sorgen. Zur Aura unserer Mutter ist zu bemerken, daß sie uns in der Jugendzeit anzuwidern und zu vergiften begann und wir uns zur Gewohnheit machten, die Luft anzuhalten im Umkreis unserer Mutter. Unser Vater war uns nie nah genug, flog wie der Wind vorbei, ähnlich dem uns gleichgültiglassenden Altersgeruch seines Vaters, unseres Großvaters und anderen Männern.

Lotte beschrieb den Muttergeruch als *Suppengrüngeruch* – und ist doch am längsten in Bett und Zimmer unserer Mutter gelegen. Gerüche enthielten Erinnerung, waren ihr Transportmittel und Verpackung. Blieb Lotte vorläufig ohne Parfum, in einem Alter, da man sich gegen die hemmungslos einnehmende Parfumnote verwehrt und aus seiner nackten Jugendsicht heraus den Verantwortlichen ihre Wolken als Schande ankreidet und zum Schweiß als einem Merkmal an sich steht, hartnäckig in Verteidigungsreden nie bedachter Tatsachen, zu träge noch, sich anzupassen und Gesellschaftsregeln gut Freund zu machen, während wir anderen unsere bevorzugten Düfte hatten, welchen wir nie über sechs Monate hinaus treu blieben, denn kaum hatten sie die Funktion von etwas Historischem übernommen, wechselten wir sie und erschraken, entdeckten wir sie zufällig irgendwo. Wir deckten zu, während Lotte am Aufdecken war, wir versprühten Fremdes, wo Lotte Eigenes entwarf. Julias Kinderarzt war frei von Parfum- und Rasierwasserzwängen, ihre späteren Bekanntschaften quollen über von bizarrsten Namen, von *Dalí* bis *Gucci*. Gerade die alles verschlingende tödliche Erinnerung an den Kinderarzt, die wirklich, wie der Brief mitteilte, *das Leben selbst* darstelle, es ausgelöscht und sich an seine Stelle begeben habe, so Julia, gerade das Unverfrorene und Unverhüllte koste sie immer wieder den Verstand, daß sie meine, dem Geruch für immer verfallen zu sein, denn sooft sie an ihn denke – sie denke *immer* an ihn – mische sich der Geruch nicht erst in die Gedanken, die sich alsbald in Bildern ausbreiteten, der Geruch sei noch vor Bildern und vor aus der Erinnerung geweckten, neu zusammengestellten und aus Hunderten Perspektiven und Anschauungsformen entwickelten Szenen da, der Geruch sei immer um sie, sie kenne keinen Augenblick frei von ihm, seit sie vor Jahren das Haus verlassen habe, um zu überleben, verlasse sie der Geruch des Kinderarztes nicht und niemals werde er auch nur um ein wenig schwächer oder verflüchtige sich, wenn sie im Freien sei, ab und zu treffe er sie unverhofft von Rücken und aus der Halsgegend eines Fremden und reiße ihre Hirnrinde auf und würge sie und mache sie verrückt, bis sie sich auf denjenigen eingelassen habe und der Geruch fortgewischt sei von der betreffenden Person, sie, Julia, dafür umso mehr umgebe, weshalb es sie in ihren Tagträumen unverändert an die behaarte Brust ihres Kinderarztes rufe, in der Hoffnung, an dem Geruch zu ersticken. Auch im Fall meines Musikprofessors war es sein Duft, der mich in die Enge trieb. Von Ferne kam mir der Eigengeruch des, umgeben von Musikinstrumenten, Baßgeigen, Schlagzeugen, auf mich jeden Dienstag in der sechsten Stunde schon gewohnheitsmäßig in der Dachkammer wartenden und sich geduldig meine Anklagereden gegen unseren Vater anhörenden und dazu Ratschläge erteilenden Musikprofessors entgegen, und jede Geste, jeder Wink, jeder Augenaufschlag war mir teuer und bestimmend. Allabendlich ging ich zu Bett mit einem Taschentuch zum Tränentrocknen, weil es doch hoffnungslos schien. Einmal, unbemerkt, war mir das Hineinriechen in die aufgehängte Lederjacke des Professors – in dessen kurzer Abwesenheit – in der durch das Dachfenster von weißem Licht ausgegossenen Kammer gelungen. Vergleichbar Julias Sitzen am offenen Feuer mit dem Kinderarzt – *im Glück auf der Gedankeninsel – im Meer von Möglichkeiten* – war mein jahrelanges und vor Eltern und Mitschülern geheimgehaltenes Sechstestundezusammensein mit dem Musikprofessor, der mir bis nach Latschach Schatten und Begleiter und einzig glückbringende Aussicht war. Von unserer Mutter einseitig gebildet, mit nichts anderem vertraut gemacht, konnten wir die Abfertigung durch unsere ewig ersehnten und endlich erreichten und schon wieder verlorenen Männer nicht fassen und hatten keine Mittel, keine Reserven, sie auch nur als gegeben zu nehmen, und uferten, in Monikas und meinem Fall, hilflos in Schwangerschaften aus zur weiteren (erhofften) Bindung der Geliebten an uns, jedenfalls zu deren Teilnahme an unserem Schicksal, um für sie nicht für immer begraben zu sein.

Als der Musiklehrer auf mich zukam und mir vor der Verteilung des Abschlußzeugnisses für anschließend eine Straßenecke nannte, an welcher ich mich postieren sollte, bis er im Auto nachkäme, befiel mich ein kalter Schauder, und die ganze Stunde hinter seinem Kopf, in der zweiten Sitzreihe des Saales, zwischen unserem Vater und unserer Großmutter von Vaterseite als Vertretern der Familie zum feierlichen Anlaß, erschreckte und freute es mich gleichviel, mir angesichts der wie in Linol eingegrabenen Furchen seines Halses den Ausgang des Abends auszudenken. Mehr unterhielt mich das auf die Zeugnisverteilung folgende Gespräch im Gedränge und Geschiebe zum Ausgang, in welchem mein Musiklehrer vorgab, mit seiner Klasse feiern zu gehen (obwohl er dann doch nur mit mir allein wegfuhr), worauf ich vor dem Vater hinzusetzte, auch ich wolle für heute freigestellt sein, um ausgiebig das Zeugnis zu begießen.

Eine *Beziehung* hätte ich wollen und für das ganze Leben zusammen sein! Ahnungslos über vorhandene Bindungen und Trennungsgeschichten, ahnungslos über Abhängigkeit und unkundig in Sachen Beischlaf, war ich todunglücklich und enttäuscht. Von den hochtrabenden Gedanken der aus den Deutschstunden (des jetzt Lotte mit seiner jammernden Erzählweise einlullenden *Dichters)* heraus jeden Dienstag zu Berufsberatungszwecken, wie ich vorgab, aufgesuchten Dachkammer war nichts übrig und nichts von der Spannung meiner Verfolgungsjagd des neben seiner Gefährtin (auf die Schwangerschaft seiner ehemaligen Schülerin folgte logisch die Heirat) schreitenden und verstohlen zu mir Zurücklächelnden, auf dem Abschlußball, wozu ich einen ahnungslosen Menschen mißbraucht hatte, der sich Monate später erhängte, nichts von dem Spannungsraum zwischen unseren Gesichtern und der elektrisierenden Kraft in der Berührung durch seine Haare aus meiner Stirn streichenden, bislang für mich nur in der Korrektur musikalischer Noten tätig gewesenen Hand, nichts von der mächtigen Strahlungskraft seiner alles in mir zum Gefrieren bringenden Augen, im Zusammenprall und im Verschweißen zweier unvorbereiteter Körper war es zerstoben, hatte es sich verloren wie Gas, eine härtere Bestrafung für jahrelanges Warten und Hoffen hätte mich nicht ereilen können. Sooft ich wartend vor der Dachkammer gekauert war, hinter deren Tür neben der tiefen Stimme die fremde eines die Sprechstunde in Anspruch nehmenden Schülers war, saß ich gebadet in seinem Duft, sein Geruch war der stärkste und wildeste, und wenn er den Schüler über die Treppe entließ, ohne ihn oder sie im rückwärtigen Teil des Ganges die Gestalt bemerken zu lassen, konnte ich mich auf seinen Wink hin kaum aus der Schwerfälligkeit durch den Geruch aufrappeln und setzte mich benommen und keuchend, zitternd, in der Dachkammer und begann allmählich mich zu lösen, mit den Vorführungen, die ich ihm bot, mich seines bleibenden Interesses vergewissernd, und überbot mich selbst in Verrücktheit. Ob er aus Neugierde oder aus Mitleid zuhörte, weiß ich nicht, ob er gewesen ist, wofür ich ihn genommen und gehalten habe, ebensowenig, und wofür er sich in der Dachkammer und später in Cafés nehmen und halten ließ, eigentlich war er nur Zuhörer, der ab und zu Einwürfe machte, ein Freundschaftsdienst. Außerhalb der Dachkammer ließen wir uns von unserem Verhältnis nichts anmerken, auch er hatte sich als unglücklich zu erkennen gegeben. Vater zweier Kinder und Ehemann einer Frau, ebenfalls Mittelschullehrerin, im Alter unserer eigenen Mutter; wir gingen zur Vertuschung der Dachkammer vor meinen Mitschülern aufeinander los, meine Musiknote verschlechterte sich; wenn ich mich meldete, wurde ich übersehen, nur um unsere Dienstag-Dachkammerstunde zu sichern. Sein Geruch wird mich immer begleiten; vielleicht, dachte ich in Latschach, erreiche ich ihn in dem gemeinsamen Nachkommen, der den Duft des Vaters geerbt haben könnte, dann wäre ich entschädigt.

Unsere Mutter schrak auf. Mit gegen die Finsternis grellweißen Augen starrte sie und schien das Schlimmste vorauszusehen. Sie rumpelte in ihre Pantoffel. Sie schlurfte in den anderen Raum; jetzt erst kam Leben auf; nicht durch uns, die verstört im Weg standen, nicht durch die im Fruchtwasser Ausgestreckte – durch unsere Mutter, das Organisationswunder. Sie machte Licht und gab den Verhältnissen der Nacht Namen und entschärfte sie für den Moment und befreite uns von unserer Ratlosigkeit.

Lotte sollte die Großmutter benachrichtigen, mir wurde aufgetragen, nach Julias Sohn zu sehen, ob alles in Ordnung sei, gemeinsam sollten wir so schnell wie möglich von den Latschacher Nachbarn aus die Rettung alarmieren. Monikas Fruchtblase war Wochen vor dem errechneten Geburtstermin geplatzt, und das Fruchtwasser schüttete sich in unendlichem Rinnsal über dem roten Teppich aus, auf dem unseres Bruders Matchbox-Autos Kolonnen gebildet hatten. Immer mehr Flüssigkeit rann aus Monika. Die Gefahr einer bei unserer Großmutter (mit unserem Vater) erfolgten Trockengeburt an Ort und Stelle und des Nachvornekippens des kindlichen Kopfes mußte gebannt werden. Unsere Mutter war Regisseuse eines Schauspiels mit Monika als Statistin am Boden. Sie gab ihre Befehle in schneidendem Ton. Es ging nicht nur um ihr Kind, sondern um viel mehr, um Ordnung und Harmonie in dem Fertigteilhaus und um das Zurechtrücken der Lage durch sofort gesetzte Maßnahmen. Lotte lief, statt zur Großmutter, über die Wiese und am Wald entlang, immer weiter hinauf, im Nachthemd, dort mochte man auf sie warten, oder sie ging und brachte sich um. Ich sah nach dem Knaben und weckte durch Klopfen die Großmutter und lief, nachdem ich die Verstörte nach oben verwiesen hatte, zu den Nachbarn und wurde dort von dem Schäferhund verbellt und wartete gut zehn Minuten verzweifelt an der Tür, bis man mich unwillig telefonieren ließ. Bis ich die Nummer herausfand und jemanden erreichte, der verschlafen auf kärntnerisch *Landeskrankenhaus* sagte, denn dorthin besaß Monika einen sogenannten Transportschein, vergingen wieder Minuten, und dann dauerte es eine halbe Ewigkeit, bis die Rettung eintraf. Meine Zwillingsschwester ließ sich widerstandslos fortschleppen. Die Abdrücke von Lottes Espandrillos in der Wiese trieben mir am Morgen Abscheu hoch.

Es wurde ein Knabe. – »Wieder!« jubilierte unsere unseren Bruder in seiner unauffälligen Abartigkeit bei weitem uns in unserer Katastrophenbereitschaft vorziehende Mutter erleichtert, denn Mädchen brächten nur Chaos mit sich. »Ein Villacher!« freute sich unsere Großmutter, deren Voraussage über Luxuswiegen für zukünftige Urenkel sich nicht bewahrheiteten, die sie uns versprochen hatte für den Fall, daß sie es noch erleben sollte, womit sie nicht gerechnet hatte und in der Tat überrumpelt war von einer so raschen Nachkommenschaft, während sie Fisolen schnitt, die Plastikschüssel mit abgetrennten Enden zwischen den Schenkeln. Julias Kind hockte mit einem Pflanzenbuch im hohen Gras.

»Wir fahren, wenn sie wieder da ist!« ordnete unsere Mutter an. Wenn ich sie ansah, ahnte ich das Geheimnis ihres Vorwissens, Nachtschwärze durchbrochen von Geheul, den Fallwinkel des von unserem Vater durch die Glastür geschmetterten Körpers unserer Mutter, Fluchtversuche wie später von uns, wo sie uns bereits auf der Stiege einholte und unser Heulen und Bitten bezwang. Auch sie hat fliehen müssen, auch sie mußte sich losreißen, auch sie war jung. Auch sie steht im Raum des Augenblicks. Auch sie wird nicht verschont.

Die Mutter trug einen Wäschekorb voll nasser Strümpfe unterm Arm den Hang zur Wäschespinne hinauf. Von den Nachbarn wußte sie, daß Lotte nicht mitgekommen war, ohne mich wäre Monika verreckt. Wo Lotte gewesen war, erfuhren wir nicht, sie tauchte auf, im Nachthemd, und genoß ihre durch das Unglück gewonnene Freiheit und die Tatsache, bis auf weiteres, bis unsere Mutter wieder Kraft geschöpft hatte, unbehelligt zu sein. Ich hatte meinen Blick auf die Wiese gelenkt, die verschwamm und sich umfärbte, blauviolett, rot, kastanienbraun, und kam wieder zu Besinnung, als ich jemandes Atem fühlte und den Kindergeruch erkannte.

»Ich habe Julias Brief gelesen.«

»Wann?« fragte ich erstaunt. – »Ich will nur sagen, ich kann sie verstehen ... was den Duft von Menschen angeht.«

»Wie riecht ein Mensch?«

»Mein Lateinlehrer ...«, schwärmte sie und projizierte mit

den Augen sein Bild in den Himmel, »riecht nach guter Luft, nach Leben am hellen Morgen und pechschwarzem Abend, nach allem wie für mich ...«

»Und Peter?«

»Nach Brot!«

Wir hätten das Gespräch, in welchem wir um die Ecke gebogen waren, möglicherweise noch fortgesetzt, wäre nicht der Nachbar mit rudernden Armen die Straße heraufgekommen, gefolgt von seinem Hund. Die Miene verriet eine Schreckensbotschaft, und ausgerechnet wir sollten die Empfänger sein. Atemlos rief er uns zu, – sie hätten angerufen – sie sei tot! Monika! In mir verbrannten Wälder. Häuser stürzten ein. Der Nachbar wandte sich zum Gehen, sein Hund blieb und schnüffelte auf dem Grundstück. Wir riefen durcheinander die Nachricht unserer Mutter zu, die Großmutter und das Kind beachteten wir dabei gar nicht, unser Interesse galt allein unserer Mutter, denn von ihr hing alles ab.

Wochenlang wurde gestritten, wer sich geirrt habe, der Nachbar als Bote des Krankenhauses, die Stationsschwester der Gebärklinik im Auftrag der Ärzte oder Lotte und ich, was wir ausschlossen, da es unwahrscheinlich schien, daß wir uns beide verhört hatten. Es mußte der Nachbar gewesen sein, denn die Schwester der Gebärstation beharrte nach Recherchen durch unsere Mutter und Großmutter darauf, wahrheitsgemäß den Tod des Neugeborenen infolge Sauerstoffmangels durchgegeben zu haben. Nicht Monika war aus dem Leben, sondern ihr Kind, und sie selbst kehrte nach vier Tagen auf der Gebärklinik, deren Schrecken dem Julias nach deren Trennung von ihrem Kind in nichts nachgestanden haben dürfte, ihn noch überbot, mit der *Rettung* zurück, eine junge Greisin. Julia schickte einen Brief mit der Bitte um Nachsicht für ihr Ausbleiben trotz der *Umstände* in Latschach, sie habe unendlich viel zu tun, was unsere Mutter und Großmutter ihr freilich nicht glaubten, nicht glauben konnten und sie in ihrer Abwesenheit zum Sündenbock stempelten und in ihren Küchengesprächen, hinter vorgehaltener Hand auch bei Tisch, über sie herzogen und sie mit Ausdrücken und Schimpfwörtern bestückten, als hätte die bewußte Nacht einen anderen Ausgang genommen mit Julia. Da unsere Mutter und die Großmutter aus innerstem Trieb für alles und jedes immer eine Erklärung brauchen, um damit fertigzuwerden, fanden sie keine Ruhe, bis nicht die Nacht der Geburt von ihrem Anfang bis zum Ende durchbesprochen war mit dem Höhepunkt der Schreckensnacht in dem Kindestod, der, obwohl bei Tag passiert, wie alles andere meine Zwillingsschwester seit dem Fruchtwasserfleck Betreffende der Einfachheit halber der Nacht hinzugezählt wurde im pausenlosem Überdenken der dabei ziellos umherirrenden und sich in immer abwegigere und unvernünftigere Lösungsbestrebungen verrennenden Frauen, fanden sie keinen Frieden, bis nicht die Nacht in allen den von ihnen aufgeworfenen Stationen gelöst war, so wie ein Kraftwerk stillgelegt.

An mich schrieb Julia gesondert über eine verschwiegene Begegnung mit ihrem Kinderarzt. Er sei aus Neugierde gekommen, auf ihre schriftliche Bitte hin ... sie hatte ihm vorgeschlagen, *gemeinsam nachzudenken*, alles Rätselhafte reize ihn ... Im Stadtpark – bei den Schaukeln! – Dort, wo sie das erste Mal von *ihm* durchdrungen worden sei, aus dem *Triangle*, das sie auch da das erste Mal besucht hatte, hinausgegangen und in den Stadtpark, auf den Spielplatz, zu den Reifenschaukeln ... Für die Ewigkeit bleibe das ihr Ort!

Wenn er ihr überall sonst aus dem Weg gehe, sie meide, bei den Schaukeln, auf einer Bank, blieben sie füreinander möglich! Ich zerknüllte Julias Brief, der es, wie ich mir sagte, verglichen mit Monika blendend ging, es deprimierte mich angesichts des verheerenden Zustandes meiner Zwillingsschwester, die von sich als einer *Entkernten* und *Ausgenommenen* schrieb, wovon Julia – abseits von allem – unberührt war. Ich versuchte, mit Monika über ihren Amerikaner ins Gespräch zu kommen, doch immer, wenn sein Name fiel, stand ihr der Schaum vor dem Mund und sie verlangte mit wilden Gebärden nach Papier und schmiedete Attentatspläne. Ihr Gesicht war voll geplatzter Äderchen vom Pressen in den Kopf statt in das Becken während der letzten Geburtsphase. Wenn sie sich erregte, traten diese Male hervor und wirkten wie kleine Geschoße. Sie bestand auf der Beisetzung ihres Kindes in Latschach und nirgendwo sonst, auf dem örtlichen Friedhof. Lotte ging mit hautengen Hosen auf Aufriß. (»Mich entfernen ...«, las ich bei ihr.)

Unsere Mutter war nun mit Monika, unsere Großmutter mit Julias naturkundigem Jungen beschäftigt, ich mit meinen Leiden, wodurch niemand für Lotte blieb, wir in heftigsten Gefühlsumstürzen begriffen waren, wovon Lotte nichts merkte, vollends in Anspruch genommen von ihrer Selbstzerstörung. In ihren Notizen fanden sich Sätze wie: »Ich will mich um die Vergänglichkeit erleichtern wie einen Ballonkorb um Sandsäcke – und aufsteigen, hemmungslos schweben.« – Als wolle sie ihr Leid ausschlachten, begann Monika zu stricken; bald lagen Söckchen und Fäustlinge und Hauben in allen Farben um sie herum, die im Sessel über dem Fruchtwasserfleck saß. Am Abend ihrer Rückkehr aus dem Krankenhaus versuchte ich es ernsthaft mit ihr und auch noch am folgenden Tag und tagsdrauf und in zahllosen Nächten, wenn ich, durch ihre Schreie geweckt, vergessen hatte, was geschehen war und wie unerbittlich der Verlust in Monika weiterarbeitete, nicht einmal waschen ließ sie sich und dachte nicht daran, ihren Bauch zu berühren; unsere Mutter hatte alle Hände voll zu tun, sich Finten auszudenken, wie sie, Monika in ein belangloses Gespräch verwikkelnd, ihr rasch über das Gesicht fahren konnte mit einem nassen Lappen. Im Laufe der Wochen verloren wir die Geduld und warfen uns ankündigungslos auf unser Opfer, ich hielt mit den Händen den Kopf zurück, während die Mutter ans Werk ging, oft wurden wir gebissen und angegriffen und hieben zurück. Sie sprach, an ihr Bett gefesselt, da sie sonst über Nacht in dem Sessel geblieben wäre, von dem man sie wegzerren mußte, als diktiere sie und fügte Satzzeichen und Abstände ein und richtete sich auf, soweit es die Stricke zuließen. Von Müdigkeit erweicht, glitt ich durch ihre Gedanken. Sah mir Monikas Wasserfälle an, benutzte morsche Holzbrücken durch kalte Schluchten. Sie ging mir voran, ich erkannte in dem Halbdunkel der Windstille des Zimmers und in dem Sturm von Gefälle des Wassers ihre schwarz skizzierte, mir die Richtung weisende Gestalt, ich folgte ihr bis in die Tiefen ihrer Alpträume hinab. Sie war nicht die Monika, die von der Rettung geholt worden war. Und je mehr ich nachdachte, die Frau im Fruchtwasser, so stumm und duldsam, war auch nicht sie gewesen. Lotte hatte sich die Haare gebleicht und bot sich als *baby-doll* auf dem Villacher Straßenstrich feil, wie ich aus ihren Notizen erfuhr. Sie hatte sich einen deutschen Unternehmer gefischt, der sie aushielt. Es waren besondere Abende, an welchen wir sie wie früher sahen. Sie ähnelte sich immer weniger. Wie wir anderen auch, entfernte sie sich *aus der Welt*.

Ein Wort wie *Geflügel* konnte alles ändern für Julia. Ging es ihr darum, vorhandene (eher dagewesene) Liebschaften von Männern der Generation unseres Vaters zu Frauen in den Jahren unserer Mutter in Frage zu stellen, zu erschüttern? Oder um die von ihr und uns hochgepriesene *offenstehende Möglichkeit*, den jederzeit zu beschreitenden Weg, der in Wirklichkeit nie beschritten wurde, war dieser Weg Julias Kind, das sie mit ihrer allerersten und gewichtigsten Liebe, freilich einer unglückseligen, verband, deren Ersatzmänner sie neuerliche Verluste und Verlustschmerzen gekostet hatten und kosteten, zum Beispiel ihr Kinderarzt, den sie demgemäß gar nicht liebte und nur von seiner Macht über sie abhing und sich vor dieser ihm von ihr selbst verliehenen Macht beugte und ihr verfallen war, der Macht und dem Sichbeugen, nicht der Person des Kinderarztes, die austauschbar war? Kaum hatte ein gegen den Kinderarzt, von dem ich aus dem Stadtpark kam, reizloser jüngerer Mann *Geflügel* gesagt, waren die Situation und der Abend gerettet, schrieb Julia, und freiem Beisammensein stand nichts in der Quere, bis zu dem Wort Geflügel war mir der Mensch nichts als ein Witz, in den ich mich verliebt hatte in einer Notlage meiner wahren Liebe, schrieb Julia, ab dem Wort hatte er den Kinderarzt für den Abend geschlagen, ja für die ganze Nacht. Nur Wörter können sich meiner sicher sein, schrieb sie weiters. Ich hatte keinen Sinn für ihre Selbstbetrachtung, seitdem Monika das größte aller denkbaren Unglücke widerfahren war, sie hatte alles verloren, worauf sie gesetzt hatte und wofür zu existieren sich ihrer Ansicht nach gelohnt hätte, jetzt hatte sie ihrem Amerikaner gegenüber keinerlei Ansprüche mehr, was vielleicht schlimmer war als der Verlust eines unbekannten Sohnes. Julia war ihr eigener Voyeur. Sah das Leben getrennt von sich und den Geist hoch über dem Körper, als hätte das eine mit dem anderen nichts zu tun. In ihrem Gehirn fehlten Zusammenhänge.

Eines Nachts rief Monika nach Lotte. Sie schrie »Lotte! Lotte!« und »Zurück! Zurück!« – Etwas später drang es ganz anders aus dem Bett: David habe mit der längsten Nadel der Welt von Amerika aus ihre Fruchtblase aufgestochen und die Fehlgeburt provoziert. – Aber es war keine Fehlgeburt, dachte ich, jetzt dreht sie völlig durch. Der Mond fiel in einem Streifen auf ihr Gesicht. Eine Sterbende, dachte ich. Ich sah mich, während ich ihr feuchtes Haar aus dem Gesicht wischte, an ihrem offenen Grab, dem Grab einer Unglücklichen, und Erde auf den Sargdeckel schippen, der Sargdeckel war das Gesicht, und ich wünschte, es verwandle sich unter meinen Händen in das Julias. Ich tastete nach den Fesseln, sie schnitten sich tief ein. Aber unsere Mutter hatte mit *wundgesessen* gedroht, wenn wir sie nicht aus dem Sessel holten für die Nacht. Einmal warf mir unsere Mutter vor, es Monika schwerer zu machen, *mit dem Bauch*, Julia wäre besser am Platze. Julia blieb weiter aus und schrieb Briefe. Mit jedem stieg meine Wut auf sie, die sich rücksichtslos ihren Liebesqualen hingab und in jedem Gedanken dem Gespenst ihres Kinderarztes sinnlose Opfer darbrachte. Ihre Meisterschaft in der Selbstbeobachtung widerte mich, seitdem alles in Latschach auf den Kopf gestellt war, nur noch an. Innerhalb der *Familie* waren die Verhaltensweisen verschoben, was, wie ich mir, an den Tod unseres Großvaters väterlicherseits in der Mondscheingasse zurückdenkend, sagte, immer bei solchen Gelegenheiten und unvorhersehbaren Ereignissen und Unfällen geschicht, daß man schweigend zusammenhält und die Dinge regelt, ohne zusammenzufinden, miteinander verklumpt in verkommensten Zuständen, den am weitesten entfernten von Glück. Um nicht wahnsinnig zu werden oder unseren Wahnsinn voreinander wie vor uns selbst zu verbergen, hielten wir uns in dem Latschacher Fertigteilhaus an die Regeln des Umgangs und entschuldigten uns im voraus für jede Kleinigkeit, als stünde der nächste Schicksalsschlag versteckt bereits bevor und könnte durch Unbedachtheit jederzeit provoziert werden, ein Mißgeschick, das sie am ehesten in meinem Bauch vermuteten. Die Todesfurcht schnürte uns zusammen und machte uns im Alleinsein ernst und kalt.

Julia schrieb: Überall Fallen und Lügen, jedes Lokal ein Tückennest, Bühne, Spiegel seiner Insassen, Theaterschauplatz, Ablenkungs- und Fluchtort, jeder Ort, sei er klein und gering und nebensächlich, überall dreht es sich um dasselbe, ums Überleben, Übertrumpfen anderer im Überleben, um das Überleben anderer Menschen Tod, um das Hinausschieben, Verzögern; Kunstfertigkeit im Blindsein wird *Glück* genannt ...

In Orvieto war es wie im Traum, unwirklich, als es doch Gegenwart hieß, war es nicht Gegenwart, wird erst in der Rückschau der Gedanken zu *jetzt*; du kannst dir nicht vorstellen, wie oft ich mitten im sogenannten Alltag um sechs, sieben Jahre zurückgerissen bin und bekennen muß, ich bin nicht mehr wie dort, doch wer ich war, das sehe und verstehe, erkenne ich jetzt, soviel später, da es zu spät ist, ein für allemal, nicke ich den Erlebnissen zu und entlarve Betrug und Fehler, werde mir über Versäumnisse klar und berichtige und ordne den Hergang der Geschichte, die zu einer Leidensgeschichte geworden ist ... in deren Nachspiel ich mich gegenwärtig ... suche ... Nach London zöge es mich ... und sonstwohin ... wo ich alles unterlassen habe, was zu tun gewesen wäre ... Alles zum Trotz zu tun, alles zum Trotz zu unterlassen, ist Wahnsinn ... Wie mit einer Waffe ging ich um ... Er hat mich entwaffnet ... hat mir den einzigen Vorzug geraubt ... gegen ihn war ich nichts mehr ... jeden Morgen auf den großen Spiegel im Wartezimmer zu ... ich mußte ihn abstoßen, wie ich war ... eine Menschenbürde von Kind ...

Auf dem Prager Judenfriedhof, zwischen halbversunkenen Grabsteinen, kritzelte Julia den Wunsch auf ein Blatt Papier, das sie, getreu den Vorbildern, mit einem Stein auf dem Grab eines Rabbis beschwerte, wo ältere, viele Jahre alte lagen in der Sonne. Sooft sie an ihn denke, schnüre es ihr Herz zu und sie sei bis in die Nacht geplagt und verfolgt. Neulich träumte ihr von einem feierlichen Begräbnis. Eine Schulkollegin, deren Vater, ein Zivilingenieur, vor zwei Jahren verstorben war, habe eine Rolle gespielt sowie deren Mutter und irrer Bruder. Julia war zur Beerdigung in die Wohnung der Familie geladen und nahm sofort den aus der Schulzeit bekannten Geruch im Glasgang wahr, dessen sie, wann immer sie zu nachmittäglichem Lernen mit ihrer Freundin nach der Schule mitgekommen war, als erstes fremdartig gewärtig wurde. In dem Traum stand der Kater der Familie auf einem Tisch in Flammen. Das in Wirklichkeit weggeschenkte Tier war im Traum für das Zeremoniell der Beisetzung des Vaters zurückgeholt und getötet und präpariert, in präpariertem Zustand auf den Tisch gestellt und mit einer eingebauten Mechanik versehen worden, noch zu Äußerungen wie Schnurren und Bewegungen mit dem Kopf befähigt, von der Hausfrau wie nach einem überlieferten Brauch in Brand gesteckt worden, zu Julias Erstaunen. War der Vater auf dem Sofa aufgebahrt, befanden sich, wie zur Weihnachtsbescherung, Musiknotenheften gleichende Erburkunden für seine Nachkommen auf dem Klavier, die durchgegangen und verlautbart wurden. Plötzlich unterbrach sich der Ablauf des Traumes, als die Katze aus den Flammen sprang und mit einem Satz auf den Beinen und unterwegs durch alle Zimmer war, was die anwesenden Familienmitglieder gelassen zur Kenntnis nahmen und dazu bemerkten, sie gäben das Tier nach der Beisetzung dem Tierpräparator zurück, der es *ganz* töten werde. – »Aber er war doch dein Bruno!« sprach Julia im Traum ihre Schulkollegin auf die Vergangenheit hin an, als die den Kater noch geliebt hatte. – Der Kater verwandelte sich in ein ausgestopftes und dabei halblebendiges Kind, das seine eitrigen Zähne in die Schenkel der Schulkameradin stieß und katzenhaft schnell von einem zum anderen stieb.

Der Traum wich von der ursprünglichen Handlung ab, als Julia sich in einem Hotel wohnhaft fand, von heftigen sexuellen Wünschen getrieben, am Fenster zu stehen. Es sei kein konkretes Warten und Ausschauhalten wie in Wirklichkeit in dem für sie in der Einsamkeit bei Tiefschnee viel zu großen und alten Haus gewesen, sondern lüsternes Wollen! Ein Gendarm, jünger als die, welche sie für gewöhnlich interessierten, bekümmern konnten, mit platter Nase und knabenhaft, sei erschienen und habe sich um sie in dem Zimmer bemüht, erfolglos, da ihr inneres Auge auf die Straße gelenkt auf der Lauer lag, trotz allem wieder nach ihm! Zu nichts fähig als auf *ihn* wie auf einen Heilsbringer sich zu versteifen, machte sie sich selbst unmöglich, schloß sich aus aus dem Traum. Seinetwegen sei sie um ein geträumtes Hochgefühl gebracht worden: von sich selbst, innersten Wirren. – Ob ich mir schon einmal vorgestellt habe, in wieviel Zimmern sie gewohnt und Nacht für Nacht geschlafen habe? Zahllose, viel zu viele seien es – in allen steckte Gegenwart – einzige Zeit! Sie habe sie ohne zu denken wieder verlassen, wie sie ebenso unergründlich dort eingezogen sei. Jedes einzelne Zimmer glaubte sie für ihr Zuhause, ihr einziges Jetzt, wie sie von unserer Mutter jahrelang auf nichts anderes eingestellt, programmiert worden war. Als Mädchen (in Lottes Alter) sei sie von einem Gedanken zum anderen umgesprungen, abgeknickt im Denken und aus Faulheit verkümmert, habe sich, auf einen Augenaufschlag hin, einem vertrockneten Hutträger an irgendeiner Hotelbar an die Brust geworfen und sich küssen lassen auf eine Art und Weise, wie um etwas abzutöten zwischen ihren Lippen. Vielleicht *mich,* schrieb Julia. Und: »Mein Leben, von Metastasen bedeckt, die mit Abstand zu früher ... aufbrechen ... Ich schreibe Dir zur Warnung ...« Unsinn, dachte ich, um dich zu entladen schreibst du an mich und um dir die Zeit zu vertreiben, die du im Fenster liegst in falscher Erwartung ...

Unser Bruder sandte Ansichtskarten nach Latschach. Eine Meckiekarte für den Neffen. Eine Bierhumpenkarte für die Großmutter, die kaum einen Schluck Bier zu sich nahm und sich umso mehr darüber freute. – Julia schrieb: »Schlag die Zeitung auf, Du findest den Verbrecher an meinem Leben auf Seite zwölf.« – Wirklich war da das Bild des Kinderarztes in grauer Helfersuniform, ein Stethoskop um den Hals, den Blick auf einen verhungerten Kurden-Säugling in seinem Arm. Unsere Mutter bedauerte, daß man bei der Kopfhaltung nicht mehr erkenne als die große Nase. Lotte vertiefte sich, ihre aufgeklebten langen Nägel dabei jeweils mit den Fingerspitzen der anderen Hand festdrückend, auffallend lang in das Zeitungsbild. Der Helfer in Grau hatte meine Schwester um alles gebracht. Ich schnitt ihn aus und steckte ihn zu meinen Notizen unter die Matratze.

Unser Bruder teilte auf den Ansichtskarten mit, daß er wie immer Asiatinnen von Puff zu Puff befördere, im roten Peugeot unseres Großonkels, auf den er, nach den Kindern der Großtante, Ansprüche hatte. Sein Leben bestand aus thailändischen Nutten und Striptease-Tänzerinnen, deren bloße Gesellschaft er über die herkömmliche *Umgangsform* stellte, die Lottes aus großzügigen Ersatzmännern des Unerreichbaren, die Monikas war zu leidvollem Wälzen im Gestrüpp der Vergangenheit verringert, unsere Großmutter erschöpfte sich von früh bis spät in der Beaufsichtigung von Julias Sohn, um unsere Mutter, ihre Tochter, zu entlasten, die sich abmühte, Monika vor psychiatrischer Behandlung und womöglich einer Anstalt zu bewahren und sie *soweit wieder hinzukriegen*, daß mit ihr *normal umzugehen* wäre – und ich beobachtete uns, vernachlässigte darüber die Versorgung meiner eigenen brennenden Wunden, nach der Musikprofessorsschlappe, durch die ich verunglückt war und nicht aufhören konnte, immer weiter zu verunglücken.

Von Julia kam die Nachricht von Rückfällen in die für überwunden geglaubte Zeit, sie finde aus dem *Ausschauhalten, Hoffen und Lauern* (wie in der Anfangsphase, als scheinbar noch alles offenstand ...) nicht wieder heraus und *entdecke* an sich ein Verhalten ähnlich dem Lottes, den Hang, hinauszustreben und sich der Öffentlichkeit auszusetzen, unter anderen und den einstmaligen nicht vergleichbaren Umständen, im Bewußtsein einer an sich und in allen Versuchen, ihr Leben zu führen mit dem *Mann ihres Lebens*, Gescheiterten, einer Verstümmelten; als seelischer (menschlicher) Krüppel bewege sie sich, ständig auf sich von früher und mit und ohne ihn, vor und nach ihm und auf *sich durch ihn* und in jedem Gedanken an ihn, in ihm, zurückschauend und sich auf jedem Gang nach einer Toilette, während eines Blickes in den Spiegel mit sich von früher vergleichend und auf ihre grenzenlose Verwilderung als Folge tagtäglicher Verringerungsarbeit und jahrelangen Raubbaus aus Gleichgültigkeit sich selbst gegenüber kommend und wie geschunden und zerbeult an den Tisch eines Lokals zurückkehrend und doch wieder nur zu dem unvermeidbaren Zweck des Kennenlernens eines Mannes, vieler, möglichst vieler, um finanziell zum Zug zu kommen und *abzuräumen*, Getränke einzuheimsen wie in alter Zeit, mit einem Buch in einer Ecke und immer wieder gedankenvoll den Blick schweifen lassend, nur mit dem Ziel, sich *einzulassen* und die Schmerzen und Wunden zu verschleiern. Gierig auf Anteilnahme gegen das in ihr immer noch nicht vollständig zur Wirkung gelangte Gift seiner Teilnahmslosigkeit saß sie nicht wie früher in Bars auf Barhockern in selbstgeschneiderten und an gewissen Stellen ausgeschnittenen indischen Kleidern oder Jagdanzügen unseres Großvaters väterlicherseits, die ihr infolge seiner Schlankheit und eigentlichen Ausgezehrtheit höchstens etwas eng waren, bevorzugte jetzt Restaurants, keine Keller, wo hauptsächlich getrunken und, wenn überhaupt, Kleinigkeiten wie Salate gegessen wurden, es tatsächlich um den Gedanken- oder Drogenaustausch ging. Unsere ältere Schwester saß nunmehr mit Schubertbrille, zu ihrer ehrlichen Freude im Schummerlicht bisweilen für etwas jünger geschätzt, in der alten *unveränderten* Erwartung unter Holzschnitten des *Hc gersepp! des Jagdherrn! des Wilderers!* und anderen wüst dreinsehenden und als Seitenansicht in mittelbraunes Holz geschnitzten Charakterdarstellungen eines bis nach zwei Uhr früh mit warmer Küche alle Nachtschwärmer anlockenden Restaurants. Ihre *Wirkung im allgemeinen* lasse nach ... Die Unschuld sei aus dem Gesicht verflogen und damit seine Ausdruckskraft; das Fleckenlose, Reine, Unbeschriebene verleihe einem weiblichen Antlitz Ausdruckskraft und Sinnlichkeit; ein junges, kindliches Antlitz rege die Männer, wie die nackte Leinwand den Maler, zu Fantasien an, die man nur über leeren Gesichtern ausschütten könne, reife wirkten zu voll und überladen, gezeichnet und gebrandmarkt von Erfahrenem, schreckten Männer ab, ließen keinen Raum für Träume, Träume seien das Wichtigste nicht nur für den Mann; das Offengelassene und die Freiheit zwischen den Wörtern. Warum junge Frauen an einem Gesicht wie dem des Kinderarztes Gefallen fanden, und zwar so sehr, daß sie sich an ihrer Liebe aufrissen und sich wie sie das Innere zerfetzten, könne sie sich nicht erklären und denke, daß es mit der vielleicht angeborenen und anerzogenen Trotzhaltung des weiblichen Geschlechts gegenüber dem stärkeren männlichen zu tun habe oder angeborenem Masochismus eines Schwächeren oder mit der Demutshaltung des unterlegenen Wolfes vor dem den Todesbiß daraufhin unterlassenden Leitwolf. Das geht zu weit, Julia, dachte ich. Sie habe sich dabei ertappt, wie sie sich in Lottes Alter und etwa bis zum neunzehnten, zwanzigsten Lebensjahr gerade an häßliche, klumpige, verbrauchte, abgelebte, schäbige, unverschämte, unappetitliche, nichtswürdige, hartherzige Männer am liebsten verschenkt hatte, nachdem sie zum ersten Mal gescheitert war und das erste Mal wie für immer. Vom allerersten Scheitern an, das niemand ernstnahm oder auch nur bemerkte, sei ihr Weg vorgeschrieben gewesen; an Ordnung gewöhnt, zog das erste Scheitern alles andere Scheitern logisch nach sich, mit Härte und Konsequenz trieb sie ihre Arbeit im Scheitern voran und triumphierte im Hintergrund jedes Unglücks wie nach einem Sieg. In dem Kinderarzt war ihr Totengräber gefunden. Statt wie bisher Grabhügel aufzuhäufen und darunter die Gebeine ihrer Lieben zu verstecken, die Stätten regelmäßig aufzusuchen, in Gedanken und mit Hilfe der wie ihr Atem sie ans Leben bindenden Erinnerung die Reste auszugraben und zu betrachten und ihre Wange zu scheuern an dem einen oder anderen Erinnerungsstück als Reliquie, reizte sie ihre Bekanntschaft mit dem Kinderarzt, eine Gruft anzulegen für ihr ganzes Leben, das sie, einer Irren gleich, apathisch gegen ihn als Mauer schmetterte, bis es zerschellte. Sie hatte tausend Parabeln für das Verhältnis, das im Grunde, so Julia, ein Mißverständnis war. Denn: Hätte sie damals die heutige Erfahrung besessen ... Hier hörte ich zu lesen auf, weil ich das Weitere zu kennen meinte ... – Von *Zeitpunkten* und ihrer Bedeutung habe sie damals keinen Schimmer gehabt: Daß man nicht alles *sofort* tun und heraussagen dürfe. Als Kinder hätten wir unserer Mutter Freude bereitet, ob ich mich an den lustigen Pfarrer erinnerte? Lustiger Pfarrer! Und ob! Er war mein Vaterersatz und seine *Versetzung*, ich war im Vorschulalter, riß meine ersten Wunden. Ich fühle jetzt noch den Schmerz. Die Mutter und ich sind vor der Einfahrt des Nonnenklosters in der Mariengasse gestanden, mit Papiertaschentüchern vor den Gesichtern, als er uns zum Abschied drückte und losließ, schreckliche Kälte, vielleicht erstmals Todesangst, und einstieg in das Auto nach Wien. In einem Gespräch mit unserer Mutter erfuhr ich, daß ihr der Pfarrer Haubenfellner, als sie mit uns Zwillingen schwanger war, zum ersten Mal begegnet sei, damals noch als Kaplan, und gern unsere Taufe übernommen hätte, wozu es wegen mangelnder Vertrautheit mit ihm nicht kam, wir wurden von dem zweiten Kaplan mit den abstehenden Ohren getauft; ich träume, wäre es der andere gewesen, wir wären andere Menschen geworden; so waren es von unserer Taufe an immer nur Mißgeschicke und Mißverständnisse und Notlösungen. Der Pfarrer Haubenfellner hatte den Vorzug, sich unserer Größe anzugleichen und aus der Hocke zu uns zu sprechen und vor allem uns reden und ausreden zu lassen und uns zu loben und ernstzunehmen und in rechtem Maß zu beschenken. Er führte uns im Auto aus. Er spielte mit uns im Wald, während unser Vater zu müde war, er hatte, wenn wir an ihn dachten, und das ist geblieben, ein herzliches Gesicht, gegen das mit sich geizende unseres Vaters. Der Pfarrer Haubenfellner ließ uns malen, während er mit unserer Mutter im Nebenraum war, wir kannten den Geruch der Buntstifte und liebten ihn wie die *Milka*-Schokoladentaler, die er uns schön verpackt von Reisen mitbrachte. Vielleicht bin ich durch den ersten Abschied zerstört worden, frage ich mich, vielleicht war der Abschied, die Trennung am Klostertor in der Mariengasse, der heimliche Vorbau für die späteren Abschiede und Trennungen, denen ich verfallen bin? Der Pfarrer Haubenfellner hatte eine Schwäche, was wir als Kinder nicht wußten, ganz von seiner sauberen Bekleidung und seinen Rasierwasserdüften fasziniert. Laut unserer Mutter soll er bis zu einem Schatten auf der

Lunge geraucht haben, wie er trank, und am Morgen damit begann, anstatt zu frühstücken, ein Bier öffnete und in entgleisenden Schwüngen mit uns im Auto an ein Ausflugsziel fuhr und den Alkoholgeruch durch Duftwasser zu überdecken bemüht war, bis Leberzirrhose festgestellt und ihm nicht mehr lang zu leben gegeben war. Davon sagte man uns nichts. Er soll unsere Mutter weinend verständigt haben, vom Krankenhaus aus, nachdem er es erfahren hatte.

Der Pfarrer Haubenfellner besuchte uns ein letztes Mal vor seinem Tod. Ich kam vom Schwimmen, da saß er an unserem Eßzimmertisch und drehte sich mit dem üblichen Strahlen im Gesicht zu mir um. Aber – der mich umschlang und meine nassen Haare befühlte, war ein Totenschädel, der kaum Erinnerung an früher zuließ, die Zähne waren falsch und wirkten in einem schmalen vertrockneten Mund bedrohlich und veränderten seine Sprache, verfremdeten ihn. Ich tat mir schwer, auf ihn einzugehen, nicht nur der Veränderung wegen, sondern auch weil es die Entstehungszeit meiner Liebe zu dem Musikprofessor war, der in diesen Tagen erstmals vor der Klasse erschienen war, davon abgesehen begann mit zwölf Jahren manch Ungeahntes Gestalt anzunehmen. Die Polaroidaufnahmen von dem Besuch sind erschreckend, die Nachricht von seinem Tod *nach schwerem Leiden* erreichte uns wenig später. Julia schrieb, ihr gehe die Melodie nicht aus dem Sinn, die unser nach Wien gereister Vater – ausgerechnet derjenige von uns, der auf den Pfarrer Haubenfellner zeitlebens eifersüchtig gewesen ist, vertrat den Rest der Familie –, auf der schlichten Beerdigung auf einem Wiener Friedhof gehört hat, eine besonders eindringlich und schwermütig gesungene Version von *Vater Unser*.

In Latschach glühten im Dämmerlicht alle Wege. Die Einheimischen waren seit der Verwechslung in der Vorstellung der sich zu ihren geheimen Beratungen in die Vogelkammer (oben) und in die Küche (unten) zurückziehenden Frauen zu einer gegen uns verschworenen Masse ausgewachsen, als ob, statt des einen, alle, Monikas Tod verkündend, gekommen wären, mißbilligten sie *Kärntner*, die sie mit dem Nachbarn gleichsetzten, der ihrer Meinung nach nicht anders konnte, als schadenfroh zu sein. Warum wir dennoch blieben, wußte keiner. Monika unternahm Gehversuche, von unserer Mutter händeringend angefleht, jammerte und verlangte nach Filmen von früher, bei unserem Vater unter der Rubrik *Familienfilme* im Regal. Sie setzte mir auseinander, daß sie sich nicht mehr selbst fortbewegen werde, wenn sie sich immer noch innerlich rege und bewege, sei dann immerhin sonst Schluß damit, sowie sie aufgehört habe, zu gehen, ihre Beine zu benutzen, sie wolle nicht, sträube sich gegen den *Fortgang*, breche mit der Entwicklung, der zwanghaften, so philosophierte sie, als unser Vater wie aus dem Nichts hinzusprang und sich Monika auflud. Er schleppte alles für die Filmvorführung in das Wohnzimmer und baute Leinwand und Projektor auf und suchte nach den Filmspulen und Leerspulen, die er für zu Hause, auf dem Bett, vergessen hielt. Unwillig setzte er den Projektionsapparat in Gang, während ich die Vorhänge zuzog. Monika saß unnatürlich strahlend in einem Löwenmaulsessel, wozu unsere Mutter zu unruhig war. Unsere Großmutter beobachtete alles von der Bettbank aus, das Kind auf den Knien.

Unser Vater verstrickte seine unwilligen Finger in dem Filmband, fluchte, zerrte, riß, spannte neuerlich ein, seufzte, übertrieb. Unsere Mutter fragte, bis der rotflackernde Vorspann mit der Aufschrift der Filmfirma vorbei war, nach Julia, wie es ihr gehe. Er brummte Abwehrendes. – »Sie wohnt wieder irgendwo.« Durch unsere Mutter ging ein Zucken – sie selbst erschien verjüngt auf der Leinwand, lebensnah und in satten Farben. Auf ihren Pulli waren die Lettern ihres Namens geklebt – wie gleich darauf auf Monikas und meine Strampelanzüge, damit man uns unterschied.

Man sah uns als gleich angezogene Säuglinge, die eine im Arm unserer Mutter, die andere im Schoß unserer vor der Kamera unbefangenen Großmutter, wie es aussah, rundum zufrieden. Die unwirklichen Farben, das leuchtende Rot, das Ursprüngliche der gegen die wahre Dauer des damaligen Alltags läppischen Augenblicke und paar geschminkten Filmmomente, gekonnt zusammengeschnitten, so daß man uns mit einem Jahr, Sekunden später mit zwei, dann drei Jahren in der Badewanne sah, verbunden mit den Original-Kommentaren auf der Tonspur des Filmes, zu der Endsechzigerschlagermusik, schienen mir unglaublich, als ich auf Monika sah, dachte ich, sie schlafe, vielleicht kniff sie nur eben die Augen zu oder wollte gerade nichts sehen; unsere Mutter ganz nah, jung, schlank, der Mode entsprechend aufgemacht. Unsere Großmutter schimpfte über die Tonspur und bat darum, sie abzuschalten, sie sei nicht entscheidend und man könne kein Wort sagen. Ich bat, sie zu belassen, Monika nickte dazu, also blieb sie, blieben die kindischen Kommentare unseres von Julia als Ursache unserer Abwegigkeit entlarvten Vaters in ihrem unzeitgemäßen Studententon. Wir konnten beobachten, wie man uns fütterte, badete, wog, Besuchern zeigte und schlafen legte.

Ich fing mich als erste und verließ die anderen von der

Vergangenheit wie Steifgefrorenen. Unseren Vater maß ich mit angewidertem Blick, noch immer durchdrungen von Julias Anklagen gegen ihn als den, der sich immer aus allen Affären herausgehalten und an nichts Interesse und Anteilnahme gezeigt hatte während der Dauer unserer Kindheit. Aus guten Stunden mit unserer Mutter wußten wir, daß sie, einen Cowboyhut auf dem Kopf und in Woodstock-Jeans, ihm auf einer Ballveranstaltung über den Weg gelaufen und sofort von seiner *unwilligen* Mundstellung *(Hufeisen)* gewonnen war, und daß unser Vater, der im Aussehen und mit seiner Art, Zigarettenkippen im Mundwinkel festzuklemmen, an James Dean erinnerte, sie für ein leichtes Mädchen gehalten hatte und am selben Abend auf ein *Zimmer* mitnehmen wollte, wohin sie ihm aber nicht folgte, was ihr Glück gewesen sei, so unsere Mutter, denn wäre sie gleich zu Anfang schwach geworden, wäre dieser Anfang automatisch das Ende ihrer Beziehung gewesen, durch ihre Auflehnung habe sie unseren an Leichtigkeit im Umgang mit Frauen gewöhnten und verwöhnten Vater gereizt und zu Eigeninitiative aufgestachelt, wie es, dachten wir, unserer Großmutter mit ihrem Mann nie gelungen war, aus deren Fehlern lernte die Tochter, wie wir aus der Vernunft unserer Mutter nichts als Möglichkeiten zu Fehltritten und Verfehlungen und unserem Scheitern ableiteten; unser Vater schrieb Hunderte von Liebesbriefen, verfiel ihr, vernarrte sich in sie bis hin zum innigsten Kinderwunsch; Angst habe er im ersten Ehejahr gehabt, *ob es wohl ginge*, und als unser Bruder kam, sei er der glücklichste und stolzeste Vater gewesen, voller Bewunderung für seine Frau in der Mutterrolle. *Alles* hätten sie im Hinblick auf den Erstgeborenen richtig machen wollen und ihre Existenz auf Nachkommenschaft ausgerichtet gehabt, allein die nächtlichen Schreikonzerte unseres Bruders schreckten den jungen Vater ab, unsere Mutter, die nichts als Kinder im Kopf hatte, überlistete ihn mit Julia, wie sie ihn, der durch Julias weibliches Geschlecht zu versöhnen gewesen war, später mit uns Zwillingen und dann noch mit Lotte überrascht hatte, die Zahl der von ihr Abhängigen, den Ehemann inbegriffen, immer noch zu steigern und sich so ihres bleibenden Selbstwertgefühls als Ernährerin und einzig Fähiger einer Schar Unfähiger gegenüber zu versichern. Die uns anerzogene Unselbständigkeit in ihrem von Jahr zu Jahr umfassenderen Ausmaß dürfte unserer Mutter zum reinen Selbstzweck, dem Lebenserhaltungszweck, gedient haben. Unser Vater als Anstoßgeber und Schuldiger an unseren späteren Eskapaden und folgenschweren Fürchterlichkeiten aus Julias durch den Kinderarzt bedingter Sicht; sein Fürsichsein, Dasein und Unerreichbar-Sein prägten unsere Kindheit; nie ließ er uns an sich heran, zu keiner Zeit war es ihm mehr als eine Nebenbeschäftigung und Zerstreuung, wenn er nach der Arbeit für einige Minuten sich *Zeit nahm*, nichts zu tun und unseren durch ihn sofort auf Trab gebrachten Spielen zuzuschauen. Ideen und Fantasien hatte er, in welche er uns kaum Einblick gönnte, seine Energien waren reserviert für ihn selbst, Fremden gegenüber war er der Höflichste und Unterwürfigste, und in freier Natur präsentierte er uns das Bild des aus der Heimat vertriebenen Bauernknaben. Sprach er von sich, so von sich als Kind, dem die Welt und das Leben zu roh gewesen seien. Unser Vater verstand es, ohne es zu beabsichtigen, um unser Mitleid zu heischen; obwohl er uns schlug, wenn unsere Mutter nicht weiterwußte, in das Zimmer hereinbrach wie ein Gewalttäter und ohne sich die Situation zu vergegenwärtigen, blind daraufloshieb in immer größerer Wut, bis unsere Mutter sich dazwischenwarf, trauerten wir um den *Verlust* des bei uns ein- und ausgehenden und mit uns eng verwandten Menschen, ihn vor uns zu haben und ihn nicht zu berühren, nie unseren mit uns lebenden Vater für uns zu erregen und bekümmern, da wäre noch besser gewesen, keinen Vater zu haben, als ihn zu sehen und vor uns zu haben und ihn nicht zu erreichen. So mußten wir ihn für etwas Besonderes halten, und setzten in ihn unsere Hoffnung. Sein Schweigen gegen die hysterische Rede unserer Mutter, sein frischer Waldgeruch, seine Unstetigkeit, früher noch nicht als Folge vielfältiger Unsicherheiten und Lebensängste aufgedeckt, waren uns wie Balsam. Erwachsen und auf einer Anhöhe mit ihm, wachten wir in eine schreckliche Realität hinein auf und fanden nichts von dem Geträumten – und in unserem Vater einen Versager. Wir hatten ihn jahrelang bedauert wegen seiner Stellung gegenüber unserer Mutter, bis wir fanden, er wollte es so. *Er* zwang unsere Mutter, er war ihr heimlicher Anstifter.

Er hat uns in den Abgrund gestürzt, schrieb Julia. Zugleich war er schuldlos wie alle anderen, die an sich selbst am meisten dachten. Seinem Enkelsohn widmete er viel Zeit, wie um das Versäumte gutzumachen, für ihn selbst stimmte die Rechnung und vor unserer Mutter, nur wir waren auf der Strecke geblieben, konnten keine Kinder mehr sein, an uns hatte er sich versündigt und das Grauenhafte der Unbeteiligtheit und des Desinteresses verbrochen, seine gezählten Anläufe, mit uns zu spielen oder uns in dieser oder jener Erwachsenenweisheit zu unterrichten, machten sich nicht bezahlt, änderten nichts an der Tatsache in ihrer verheerenden Wirkung. So wie er uns immer nur losließ und abschrieb und tatsächlich bei jeder Gelegenheit als die schlechtesten, unfähigsten, mißlungensten hervorkehrte, schickte es sich, daß uns später unsere geliebten Männer behandelten. Unser Vater entzündete uns und wir brannten; er ließ uns langsam verkohlen. Unsere Männer waren keine Ersatzmänner, keine Vaterfiguren, sie verkörperten das aus der Kindheit von dem uns nächststehenden Mann in unseren Seelen und Köpfen Angerichtete, wiederholten es an uns für uns, in Wahrheit gegen uns, unser Vater war der unwissende (darum unschuldige?!) Grundsteinleger unserer Verringerungs- und Vernichtungsarbeit an uns selbst. Er hätte uns nicht lieben brauchen, aber wahrnehmen, als Menschen sehen! – Das ist nicht geschehen, von unseren Eltern machte sich keiner die Mühe und sah uns als Individuen. Unser Vater nahm Julias Kind auf Angeltouren mit und führte es ein in die Kunst des Köderhängens und des Kletterns; so galten die Großeltern als Bewahrer des unschuldigen Knaben vor seiner unmündig gebliebenen Rabenmutter und deren wechselnden Begleitern. Als Julia zu dem Kinderarzt zog, gab unsere Mutter das Kind nicht heraus. Julias überstürzter Umzug, Monikas Haschischrauchen, mein Zusammenhausen mit sogenannten Ausgestoßenen der Gesellschaft, führt sich auf die Wurzel der von unseren Erziehern an uns gefundenen Unzurechnungsfähigkeit zurück, nie waren wir, wie Kinder unbeholfenerer Eltern, unbeaufsichtigt, nie wurde uns vertraut, immer steckte jemand den Kopf durch die Tür und lächelte heuchlerisch, um zu sehen, was wir wieder trieben, gedemütigt und verurteilt wurden wir die längste Zeit wegen nichts, bis unsere Mutter die vierzehnjährige Julia in einer Polizeistreife von der nächtlichen Fahrbahn aufgriff und nach Hause prügelte, und sich alles uns fälschlich Angelastete bewahrheitete. In die schlechtesten und zerstörerischsten Beziehungen flohen wir, in den Abschaum der Straße und der Stadt, zu den unordentlichsten und vernichtetsten Kreaturen, lichtscheuem Gesindel in den Augen von Bürgern wie unserer Mutter, nur um ihr wie uns zu zeigen, was mit uns war. Wir konnten es nicht erklären, nicht abstufen, wie und was, doch etwas wurde deutlich, brach endlich aus.

An den Folgen und Spätfolgen unseres nie gefaßten Entschlusses, Wege der Zerstörung und nicht des Aufbaus und Aufschwungs zu gehen, zerbrachen wir. Unser Leben sei Angst vor dem Selbstmord, las ich bei Lotte. Julia schrieb von Melancholie in der Stadt. Von ihrem *Leben zum Trotz.* In der Altstadt gerate sie immer wieder zu ihren Stützpunkten zurück, und sehe sich als sechzehnjähriges Mädchen mit dem Schriftsteller aus Deutschland, im sonnigen Herbst, rieche die gefallenen Blätter und fühle die Vergeblichkeit neben dem ganz von ihr abgekehrten, wie ohne sie wahrzunehmen über seine Zukunft in Rom, Problemen mit seiner Freundin und den fertigzustellenden Roman grübelnden Mann. Sie habe ihn nah bei sich gehabt und unerreichbar fern des Verlangens; er habe sie nicht einmal abgelehnt, sie sei wie nicht vorhanden gewesen, bedeutungslos und verschwindend gegen Vielfalt und überschäumenden Reichtum an Jahren, die er ihr mit anderen Frauen und Erlebnissen voraus hatte; er war wie jemand, den sie im Geist sah, aber nicht fassen konnte, weil es ihn nur in Träumen gab. Sie leide jetzt noch unter dieser ihr von den Bänken am Teich entgegenflammenden und jede Jahreszeit durchdringenden, deren Eindrücke niederbrennenden Erinnerung, könne nicht unbeschwert gehen, sich nicht hinsetzen und auf das Wasser schauen, ohne davon befallen zu sein. Ahnungslos sei sie von Hügeln hinunter, auf die Bänke zugegangen, im Augenwinkel die Bank mit sich als Vierzehnjähriger, als sich das noch weit Hoffnungslosere ihres Beisammenseins mit dem in der Wärme des Mittags mit freiem Oberkörper unberührbar, unberührt mit sich selbst beschäftigten, die Beine ausstreckenden Mannes darüberlegte, ein paar Schritte weiter, aus dem Wiesengeruch im Gemisch mit der lauwarmen Luft, Ausfahrten mit dem Säugling im Schlaf-, dem etwas größeren Kind im Sitzwagen, Monate bevor der Kinderarzt kam. Das jäh aus den Sommerwolken brechende Gewitter, das sie, ihr Kind unter der Pelerine an sich gedrückt, in die Gaststätte trieb; der verhängnisvolle Auftritt des Kinderarztes wegen Durchfalls des noch keine zehn Monate zählenden Jungen, den sie Hals über Kopf verließ. Der Burggarten hoch über den Stadtparkteichen. Lieben, unter ihnen keine einzige glücklich erfüllte, zahllose Anläufe, Wunschträume, Erfindungen.

Ihre Trauer, die mißliche Lage einer Verzweifelten, die aus Betrug Wahrheit zu schöpfen bestrebt gewesen war, habe sie verletzt, nicht nur auf den Geburtsschock, die Trennung von dem Neugeborenen hin, sei sie in Todessehnsucht umhergerannt, die Todessehnsucht begleite sie von jeher ...

Durch das Burgtor und am Dom vorbei; der Dompfarrhof; sie als Dreizehnjährige; wie es begann. Das Unbeschwerte wurde über Nacht zum Leiden. Suche nach Ausflüchten. Suche nach dem Schmutz. Wühlen im Morast, um das Leben zu finden. Geruch des Jungscharkellers; Locken eines beneideten (freieren) Mädchens; gleich und ungleich; Verdacht; Bekanntschafts- und Zigarettensucht. Mit vierzehn brach die Zeit des unaufhörlichen Schmerzes an. Nach einem Achtel Wein zu allem bereit. Je verwahrloster der Begleiter, desto geeigneter als Kraftmittel gegen die Erziehung, die abgetötet werden mußte in uns. Ausmerzen! Blind!

Das Schauspielhaus mit ausgehängten Szenenfotos, wie oft bin ich dort gewesen, bei jedem Wetter, um von der Möglichkeit, mich später als Schauspielerin auszuleben, zu tagträumen. Wie wirklich schien diese Zukunft und zugleich wie weit weg, so Julias Brief: Überall witterte ich Heimat bis in das Haus des Kinderarztes, der mir den Boden dieser Heimat mit einem Griff unter den Füßen wegzog. Nach dem Schauspielhaus öffnet sich die Straße in einen weiten Platz, verstellt von Fahrzeugen. In dem Haus und in dem dort eine Nacht verbracht und in vielen Hotels mit wem nur. Hauptplatz. Café Nordstern. Orte des Überdrusses vor lauter Angst. Durch die Fenster geschaut auf Straßenbahnen und Menschen, jeweils in anderer Erwartung, bei tosender Musik. Als Kind war mir alles geläufig, schrieb Julia, jetzt entzieht es sich, grinst, wird faul und immer verrückter.

Im Wohnzimmer schimpfte unsere Mutter, daß mein Verhalten unmöglich sei, ich könne nicht einfach verschwinden, ohne beim Wegräumen geholfen zu haben. Was ich Wichtiges zu tun gehabt hätte – worauf ich erwiderte, in Gedanken hinausgegangen und ohne Anlaß im Bad gestanden zu sein. Ich mußte unserem Vater beim Hinaustragen von Projektor und Filmspulen helfen und erkannte, daß er so schnell wie möglich Latschach wieder verlassen wollte.

Mit dem Auto sind es gut anderthalb Stunden von Latschach bis Graz. Ab Klagenfurt verläuft die Autobahn ohne Umschweife. Daß außer unserem Vater nach der Filmvorführung noch jemand von uns, getrennt, in Richtung Heimat unterwegs war, erfuhren wir nach unserer eigenen Rückkehr, viel später. Als unsere Mutter nach der Abfahrt des Vaters nach oben ging, war niemand in den Betten, auch am Fenster deutete nichts auf Lotte hin, die gewöhnlich von dort bis zum Abend die Straße erkundete, unsere Mutter kündigte an, sich wieder mehr um ihre vernachlässigte Jüngste kümmern zu müssen und über Monika nicht alles andere vergessen zu können, als ob mit der verwirklichten Filmstunde jetzt ihrem Leid ein Ende bereitet sein müßte. Lotte ist mit einem Mann, an den sie in einem Klagenfurter Nachtclub geraten war, nach einer Stunde bei zurückgeklappten Vordersitzen (auf einem Waldweg) weitergefahren zu einer nächtlichen Grillparty eines seiner Berufskollegen am Stadtrand von Graz.

In dem Klagenfurter Nachtclub, dessen Höchstanteil des Eintrittspreises man in Getränke einwechselte, war Lotte vom ersten Augenblick an ein im Westernaufzug an der Bar sitzender Mann in mittleren Jahren aufgefallen, wie uns immer nur solche in außerordentlicher Aufmachung, im Alter unseres Vaters aufgefallen sind, der mit einer Gabel in einer teuer aussehenden Speise stocherte und ab und zu den Blick auf zur Tür hereinströmende Besucher richtete, während er schon für den nächsten Happen die Augenbrauen hochzog, was Lotte als etwas *Kindliches* schien und sie sofort blendete. Kaum begann die Musik, für Lottes Begriffe jahrhundertealte Evergreens, kam Bewegung in den Mann. Er wippte auf dem Barhocker und bestellte Champagner nach. (*Draußen auf dem See schwamm ein schneeweißer Schwan ...*) Als genügend Menschen versammelt waren, die Musik ihren ersten Höhepunkt suchte, Frauen in den Zwanzigern und Dreißigern wie Puppen in den Armen sonst vielleicht in Mechanikermonturen agierender Herren sich auf die Tanzfläche unter die größte der Leuchtkugeln wagten, ihre Tüll- und Rüschenkleider mit Rückenausschnitten und gewagten Dekolletés, ihre von viel Stoff kaschierten Bäuche vorwärtsbewegten und ausgelassen taten, die teils zurückbleibenden Männer währenddessen ihre Nutzlosigkeit im Warten verbargen und die Lippen zu ewigem Pfeifen spitzten, sprang der Mann von seinem Hocker und mischte sich in das Gewühl und war für Lotte die längste Zeit außer Sicht. Als sich die Tanzpaare zurückzogen, fiel ihr eine wie ein Wirbelwind an der sie zu den verrücktesten Figuren anstrengenden Hand eines Mannes tanzende Frau im roten Rüschenkleid, mit riesigen Brüsten, die über den Saum quollen, auf, der Mann, mit dem sie ihre akrobatischen Einlagen gab, war der von Barhocker. Beim nächsten Tanz war eine im blauen Tüllkleid, das bis an den Boden reichte, die im Umherwirbeln Erprobte, bei einem Lied von hohem Aktualitätswert, *Hare Krishna, Krishna, Krishna,* und *Hare Rama, Rama, Rama,* das alle kannten und auf ihren Logenplätzen und Geländerstandorten vor und hinter der Tanzfläche beglückt mitsangen und -klatschten, tanzte er mit einem brünetten Mädchen, was Lotte in Panik versetzte, als er zu ihrer Besänftigung schon wieder die Partnerin wechselte und jetzt mit einer älteren Frau über das Parkett stieb; auf seinem weißen Hemd, er hatte seine Fransenjacke abgeworfen, zeichnete sich ein handtellergroßer nasser Fleck ab, als er zu seinem Barhokker zurückkehrte.

Der Regen betastete die Asphaltstraße unterhalb des Fertigteilhauses. Weiden wurden zu Sümpfen, Heupuppen würden langwierig trocknen müssen, das Wasser stand mir bis an die Knöchel, die Luft schien zu schmelzen, was nach langer Hitze guttat. Als Kinder haben wir mit Basteln die Zeit im Haus hingebracht, nicht an Denken gedacht, während des Hantierens mit Schere und Kleber das eine oder andere Bild vor uns gesehen und dazu Geschichten erfunden, die uns Gehäuse gewesen sind. Ich trank kühlen Schwarztee, der eiskalt besser gewesen wäre, und dachte an meine Stationen, Gesichter, Irrtümer und Katastrophen. Ich saß im ersten Zimmer, Monika im turmuhrseitigen im Urgroßvatersessel über dem Fruchtwasserfleck. Julias jüngster Brief erwähnte Alpträume, einen *brennenden Druck* und *Verfallserscheinungen*. In der Stadt gleite alles wie in einem Film an ihr vorbei, die Leute erschienen als Abgüsse von Ideen, nur unter dem Deckbegriff *seiner* Gestalt verständlich. Sie sei der Hoffnung verfallen, er könne sie wiederbeleben. Könne eines Tages der Opferbereitschaft ihrer Besessenheit umgekehrt in die Falle gehen. Ihr träumte dauernd, auf ihr liegende Männer, die *nicht er* seien, mit großen Scheren zu erstechen. Neben seiner Tochter sei sie verrückt geworden, habe ihr in einem Lokal einen Brief zugesteckt, halb wahnsinnig vor Glück, der *ihm aus dem Gesicht geschnittenen* nahe zu sein! Der Mensch, der auf dem Zeitungsbild das unterernährte Kurdenkind halte, sei nie der *Vater* gewesen, den sie, Julia, sich zum Ersatz eines Vaters, den auch wir nie hatten, ausgesucht habe. Einer wird dem anderen nicht gerecht. Einer hat Schuld an dem anderen, den er zeugt. Er habe nicht einmal die Gartenarbeit unterbrochen, prahlte der Kinderarzt vor Julia, als seine Frau mit der Kunde vom Fenstersturz des Sohnes gekommen sei. Das Ekelerregende, Widernatürliche und Tödliche hat uns vor dem Guten und Glückbringenden angesprochen und verzaubert, seine Tiefen und Schreckensgraben zu erkunden und uns zu eigen zu machen, waren wir verführt; nach diesem Himmel der Kindheit konnten wir nicht umhin, der Hölle zu verfallen, ihre Menschen zu lieben, schrieb Julia.

Der Regen hörte nicht auf. Auf das Fertigteilhaus beschränkt, verbrachten die beiden Frauen die Zeit mit Grübeln, unsere Mutter rauchte eine Zigarette nach der anderen, was sie lang nicht getan hatte, das Kind studierte seine Kalender und Bücher und verblüffte mit Pflanzen- und Baumnamen, wann immer ich vorbeiging, oder sang Lieder aus der christlichen Bibel unserer Mutter, Monika saß über dem Fruchtwasserfleck, und ich freute mich über die Abwechslung eine Briefes, den der Briefträger schräg durch die Luft vor die Holztreppe warf. Was hatte sie wieder angestellt? Es wäre nicht das erste Mal gewesen, daß sie mitten in eine private Versammlung ihres Kinderarztes geplatzt wäre, im Glauben an Aufnahme.

Einer seiner ordinationsfreien Mittwoche: Forellenbraten im Garten, dem verwilderten Reich, in das er am ersten Frühlingstag zu *köpfeln* pflegte. Ich ging bis zu der Biegung, am Bach entlang, hatte mich von einem Taxi bis zu der Taubstummenanstalt bringen lassen. Die Gartenmauer, die er selbst gebaut hat, leuchtete schmutziggrau auf mich herab, durch den Bach und ein Stück Wiese, das ansteigt, unerreichbar, von dort kamen gedämpfte Stimmen; ich wagte mich noch etwas weiter vor, huschte, an die Büsche seiner Toreinfahrt gedrängt, durch die Dunkelheit und sah eine Gruppe von Menschen, die tranken und Gespräche führten. Einmal war ich Teilnehmerin seiner Mittwochsfeste, als Bewohnerin des Hauses, und er hat mir die gebratene Forelle eßfertig gemacht. Ihn konnte ich nicht entdecken. (Ich sehe ihn noch seine Finger zählen, um mir zu zeigen, wie wenige er *vor mir* ...) Am offenen Kaminfeuer in seinem Zimmer waren die Dinge ihren von unseren Eltern gebauten Käfigen entrückt und waren fremd und erschreckend und doch die Weite des Meeres eröffnend. Ich atmete, ohne dort zu sein, den Geruch seines Matratzenlagers; weil er von Vaterseite halber Ägypter war, meinte er, nur auf dem Boden schlafen zu können, und obwohl er kein Wort ägyptisch sprach, tanzte er im Kaftan durchs Haus und erschreckte die Kinderpatienten in diesem Aufzug. Aus seinem Ordinationsraum hörte ich immer Geschrei. Er legte am Feuer Zeugnis ab, gab preis, wie egoistisch unser Vater war, wie *ehrerbietig* bei den Professoren, strebsam, duckmäusernd und strohblond. Er ahmte nach, wie unser Vater vor der Klasse ein Hesse-Gedicht aufsagte. Mit der Parodie unseres Vaters hat er vor Zuschauern in meiner Gegenwart Beifall geerntet und zu verstehen gegeben, wie absurd es ihm vorkomme, die Tochter des Strebers in seinem Haus zu haben.

Ich hörte und roch ihn aus mir. In mir standen Haus und Garten in Feuer. In mir brannte es lichterloh. Das Feuer müßte übergreifen, sagte ich mir, stand im Brief.

Die Schar im Garten verringerte sich. Autos fuhren, und ich mußte zur Seite treten und so tun, als ginge ich spazieren. Der Mond leuchtete voll. Von der Anhöhe der Kirche tönte ein einmaliger hohler Glockenschlag. Wie oft stand ich an der Autobushaltestelle, dachte ich. Bis der Garten geräumt war, lauerte ich, bis die vertrauten Jazztöne durch die Mauern drangen. Ich passierte die Toreinfahrt, roch den Fisch, sah die Tische und Bänke und Salatschüsseln mit auf dem Öl schwimmenden Blättern, Gräten am Erdboden, Zigarettenkippen überall. Die Mauern, das Vogelgehege, die Winkel, die Stufen zur Tür, der offene Keller. Efeu an der Hausfront. Das Dachfenster. Vorher und nachher allein in den milden Frühlingslüften auf dem Dach. Man konnte sich ausstrecken im vollen Licht. Das brennende Licht, die übertreibenden Farben, in der Betrunkenheit um ein vielfaches mehr, bringe ich nicht von mir weg, seinen Tonfall nicht, tödlicher Mensch, vergiftet von seinem Inneren, Isabella. Ich habe nie an ihn *vor mir* gedacht. Ich hatte ein Küchenmesser unter einem Dachziegel versteckt, weil ich unbewaffnet war, nicht um ihn umzubringen ...

Ich trat in den Keller. Er hatte mich einen Blick hineinwerfen lassen, auf Gerümpel, einen Motorradtank, altertümliche Schi. Ich war oft durch den Keller ins Haus gekommen. Unbemerkt, so auch nach Jahren.

Ein verbrannter Geruch, sein Geruch, schlug mir schon im Vorhaus entgegen. Und – seine rote Anorakjacke! Ich durchquerte das Wartezimmer, achtete nicht auf den Spiegel, vermutete jemanden bei ihm, so wie ich bei ihm war ... Durch das Fenster konnte ich die Toreinfahrt erkennen, wenn ich doch nie eingedrungen wäre! Wie oft ich hier, als Schnee lag, zu seiner Musik vergebens Ausschau hielt, tage- und wochenlang mit Warten beschäftigt in seinem Haus, in seinem Leben, in allem von ihm ...

Wer das nicht erlebt hat, kennt die Vergeblichkeit nicht.

Ich faßte mir ein Herz und zog die Tür auf. Sein Atemschwall schien wie mit schweren Kissen gegen mich zu drücken, ein mir entgegenwirkender Sturm, der mich fortwehen sollte. Ich stieß zur violetten Doppelmatratze vor, auf der jemand lag. Ich war mit einem Mal wie getrieben, als ginge es darum, das Verlorene zurückzuholen, und als wäre das sehr einfach. Ohne Scheu hockte ich mich hinter die das Zimmer unterteilende Mauer und würde mich erst später darüber wundern. Ich berührte seinen Nacken. Er hob den Kopf.

»Was suchst du da?« fragte er. Ich bat ihn, mich hier übernachten zu lassen, ich sei noch nicht fertig *mit hier*.

»Nach Jahren?« fragte er erstaunt.

»Noch immer nicht«, lächelte ich hilflos. – »Ich schreibe darüber, aber irgend etwas fehlt. Der Geruch, über den Geruch bin ich mir noch nicht klar geworden ...«

»Welcher Geruch?«

Ich sah, daß er unter der Decke nackt war. Das Mädchen neben ihm zuckte leicht.

»*Dein* Geruch«, sagte ich wahrheitsgemäß.

»Und da bist du einfach so reingekommen? Ja, was erlaubst du dir?« Erst jetzt erhitzte er sich, und ohne sich aufzurappeln, warf er mich hinaus.

Er lachte, meinte, ob ich denn nicht sehen könne, er sei für die Nacht *verbucht*, solle verschwinden, sein Murmeln, ich möge mir einen anderen Zeitpunkt aussuchen, vorher anrufen ...

Im Aufstehen fühlte meine Hand das Haar seiner Beischläferin, das sich anfühlte wie das Lottes. Aber Lotte konnte es nicht sein, sie war in Latschach.

Lotte war sehr wohl klar gewesen, um welchen Menschen es sich handelte, daß es derselbe war, der unsere ältere Schwester auf dem Gewissen hatte. Eben das ließ sie sich von ihrem *Barhocker-Gynäkologen* entfernen; während der Gynäkologe mit einer anderen wegfuhr, blieb Lotte über Nacht. Viel später, in Graz, strengte ich mich an, mir auszudenken, was gewesen wäre, wenn Julia Lotte erkannt hätte, ob es da nicht zum Inferno gekommen wäre und ob Julia da ebenso folgsam, noch schnell eine Botschaft mit Lippenstift auf dem Spiegel im Warteraum hinterlassend, zur Kirche und in die Telefonzelle um ein Taxi verschwunden wäre. Nicht nur, daß Julia den Beischlafsversuch eines Fünfzigjährigen mit einer Fünfzehnjährigen (Lotte) unterbrochen und sich ankündigungslos über die beiden gebeugt hatte, auch seine unveränderte Haltung mußte sie verstören, zerknirscht trat sie den Rückzug an, von der eigenen falschen Erwartung plattgedrückt, steckte ihr Gesicht in die schweren Vorhänge hinter der Tür nach dem darin gespeicherten rauchig fauligen Geruch, fand sich draußen an der Luft wie leergeschaufelt. Lotte erging es nicht besser. Ihr Ring war seitlich zwischen Matratze und Mauer gerutscht, auf welcher das Porträt seiner jüngsten Tochter, der einzig von ihm geschätzten, aber nie in Julias Wohnzeit in Erscheinung getretenen, hing; als er ihn aufhob, fragte er sie, ob er ihr gehöre, war sich nicht sicher, was seine auch schon gegenüber Julia geäußerte Behauptung, nicht einmal zehn Frauen geliebt zu haben, für Lotte entkräftete, gewiß hatten schon Hunderte auf der Matratze vor Lotte und Julia und sogar vor

Isabella geschmachtet, Frauen des Jahrganges unserer Mutter. Als Lotte in die Küche ging, dachte sie beständig, hier hat sich meine Schwester halb zu Tode gelitten, hier auf der Treppe ist sie aus manchem Vollrausch erwacht, aus der Küche und über die Treppe hinunter rief er ihr zu, ob sie gefickt werden wolle, splitternackt seinen Kaftan bügelnd, wußte Lotte aus der heimlichen Lektüre von Julias Tagblättern in Latschach. Sie wollte Kaffee kochen und scheiterte, wie Julia im Kaffeemachen am ersten Morgen nach dem Umzug bereits kläglich versagt hatte, der Kinderarzt fuhr jetzt Lotte – wie früher Julia – an, ob sie denn nur mit Filtermaschinen umgehen könne, stupide Werkzeuge, riß ihr die Kaffeedose aus der Hand und zeigte ärgerlich, wie sie den Kolben zu handhaben und hinunterzudrücken hätte, um es sie ein für allemal wissen zu lassen, wie er damals Julia flüchtig die Waschmaschine erklärt hatte, die aus Angst vor Scheitern ihre Wäsche in Säcken sammelte und blutig und beschmutzt zum Müll warf, wobei er sie ertappte. Seinerseits mochte der Kinderarzt Lottes mit Julias Ungeschick an dem Morgen nach dem Fischbraten verglichen haben, die sich ihm zu erkennen gegeben hatte bereits bei ihrer Vorstellung durch die Nachtclubbekanntschaft, und sie auf unsere Erziehung zurückgeführt haben. – »Stimmt es, daß du Julias Kind Wein gegeben hast?« fragte Lotte: »Daß du mit ihm geschmust hast, wie Julia schreibt?« – »Schreibt sie das?« – »Ja.« – »Vergiß den Unsinn. Sieh zu, daß du nicht wie sie Krüppelhände hast!« Seine gewandten Bewegungen, sein gekonnter Umgang mit Töpfen und Pfannen und Nahrungsmitteln verblüffte die fünfzehnjährige Zuseherin. »Du mußt noch viel lernen«, sagte er zu ihr und sprach, was Lotte nicht erkannte, auf ihre Ungeschicklichkeit im Beischlaf an. »Vor allem die Stellung der Beine betreffend!« soll er gesagt haben, schrieb Lotte. Sie hatte mit ihm geschlafen. Es war ihr gelungen, von dem aus Erzählungen und Trauerreden ihrer ältesten Schwester bekannten Zerstörer ihrer ältesten Schwester für voll genommen zu werden. Sie kam in den *Genuß* der gleichen Entbehrungen durch ihn wie Julia, mit dem Unterschied, daß sie nicht bei ihm lebte. Seine Freundin kam im Lauf des Vormittags, so Lotte: schwarze Locken, südländisch, ein Typus, bei dem einem Venedig- oder Strandszenen vorschweben. Sie nahm kaum Notiz von mir, schien an Affären gewöhnt. Während sie im Ordinationszimmer waren, las ich ihre Briefe an ihn auf seinem Schreibtisch und entdeckte die von Julia erwähnten Tagebuchblätter. Nirgends stand der Name Julia, lauter unbekannte, seine brennende Sehnsucht nach Isabella auf jedem, Julia muß für ihn völlig nebensächlich gewesen sein, kein Erlebnis. Mich befiel Ehrgeiz, sie zu übertrumpfen, nach ihrem Scheitern ihn für mich zu gewinnen. Ich stahl mich hinaus und lauschte, verstand aber nichts von den aufgebrachten Stimmen. Sie entdeckten mich, er sagte: »Jetzt bist du noch immer da?« – Ich meinte, wir hätten doch noch nicht fertig gefrühstückt, darauf er: »Isabella ist da!«, als ob das ein Weltwunder gewesen wäre. Sie, die ein breites Stirnband trug, schien sich aus meiner Anwesenheit nichts zu machen, und noch weniger daraus, daß ich jünger und hübscher bin; ohne Scham zog sie sich den Pullover über den Kopf, sie hat schöne Brüste; darum zog sie sich aus, mir zu zeigen, was sie hat. Sie verschwanden nach oben. Isabella zwinkerte mir zu, versöhnt an seiner Hand, der sie ohne Blick für mich mit sich zog. Sie waren nach Stunden noch immer nicht zurück. Ich ging nachsehen. In dem verstaubten

Raum, der über eine Art Hühnerleiter ins Dach geht, worüber schon Julia geschrieben hat, fand ich niemand. Auf dem Matratzenlager im Dachgeschoß rollten Staubfussel im durch das Schrägfenster ziehenden Wind. Ich ging einem Geräusch nach und sah eine Hälfte Isabellas, der grauhaarige Kopf war zwischen ihren Schenkeln vergraben. Ich erinnerte mich, so fein wie *Austernlutschen* hatte er es genannt, und Julia nur einmal, ganz zu Anfang, die Ehre erwiesen. Ich wartete bis zum Abend in den Räumen im Parterre. Jetzt hatte ich Julias Leiden gekostet, auch ich zog mich nicht davor zurück, war nicht bereit, mich zu retten. Er brachte Isabella zu ihrem Onkel, wo sie vorübergehend wohnte, dann mich zum Bahnhof, und versprach mir, nachzukommen nach Latschach.

Zwei von uns waren an dem Kinderarzt gescheitert, ihrem Scheitern verfallen, mehr als dem Mann. Mir war beim Lesen die Nase geronnen, ein unangenehmes Brennen (von der Heuallergie) hatte allgemeines Unbehagen, Unlust zur Folge. Ich wischte, tupfte, verfiel in Lethargie. Daß wir uns alle zerstören mußten! Was trieb uns dazu! Welcher teuflische Mechanismus, den Peter an Lotte bemerkt hatte, welche Notwendigkeit, Not, was für ein nagender Komplex? Was lastete auf uns, dessen wir uns nicht anders entledigen konnten als durch Verbrennungen, Erkältungen, Wundstarrkrämpfe unserer Seele hindurch?

»Wir sind nicht für hier gedacht«, hieß es bei Julia.

»Es wehrt sich«, schrieb Lotte.

Lotte hatte Julias Stimme erkannt und sich in die Matratze gedrückt, Julia hatte Lottes Haar *wie* deren Haar empfunden und nicht erkannt; für sie war Lotte in Latschach.

Wie es Julia keinen Frieden läßt, bin jetzt ich entzündet, las ich bei Lotte.

Wir saßen auf den Plastikgitterstühlen hinter dem Haus, ich mit meinem angewachsenen Bauch, neben mir Lotte mit einer Katze. Während Lotte ihren Fingern im Katzenfell zusah, las ich Julias neueste Nachricht, die die vorangegangenen an Dramatik übertraf. Meine Unschlüssigkeit darüber, ob ich ihren Verdacht, es könne wirklich Lotte auf der Fellmatratze des Kinderarztes gewesen sein, zu dem Zeitpunkt in der Nachmittagssonne ernstnehmen sollte oder nicht, mischte sich zu jener älteren, ob mich die Brieflektüre überhaupt berührte oder mir zum reinen Zeitvertreib, zur Ablenkung von Latschacher Augenblicken diente. Der lange Regen hatte Spuren hinterlassen. Die Luft war trotz der Helligkeit von einer den Wärmeeindruck von der Haut abhebenden Kälte. Ab und zu spülte ein Wind über die Gesichter.

Julia nannte sich *glühend.* Mit jeder überstandenen Nacht werde das brennende Verlangen nach Erfüllung und Befreiung größer und werde ihr immer unheimlicher bewußt, wie hilflos und hoffnungslos sie bei ihrem Einzug in das Haus als Welt des Kinderarztes gewesen sei; es sei ihr nichts anderes bevorgestanden als ihr Versagen, das sie erwartete, und Verzweiflung, die für sie vorbereitet war von langer Hand, in all den Jahren ihrer Vergeblichkeit der Jugendhoffnung und aller nur möglicher Jugendträume und Jugendwünsche, jetzt, fünf Jahre älter als zwanzig, mit fünfundzwanzig, sehe und erlebe sie die hinter sich zugemauerte Welt, die ihr damals noch offengestanden wäre, aber tatsächlich nicht offengestanden ist, die ihr nicht zustand, nie, schrieb sie, *weil wir nicht für das Leben gedacht sind.*

Die Beziehung zu dem Kinderarzt diene als oberstes Beispiel für ihr und unser allgemeines von uns selbst aus Gewohnheit unbewußt herbeigeführtes Verunglücken, Abstürzen, vorher sei es nichts anderes gewesen, nachher nichts anderes, der Kinderarzt selbst sei bloß mitwirkend an ihrem Scheitern gewesen, kein Geliebter ... Er habe sich qualifiziert für ihr Scheitern und für das Beschleunigen ihrer Vernichtungsarbeit an sich, schon mit zwanzig Jahren. Schon mit zwölf, vierzehn Jahren, korrigierte Julia. Immer bin ich überdrüssig und lebensfaul gewesen, nie machte ich mir Gedanken über spätere Zeiten und sicherte mich gegen die Zukunft ab. Mich interessierte das blutige Leben. Das ist der Tod. Zum Tod kommt es durch das Sterben. Das Sterben ist der Weg. Ein Weg kann weit sein. Kann ermüden. Ich schleppe mich dahin, bin froh über Weggefährten, die nacheinander auftauchen und mir zu trinken geben und mich stützen und tragen und sich mit mir in den Schatten legen. Wenn ich glaube, ich bin in Sicherheit, fällt mir ein Sonnenstrahl auf die Pupille, und der Begleiter ist fort. Ich springe auf, rufe, schreie, in ihm geht mir ein Ziel verloren! Ich habe gehofft, durch ihn schon am Ziel zu sein und vor dem Weg und dem Ende gerettet. Ich bin wieder allein. In noch viel größerer Hitze und bei unerbittlicher Kälte treibe ich mich voran. Wieder bin ich blind, bis einer mich losläßt, tritt, ich ihm gleichgültig bin. Immer verwundeter, immer schwächer gehe ich meinen Weg. Allein der Tod bringt Erleichterung und bewahrt vor Enttäuschung! schrieb Julia. Ich trank ein Glas Limonade. Lottes Stuhl war leer. Eine Katze umschmeichelte meine Waden. Als Kind war ich stundenlang mit einem schlafenden Kätzchen in einem Schuppen in der Nachbarschaft gesessen, um es nicht zu wecken. Ich war da noch eine andere.

Wir brennen, sagte Julias Brief. Ich sitze am Fenster, brennend, springe auf, brennend, nichts kann Linderung verschaffen, meine Seele, mein Gehirn, mein Leib, mein Schoß, meine Augen, mein Herz, meine Wangen, mein Kopf, alles brennt, brennt, brennt ... Die Luft erinnert und warnt ... In den Zustand der Zwanzigjährigen zurückgeholt ... die Ohnmacht ... es war nur Ohnmacht in dieser Zeit ... ich konnte nicht Schritt halten ...

Ich glaubte, als er mich ablehnte (mein Verhalten zwang ihn dazu), es werde wieder anders werden, war nicht reif ... In der Sehnsucht rücksichtslos, im Denken zügellos ... unsere Mutter ... wollte fernhalten von uns ... Da blieb uns nichts übrig, wir rissen das vor uns Zurückgehaltene gierig und unbedacht an uns und waren über jeden Dahergelaufenen erfreut, der uns vernichtete, alles zu kosten, was untersagt, was unterschlagen worden war, stand uns von unserem achtzehnten Lebensjahr an im Sinn; Überdosen von Wirklichem geschluckt, mußte es uns würgen, mußten wir verstummen und ohne recht angefangen zu haben, bereits aufhören mit dem nie beherrschten Spiel. Der Kinderarzt als Mittel zum tödlichen Zweck. Jetzt wird mir klar: Ich war es, die die von ihm bereiteten Mahlzeiten verschmähte und vor seinen Augen meine Freundin, die mir beim Umzug behilflich war, in sexuelle Handlungen auf seiner violetten Doppelmatratze verwickelte, bis er sich eingeladen fühlte.

Er sah mich *zur Vorsorge* mit seinem Malerfreund. Aus Angst ... Was mich Leib und Seele kostete, rang ihm ein Schulterzucken ab und die Erkenntnis, daß ich wie die meisten sei. Damit war für ihn Schluß, wo für mich das Leiden begann. Ab da hörte ich auf zu glühen und brannte, brannte lichterloh.

»Nun«, sagte Lotte, die unvermittelt mit einer Dose *Cola-light* um die Ecke bog, »bist du schon in Prag gewesen und hast dort eine Kafka-Ausstellung gesehen?« Ich bejahte. »Und warst auch schon in Venedig?« – »Ja.« – »In Rom?« – Ich verneinte. »Hast du Schopenhauer gelesen? Montaigne? Pascal? Heidegger und wie sie alle heißen, die ich in Buchform bei dir herumliegen gesehen habe?« – Ich nickte verblüfft. – Sie sah mich groß an. – »Und was willst du noch mehr? Was erwartest du dir? Bist du nicht auch schon in Bayreuth herumspaziert? In der Wagner-Villa am Flügel gesessen, hast den Tannhäuser aus Lautsprecherboxen gehört und in einer Schauvitrine eine Schopenhauerlocke besichtigt?«

Ich erwiderte: »Ja, aber warum fragst du mich das, wenn du es ohnehin weißt? Willst du mir zeigen, wie überflüssig ich bin, reif zum Ausscheiden?« Unbeirrt setzte sie ihr Rede fort: »Ich denke, wenn Menschen mit dem eigenen Schicksal in seiner Entwicklung am Ende angelangt sind, wird es für sie Zeit, sich fortzupflanzen, aus der Enge des Überdrusses hinauszukommen, wenn du verstehst ... Ist es bei dir vielleicht anders?« – Sie wartete keine Wortmeldung meinerseits ab und sagte, indem sie ging: »Ich denke, du bist verschroben. Ich denke, du stellst das Denken in dir ab. Weil du nicht mehr ganz jung bist, kein halbes Kind mehr wie ich, dem man alles verzeihen würde, und die Zeit vorbei ist, als du ohne weiteres zusammen mit Monika auf der Straße Flugzettel verteilen konntest über Größe und Macht der Gedanken, die man nicht in Sprachgefängnisse stecken sollte, und nicht unbefangen mit bunten Kreiden den Hauptplatz bemalen und beschriften kannst, ohne für verrückt gehalten zu werden, hast du dich in diese Schwangerschaft gestürzt!«

– Den hellen Kopf zurückwerfend, ging sie, und ich dachte, bald bist du zerkratzt.

Als kleines Mädchen war ich in Frauen verliebt, las ich bei Monika. Den Pfarrer Haubenfellner liebte ich, doch nie bin ich verliebt in ihn gewesen. Wir haben den Pfarrer alle wie einen Vater gemocht und uns offen nach ihm gesehnt, nicht für uns allein, in stillen Stunden. In einem Ziehen durch Seele und untere Leibregion sehnte ich mich nach Nonnenfreundinnen unserer Mutter, nur nach bestimmten, mit welchen ich mir immer wieder, vornehmlich im Einschlafen, ausmalte, allein zu sein, Ferien mit einer zu machen, mit ihr in einem abgeschiedenen Haus, fern von allem Gewohnten. Ich war acht oder neun Jahre alt. Die junge rothaarige Zahnarzthelferin, die mir die Röntgenschürze umhängte, dürfte die erste gewesen sein; ich malte mir unermüdlich ihr Herantreten an mich und das daraufhin erfolgte Umlegen der schweren Röntgenschürze für das zahnärztliche Röntgen durch sie an mir aus und in der Weiterfolge mein Eingeschlossenwerden durch sie in einer Nebenkammer der zahnärztlichen Praxis. Ich bin ein normal wirkendes, vielleicht unsportliches, doch ansehnliches blondes Kind gewesen, ein tierliebendes, gutherziges, und niemand hätte geglaubt, über welche Gedanken ich verfügte. Lange Zeit war es die rothaarige sommersprossige Helferin in der Zahnarztpraxis, die auch in Zukunft in meinen Fantasien auftrat und mich immer wieder durch ihre selbstverständliche Handhabung meiner Person in Verlegenheit brachte. Gerade die Flüchtigkeit und Unbekümmertheit um mich und darum, wer und wie alt ich war, nahmen mich gefangen. Das lange hellrot gewellte Haar. Die dünnhäutigen Glieder zu dem Weiß ihres zahnärztlichen Helferinnenanzugs. Die

Idee der Kammer erschreckt mich im nachhinein. Warum hat sich eine Volksschülerin so etwas heimlich zurechtgedacht und ist in Fantasien mit Frauen hinabgestiegen und hat sich in ihnen zu einer ganz anderen entfaltet, als sie für die Erwachsenen war? Erst als die Begierde nach Frauen in erlaubte Sehnsucht nach Männern umschlug, getraute ich mich, darüber zu sprechen und zu schreiben und sprach und schrieb umso hemmungsloser und ausführlicher darüber, wie um die ungerechte Geheimhaltung meiner ehemaligen Neigung wettzumachen. Hat es mir nicht schon immer ein seltsames Stechen und eine Art Krampf, wenn auch nur einen leichten, in der Leistengegend verursacht, Züchtigungen unseres unter viel aufwendigem Gebrüll aus Trotz auch noch danach verlangenden Bruder zu sehen? Meine Zwillingsschwester und ich, wenn wir, durch die Schreie angelockt, um den Türpfosten spähten und unsere Mutter riesig aufgebaut vor dem tobenden Bruder erkannten, wie sie schier unermüdlich und unerbittlich, als ob die ganze Welt in diesem Punkt gesammelt wäre, auf eine beliebige Stelle des Fußbodens deutete, mit ihrem von einer Arbeit im Wasser, vermutlich von Geschirrspülen tropfnassen Finger, dessen Anblick und der Anblick überhaupt von nasser oder feuchter Haut mir bis heute grauenvoll ist, eine Bodenstelle, auf die sich unser Bruder zu begeben gehabt hätte, wogegen er sich auflehnte und einem Nachlassen im Trotz die Züchtigung vorzog; wie dann der schnelle Griff ihm die Hose wie eine zweite Haut herunterholte, er schlagartig, erbarmungswürdig halbnackt unter dem Arm der Mutter und von ihrer den Kochlöffel dirigierenden Hand erniedrigt wurde und zu allem Überdruß und zum Schrecken der damals zum Verhautwerden noch zu kleinen Geschwister nach mehr rief ...

Stets waren es Frauen mit, wie unser Vater gesagt hätte, *feinen* Gesichtern, Frauen wie die Schauspielerin Isabelle Huppert, die mich an meine Zahnarzthelferin erinnert. Ich weiß noch, wie aufgebracht ich über die Verabredung unserer Mutter mit einer später aus dem Kloster ausgetretenen Kärntner Nonne gewesen bin, bei welcher ich für ein an der Klosterschule anzufertigendes Kleid im Schottenmuster abgemessen, von der Person selbst abgetastet werden sollte. Zum Höhepunkt und Tiefschlag kam es, als unsere Mutter mich bei der Nonne ließ und ich mit meinem Heuschnupfen und davon tränenden Augen die in mir das Kleinkind entdeckende Nonne zu äußerster Fürsorglichkeit aufreizte, sie mich von oben bis unten einsalbte und mit Extrakten einrieb, bis ich nicht mehr aus den verklebten Augen sah, und zu trinken bekam ich nichts und mußte mit Zitronenscheiben in Zucker vorlieb nehmen und kam aus dem Geruch nach Bienenwachs und Medikamentösem und aus der Dunkelheit ihrer Klosterzelle nicht aus, immer hieß es: »Du – in deiner Kinderwelt!« – wenn sie gewußt hätte, wer unter ihren salbenden Händen saß, was in dem Kopf des Unschuldsengels vorging und wie es in der Kindermöse kribbelte und grub.

Verlassen tauchte Lotte aus ihren Nächten an die Oberfläche von Ordnung, Zucht und Moral unserer Mutter auf, was sie schriftlich handhabte, als müsse sie durch die Schmerzen als einzig mögliche Erfahrungen hindurch und dürfe erst ruhen, wenn alles vorbei wäre. Unser Schreiben belehrte uns, doch wir wollten nichts lernen, nichts wissen, existierten als Folgen der Erziehungsstrategie unserer die Wirklichkeit mit der größten Intensität und dem bestmöglichen Einsatz unsere ganze Kindheit und Lernzeit hindurch von uns abschirmenden Eltern, widerspenstig, zum Trotz und scheinheilig.

Was mir in jüngsten Jahren klar und brennend einsichtig war wie nie danach, auf Stadtparkbänken, allein in meiner Freiheit schaffenden Verzweiflung, wenn ich mich hierhin und dahin träumte, als der eine oder andere Mensch, da die Umgebung noch unberührt, schwerelos schien, den gewissen Schimmer hatte, der später als Schimmel und vergilbte Mauerflecken in sicherer Erinnerung verloren ging, war das Elend der Menschheit. (Verzweiflung war damals noch halbes Spiel und Kokettieren mit Zukunftslosigkeit, und Tod ein rasch wiedergutzumachender, durchaus fruchtbarer Augenblick, ich gab mich meinen Träumen und Tränen hin, ich verschloß mich nicht künstlich, machte mich weiter auf, als gesund wäre, wurde ausgeräuchert.)

Julia schrieb, sie dürfe sich den unfaßbaren Zustand, das Kind betreffend, nicht vor Augen halten, ohne geregelten Verdienst und mit ihrer Vergangenheit sei sie chancenlos, obwohl sie sein Vormund war, das Kind zurückzuerlangen, unsere Mutter hatte Julia aufgegeben, war jedoch nicht bereit, sich den seit Julias Übersiedlung zu dem Kinderarzt ihr zugefallenen Enkel nehmen zu lassen, sich seiner Befürsorgung, wie es hieß, schlagartig aus einer Laune der Rabenmutter Julia entbinden zu lassen, das Kind aus der *hundertprozentigen Sicherheit* in die Unsicherheit einer sich über ihre eigene Zukunft nicht klargewordenen unberechenbaren Person reißen zu lassen. Wiederholt hatte sie Julia mit neuerlicher Einschaltung der Fürsorge gedroht, mit welcher sie während der Zeit des Kinderarztes bekannt geworden war, und bei der geringsten Aufmüpfigkeit Julias anrief und jede Uneinigkeit ausplauderte, um Julia nie aus der Rolle des

Kindermädchens hochkommen und in die Mutterrolle wachsen zu lassen. Unserer Mutter Anfälle von Zuneigung zu Julia in Latschach waren auf die lang entbehrte und in allen Einzelheiten und schon mit der Tatsache des kaum veränderten Fertigteilhauses an unsere Kindheit erinnernde Umgebung zurückzuführen, trotz der Gelassenheit zwischen ihnen war in unserer Mutter die Bereitschaft erhalten, gegen jegliche Drohgebärde Julias mit angeblich nur das Wohl des Kindes betreffender Strenge vorzugehen und sofortige *Maßnahmen* gegen die das Kind begehrende menschliche Versagerin zu treffen.

Julia schwankte zwischen *Liebe* und einer Methode zur Sammlung und zugleich Zerstreuung, Zerstörung, zur Ballung auf den Punkt des Kinderarztes, einmal schrieb sie, sie liebe ihn, dann, daß er ihr (als Mensch) gleichgültig sei und es nur um die *Macht der Vergeblichkeit* gehe.

Tage verstrichen ohne ein Lebenszeichen unserer ältesten Schwester. Ich verbrachte sie beim Federballspielen mit unserer Großmutter, die es zur Unterhaltung des zwischen uns beiden nach dem Ball springenden Kindes auf sich nahm. Was Schriftsteller und Maler nicht können, schaffen Athleten. Sie sind geliebt. Jeder kennt sie, nimmt sie durch die Medien wahr, das in so verbindlicher Weise, wie es keinem anderen geschieht. Sportler tun nichts, als unermüdlich gegen Vergänglichkeit und Schwäche und Verringerung anzutreten. Daß dann und wann auch noch einer heldenhaft sein Leben läßt, hebt den Wert der sich umsomehr gegen ein ähnliches Schicksal auflehnenden Mitstreiter. Aus der aus Graz nachgeschickten Zeitung unserer Großmutter erfuhren wir, daß Julias Kinderarzt das Haus in Brand gesteckt worden war, von einer in der Rubrik als Studentin gehandelten Person.

Aus darauffolgenden an mich gerichteten Briefen unserer Schwester ging hervor, daß sie ihn bloß erschrecken habe wollen. Nachdem er sich auf die von ihr auf dem Wartezimmerspiegel hinterlassene Lippenstiftnachricht hin nicht meldete, sie des fiebrigen Wartens und Ausschauhaltens und Horchens auf Treppengeräusche, ihres immer überstürzten Aufreißens der Tür müde geworden sei und es einfach nicht länger ausgehalten habe, abgefertigt zu sein, es sie schon länger verführt habe, hinzugehen, vielleicht wäre er auch zufällig allein gewesen, habe sie sich nach einem halben Liter Weißwein aufgemacht und sei in dem Entschluß, für die ihm unangenehme Situation den Vorwand zu verwenden, die Schreibmaschine und ihre Dokumente aus der Zeit des Zusammenlebens zu holen und allein zu diesem Zweck zu kommen, bis an die Biegung gefahren und kein Stück weiter, um nicht durch Fenster und Verandatür gesehen zu werden, habe es wie jedesmal über alles genossen, dem Taxifahrer gegenüber mit der Adresse als ihrer Heimatadresse und der Fahrt als ihrer Heimfahrt zu spielen, sei am Bach entlang, gestärkt von Feuchtigkeit und Dunkel, in den Garten gedrungen und habe sofort das Licht im Zimmer bemerkt, das nichts bewies, da er es immer wieder auch in seiner Abwesenheit brennen hatte. Im Vorhaus klärte sie der rote Anorak über seine Anwesenheit auf. Sommers trug er ihn über dem Kaftan. Oft war er nach der Trennung auf der Schwelle vom Vorhaus in den Keller, hoch über der nachts auf seiner Treppe Verzweifelten, nackt gestanden und hatte sie wie einen Hund verjagt. Die Jahre hatten ihr jähes Auftauchen entschärft. Ihr jüngster Auftritt, als das Mädchen neben ihm gelegen war, hatte ihr Mut gemacht. Sie hatte ihm seine Versprechung geglaubt, sie ein andermal aufzunehmen; schließlich hatte er oft und oft auf ihre Bittschreiben mit seinem Erscheinen am Stadtparktreffpunkt reagiert. Sein Betragen bestand aus Unvereinbarkeiten, aus der Verworrenheit schöpfte Julia ihre Kraft, an das Unvermutete zu glauben.

Durch die Ritzen der Wartezimmertür schlich die Melodie von *Time after time*. Vielleicht war Besuch da; das Mädchen. Sie klopft, tritt ein. Er hockt mit dem Gesicht zur Verandatür, sie sieht nur den Rücken – und – im Schein der Lampe eine Frau. Julia erkennt sie, weiß, daß sie ihm nicht viel bedeutet, daß er sie nur ab und zu bestellt; kommen läßt. Julia sieht keine Gefahr der Ablenkung. Sie nimmt, von sich selbst überrascht, ungezwungen und als wäre es alle Tage so, neben der Truhe Platz und überblickt das verschachtelte, aus Mauern und Nischen mit Pflanzen und auf der linken Seite dem offenen Kamin gebildete Labyrinth. Sein wärmender, doch stechender Geruch, der Dampf seines Körpers, wie die Jazztöne schwingen durch alles hindurch. »Was *sie* mir alles geliefert hat!« fing er, die Hände zusammenschlagend, an. Er erzählte und lachte. Die Schreibmaschine, sagte Julia. Er zuckte die Achseln. Oben, vielleicht. Er trug verschiedenfarbige Socken, sein Markenzeichen. Sie sprang hinauf, als wäre es kein Jahr her. Sie nahm nichts wahr, nur das einst unter Dachziegeln versteckte Messer, und zog es an sich. Sie stieß eine Tür auf, das Dachzimmer, was hier herumlag, von wie vielen Frauen. Waren sie nicht alle tot? War sie nicht seit ihm sterbenskrank ...?

Sie erkannte die Insekten wieder, wie Brotkrumen auf den Stufen. Fotos von ihm vor einem halbierten Schaf. Wie es in der Betrachterin vom Licht der verlorenen Tage und der Aufopferung ihrer Jugend gleißte, wie es immer schlimmer zu brennen begann. Sie putzte den Staub weg, fand ein Blatt Papier unter einem von getrocknetem Blut verfärbten Matratzenlager, spannte es ein und schrieb: *Wäre es anders gekommen* ... Die Melodie wurde lauter, jemand, am Schritt erkennbar, eine Frau, ging auf die Toilette, Julias Gedanke hing am *ersten Mal.* Die Spülung wie gehabt, keine außergewöhnliche Sache, der Frauenwechsel war dem Haus egal. Sie drückte das Messer fester an sich. Sie sieht sich hinunterrennen und wirft sich ihm entgegen, das Opfer sticht den Henker ab, das Schaf bespritzt den Schlächter mit Blut, der Garten duftet, die Kohlköpfe überragen Menschenköpfe, er, hoch auf der Leiter, schimpft und spinnt seine lang vor ihr schon dagewesenen Träume aus.

Wie gehetzt war sie am Tippen und doch unbeirrt, nichts in dem Haus war in seiner Aufmerksamkeit auf sie gelenkt. Sie befiel keine Eifersucht. Sie gönnte ihm alle Frauen. Doch zum Hornochsen machen ließ sie sich nicht. Die sich vor sich selbst geschlagen gegeben hatte, kapitulierte um keinen Preis vor ihm. Die Umwelt, deren Vertreter, war er. War sie durch ihn kleingekriegt, hieß das, lebensunfähig. Sie wollte nicht unmöglich sein. Sie war es, wollte es aber nicht in anderen verankert wissen, daß sie es war. Hinein die Klinge in den Bauch. Hinaus mit Ansprüchen und Marotten. – Keine Tagebuchblätter und Trauerarbeit mehr; Geruch stillegen! Sie läßt von der Schreibmaschine ab und läuft die Treppe hinunter. Sie geht in den Keller. Versinkt in verqualmten Gefühlen. Ihren Zorn an einem Fahrrad zu entladen, sticht sie auf den Hinterreifen ein, der Gummi gibt nicht nach. Nach mehreren gescheiterten Versuchen läuft sie in den dämmerigen Garten und fühlt sich beschützt allein in dem Vorhaben, etwas *dagegen zu tun*. Hinter den Mauern, er, noch immer, sie nicht, sie hat hier nichts verloren!

Zuerst hierhergelockt, dann fortgejagt, nichts gewesen; wertlos! Sie kehrt mit einer Streichholzschachtel vom Campingtisch zurück. Auf einmal sieht sie das Flammenmeer des Kinofilms wieder, in dem ein Familienvater Haus und Hof anzündet, ist die ganze Leinwand in Flammen, ein Flammeninferno ohnegleichen, schön und drastisch zugleich. Sie versucht sich mit dem Streichholz an einer verdorrten Pflanze, einem Stück Holz, Zeitung, erst glüht es auf, dann wird es rußschwarz. Sie hat einen Einfall. Rennt hinauf, nimmt *das Feuerzeug* von der Küchenkommode, kehrt zurück an den Tatort. Ihre Tasche wartet vor dem Haus. Sie denkt, wird er sie finden? – und macht schnell und entzündet mit dem Feuerzeug Lampenschirme, die zuoberst auf dem Gerümpel liegen, rennt hinaus, faßt ihre Tasche am Riemen, kann im Augenwinkel die Flammen durch das Kellerfenster sehen, das davon erfüllt ist. – Ein Wunder! – Ein Taxi beförderte sie an dem brennenden Haus vorbei, in die Stadt, vor den Kriminalisten, die ihn später verhörten, gab der Taxifahrer an, er habe nichts Auffälliges an ihr gefunden. Der Taxifahrer sagte aus, sie von sich aus auf das Feuer aufmerksam gemacht zu haben, worauf sie ihre Hoffnung auf einen raschen Einsatz der Feuerwehr bekundet habe, deren Signalhorn man gleich darauf aus der Ferne vernommen hätte.

»Es hat so kommen müssen«, setzte ich zu einer Verteidigungsrede Julias den entsetzten Frauen gegenüber an. Unsere Mutter sprach von Entgleisung und Gottlosigkeit und rannte im Schock quer durch den Ort, ohne sich des Schlafrocks zu entledigen, während die Großmutter nur dasaß und an ihren Daumennägeln arbeitete. Es herrschte ein heilloses Durcheinander in dem Fertigteilhaus wie in den an Ordnung gewöhnten und dem Ausnahmezustand hilflos überlassenen Gehirnen, die nicht wußten, welche öffentliche Stelle Abhilfe schaffen könnte, wer in Frage käme, angesprochen zu werden und die Familienschande zu mildern. Immerhin galt es als Triumph, Julias Sohn behalten und nie an sie ausgeliefert zu haben, wäre das nämlich geschehen, hätte man für immer vor sich und der Umwelt das Gesicht verloren. Julia hatte Rezeptblöcke des Kinderarztes mit sich geführt, die die Kriminalbeamten fanden, als sie ihre Taschen entleerten, worauf sie unverzüglich Julias Armbeugen kontrollierten, da der Verdacht auf Drogensucht bestanden habe, so Julia, mit welcher ich vom Postamt aus telefonierte gleich nach der Zeitungsnotiz, nachdem man sie aus der von Rauchschwaden durchzogenen und noch viel scharfwürziger und verrauchter als sonst riechenden Finsternis von seinem Haus, wohin sie nach der Tat zurückgekehrt war, in den Warteraum geführt hatte, wo die aus Wien angereiste Ehefrau, der Kinderarzt und seine Geliebte auf der für gewöhnlich von Müttern mit Kindern besetzten Bank vor der vollkommen schwarzen Wand aufgereiht gewesen waren: Mit dem Rükken zu ihr stand der Kommissar, und wandte sich auf die Erwähnung ihres vollen Namens durch den sie vorführenden Wachebeamten sogleich mit der Verlautbarung an sie, daß sie die Brandstifterin sei. Ohne sie auch nur mit einer Silbe zu befragen, gab er sich von vornherein zufrieden mit der Aussage des Kinderarztes, der in Julia die Täterin sah, er habe nichts Böses gedacht, als sie, Julia, plötzlich nach Jahren wieder hergekommen sei, kenne sie *kaum*, gab er an, war

Julia aus dem Protokoll bekannt, auch habe er nicht gewußt, warum sie gekommen war, jetzt natürlich erkenne er die vorsätzliche Brandlegung als Grund, mitten in seiner Unterhaltung mit der anwesenden jungen Frau habe er Rauch gerochen und gedacht, Julia habe ein Blatt Papier vor seiner Tür in Brand gesteckt, doch, die Tür aufziehend, schlug ihm dichter Rauch entgegen. Hätten er und die junge Frau nicht sofort das Haus verlassen, hätte für sie Lebensgefahr bestanden wegen der unterirdischen Gasleitungen, die explodieren hätten können.

Julia weinte, zerbrochen an ihrem Glauben. Was hatte sie geglaubt? Daß er sie umso eher bei sich aufnehmen würde nach der Tat? Wörtlich sagte sie schluchzend, als wir telefonierten, sie habe sich Luft machen und spontan an dem Fahrradreifen austoben wollen, doch habe ihr der Reifen getrotzt und dennoch werde sie demnächst wegen des Vergehens der versuchten Sachbeschädigung vor Gericht sich verantworten müssen, er werde Zeuge sein, die Geliebte Zeugin, Fotos vom Keller als Tatort würden herumgereicht werden, so sehe die Zukunft aus, demütigend, niemand schenke ihr Glauben, und auf dem Polizeirevier habe man sie bis zum Morgen bearbeitet und angeschrien und ihr mit Untersuchungshaft gedroht, wenn sie keine Erklärung für den Brand abgeben könne, bis sie sagte, mit ziemlicher Wahrscheinlichkeit eine Zigarettenkippe, ohne sie auszutreten, fallen gelassen zu haben; man ließ sie daraufhin tatsächlich gehen. Sie wohne bei einem Biologiestudenten, den sie an der Theke des *Triangle* kennengelernt habe, in der Nacht, die auf die Brandnacht gefolgt sei. Er habe ihr sofort alle Schlüssel und Telefonierererlaubnis gegeben, sogar sein Fahrrad benutze sie. Er habe sich von seiner Freundin getrennt, nein, sie sich von ihm, jetzt sei er dankbar für jede Abwechslung und Ablenkung, das sei sie ihm. Außer daß sie bei ihm wohnen könne, interessiere sie sich nicht für ihn, unser Vater dulde sie nicht mehr in der Wohnung. Es seien Notlösungen, Teillösungen, Kompromißlösungen in der Rechtssprechung, es komme allein auf das Ansehen und Auftreten des Angeklagten an, auf seine gesellschaftliche Stellung. Sie sei freigelassen worden erst nachdem sie gelogen und die Lüge mehrmals unterzeichnet hatte, solange sie gesagt hatte, nicht zu wissen, wie es zu dem Brand gekommen war, habe man ihr gedroht und sie beschuldigt. Nach ihrer Version mit der Zigarettenkippe war man wohlgestimmt; wie mit unserer Mutter sei es mit den erhebenden Beamten gewesen; warf sie ihnen einen erklärenden Brokken, war er im Inneren noch so billig und faul, vor die Füße, zeigten sie sich versöhnlich, froh darüber, den Fall abgeschlossen zu haben, wie unsere Mutter sich immer zufriedengab, wann immer wir ihr handfeste Ursachen unseres Verhaltens auftischten. Nichts durfte ungewiß, in der Schwebe sei.

War sie das erste Brandopfer? Verstümmelte rußschwarze Leiche. Bis zur Unkenntlichkeit verkohlt. Immer wieder, unentwegt ging es mir durch den Kopf, diese Worte, bis zur Unkenntlichkeit verbrannt, bis zu Unkenntlichkeit. Unsere Schwester, nicht mehr am Brennen, zerfallen, beendet, selbst von der Mutter abgeschrieben. Eine Wahnsinnige. Wer sein Leben wegwirft, ist wahnsinnig und schon tot. Wie lang sie schon wie tot gewesen war, war nicht zu sagen. Der Anblick des in Flammen stehenden Hauses habe sie glücklich gemacht, es habe sich ausgezahlt. Julias Briefe wurden knapper, wir telefonierten lieber. Ganze Stunden brachte ich in der schwülen Kabine im Inneren der neuen Post zu, von der Schalterbeamtin argwöhnisch beobachtet. *Er* sei der Brandstifter gewesen, beteuerte sie, *nicht sie*, werde ihr klar, *er* sei der Brandstifter und müßte eingesperrt werden. Betroffen war ich von einer Erwähnung Julias, den Kinderarzt am Vortag im Stadtpark getroffen zu haben. Da saßen sie also in der milden Nachtluft am Rande des menschenleeren Spielplatzes und sprachen über den Brand und die bevorstehenden Gerichtsverhandlungen.

Sie seien heimlich Freunde geblieben, gestand mir Julia, nur vor den anderen, in der Öffentlichkeit, hätten sie ihren Rollen der Angeklagten und des Vertreters der klägerischen Partei zu entsprechen.

Lotte erschien nachts. Sie sei in etwas hineingefallen, kicherte sie, und begann kurze Zeit später heulend zu kotzen. Morgens war der Schleim von Bacardi-Cola-Mischungen schon eingetrocknet. Es berührte mich nicht, daß Lotte soff, daß Monika von früh bis spät und manchmal, wenn wir sie vergessen hatten, sogar nachts über dem Teppichfleck saß. Ich kämmte sie und ging hinunter. An nichts denken ... als gebe es mich nicht ..., stand auf einer Karte mit dem Wahrzeichen unserer Heimatstadt, von Julia. In dem nach Frühstücksgebäck duftenden Wohnzimmer schwebte ein staubgefüllter Sonnenstrahl über dem Boden, unsere Großmutter saß über der Zeitung. Sie las über die Gerichtsverhandlung, zitierte: »... Feuersbrunst ...«, um wieder auszusetzen und die Leerstellen des Zitates mit Kopfschütteln und Seufzen zu füllen. Draußen in der Stille, vor dem in sachten Lüftchen rauschenden Großonkel-Fichten- und Föhrenwald, dachte ich, daß unsere Zeit schuld an unserem verheerenden

Lebensnotzustand sei, zusätzlich zu den Tücken und fatalen Spätfolgen einer sterilisierten Kindheit im Blumengarten, umgeben von Felsen. Unsere Eltern hatten nach Kriegsende das Zertrümmerte und Beseitigte wieder aufzubauen und neu zu errichten, das wird sie immer ausmachen als Mittel ihrer Herkunfts- und Entstehungszeit, während bei uns alles schon vor uns vorhanden und durchdacht und entwickelt war, uns nichts zu tun und zu entwickeln und erbauen blieb, höchstens Zusätze, Schmuck- und Schaustücke, wenn überhaupt, worin wir gut waren, Julia, Monika, ich und Lotte, aber auch unser Bruder, im uns Widersetzen gegen gutgemeintes Vorhandenes. Unser Schaffen war Zerstören.

Wo es am aufregendsten und wunderbarsten gewesen war, war jetzt die reine Bedrückung. Ich mußte mich dukken, was der Bauch kaum mehr zuließ, um etwas zu sehen.

Zerschlagenheit statt Glückseligkeit.

Über Wiesen und Feldern ein Schleier. Ausgefranst. Schweißstinkend, alt. Zerschneidende Gegenwart im Flug. Kein Stehendes so einfach. Kein Augenblick fest. Mein Schmerz hatte, seit es mit Monika wieder aufwärtsging, zugenommen. Ich begehrte den einen! Sein Kind ... – würde ich lieben? Würde ich können, wo ich nichts von mir weiß, mehr über andere ... nichts beweisen kann? In ein paar Tagen sollte unser Vater kommen, das Haus räumen helfen. Das Ende war beschlossen. Es ging nicht mehr länger, das sahen selbst die Frauen ein.

Am Beerdigungstag war prachtvolles Wetter. Ganz Latschach scharte sich wie in Staatstrauer um das offene Grab; unsere Mutter hielt die Schaulust für Anteilnahme und versöhnte sich mit den Nachbarn. Monika hatte des guten Tons halber darauf verzichtet, mit dem Fahrrad zum Friedhof zu fahren; unsere Mutter hatte es ihr austreiben können, mit Hinweis auf den Wochenfluß. Ich beobachtete sie vom Zaun aus, wie ihr Blick in Richtung unserer Mutter gebannt war. Eine kalte Strömung der Mißbilligung sprang von den Einheimischen ab, an den buschigen und verdorrten Blumensträußen auf den Armen erkannte ich die Abscheu, wovon unsere Eltern nichts merkten und ihnen, später von mir daraufhin befragt, überhaupt nichts Negatives aufgefallen war. Noch war das Grab leer, das bald Monikas Bauchinsassen beherbergen sollte. Nach der Verschlimmerung konnte mein Verstand mit dem Begräbnis nichts anfangen. Niemandem war das tote Kind bekannt gewesen, und doch gaben sich alle beteiligt und betroffen. Monika allein war die Betroffene, nur sie. (Ich habe meine Hand auf ihren Bauch gelegt ...) Ich strich am Grab vorbei und fing aus der Einheimischengruppe auf, wie jemand fragte, wer beerdigt werde. Unser Vater stand am Friedhofstor und nahm Beileidswünsche entgegen.

Monika kam auf mich zu und erklärte, den Sarg noch einmal öffnen zu wollen. Ich teilte das unserer Mutter mit. Der Geistliche, der es auch hörte, wiegte den Kopf. Unsere Mutter war dagegen. Der Priester fragte nach dem Zeitpunkt, zu dem das Kind verstorben war. Es ist viel zu lang her, sagte unsere Mutter. Ich ging zurück zu Monika, die erwartungsvoll zwischen den Sargträgern, zwei gleichgültigen Burschen, am Eingang zur Aufbahrungshalle stand. Ich nickte ihr zu und folgte den Trägern in die dunkle Halle, die ein garagenartiger Raum war, wo unser Bruder als Knabe Mutproben erfüllt hatte. Särge zu berühren, hatte ihm nie

Schwierigkeiten bereitet, im Unterschied zu uns, denen vor jeder Annäherung an den Tod übel geworden war. So klein, wie ich nie einen Sarg gesehen hatte, eine Maßanfertigung, stand er auf dem viel zu langen und breiten Sockel, eine Schatztruhe mit Monikas Herzstück darin. Die Sargträger entfernten vier Schrauben aus dem Deckel und hoben ihn an. Monika zog ihn herunter. Ein unbeschreiblicher Geruch stieg aus der Truhe. Etwas hielt Monika aufrecht, stützte sie, ließ sie nicht umfallen. Sie bebte, sie wechselte von einem Bein auf das andere und schien ihre ganze Kraft zu sammeln. Sie ließ ihre Nase los und tauchte beide Hände in den Sarg. Ihr Gesicht war hinter dem Haar verborgen, ihr Körper angespannt, die Haut wie Pergament, als ob sie rascheln müßte. In dem Moment, als ich mich vorbeugte, um in den Sarg zu sehen, versetzte es mir von innen einen Stoß, das erste Lebenszeichen, in dem Augenblick meines zögernden Blicks in den Sarg wie in einen offenen Frauenleib, Monikas Frauenleib, vielleicht auch meinen eigenen aufgeschnittenen und bis in die Tiefe der Fruchtblase zerschnittenen Frauenleib meldete sich endlich meine *Lebendgeburt*, wie ich hoffte, und die lebendige Verbindung zwischen mir und seinem Vater.

Monikas Hände faßten in das Fleischrot im Hellblau eines Handtuches. Zu allem Überdruß war das Abzeichen mit dem Familiennamen, das jedem Neugeborenen gegen die Verwechslungsmöglichkeit angelegt wird (Menschen wittern nicht einmal ihre Kinder), aus der blutig eingetrockneten Masse hervorzufischen; warum das Kind blutig im Sarg lag, verstand ich nicht, ist es doch nicht während der Geburt verstorben, daher gewaschen worden und dann erst unter die *Sauerstoffglocke* befördert. Ich besorgte Erfrischungstücher.

Monikas Hände wurden gesäubert, die Sargträger setzten den Deckel wieder auf, schraubten zu, rauchend gegen den Verwesungsgestank. Monika zitterte. Ihr Gesicht platzte, verlor seine stumme Fassungslosigkeit, sprühte von Trauer. Endlich sagte sie es, nach Tagen und Nächten des Sitzens über dem Fruchtwasserfleck, endlich gab sie es preis, ihr Verbrechen, den Höllenbrand.

»Es war mein Wunsch, als ich ihn zum ersten Mal sah –«

»Daß er –?«

Sie schluckte, schluchzte, nickte, nickte, nickte.

Ich hielt ihre Schultern und drückte sie fest.

»Monika!«, rief ich, »Monika! Wo bist du? Wo bist du hin?«

Unser Vater schleppte sie heim. Heim in das Fertigteilhaus. Wie häßlich es sich jetzt schon von ferne ausnahm.

Der Zeitpunkt der Abreise verzögerte sich; unser Vater sah sich nach der Aufregung durch Monikas Ohnmacht auf der Beerdigung außerstande, mit Aufräum- und Abfahrtsbetriebsamkeit anzufangen; ihm stand ein Angelausflug, gekrönt von einer Bergtour, im Sinn. Unsere Mutter und Großmutter schafften vorsorglich die Koffer aus den Vogelkammern und stellten sie geöffnet auf die Betten. Julia schrieb, sie habe die erste Gerichtsverhandlung hinter sich, fühle sich von Tag zu Tag besser in die Rolle der *von ihm Angeklagten. Er* war der Brandstifter an ihr gewesen, *nicht sie* hatte den Brand gelegt, ihn nur sichtbar gemacht *für jeden.*

Am Feuer habe es begonnen (für ihn nichts), bis unser Vater durch seine Einmischung den Beischlaf provozierte, der allem den Weg abschnitt, alles war verloren (für den Kinderarzt nichts, für Julia alles, was in Wahrheit wie eines war ...). Unser Vater, der geglaubt hatte, recht zu handeln, als er mit einem Anruf den Kinderarzt vor Julia warnte, die er davor vor dem in der ganzen Stadt als *Scheich* verschrienen Kinderarzt abzuschrecken versucht hatte, vernichtete damit seine Tochter. Wäre unser Vater nicht dem für sie gedachten rechten Zeitpunkt zum Beischlaf zuvorgekommen mit seiner Einmischung, glaubte Julia, hätte ihr Schicksal einen anderen Lauf genommen.

Einesteils über den Verhältnissen, ihnen durch das Feuer enthoben, nach der Beschädigung des Hauses als Symbol seines Lebens mit der Existenz wieder versöhnt, versteifte sich Julia zum anderen umso mehr auf einen glücklichen Ausgang der gegen sie eingeleiteten Prozesse, zu welchen sie einen Pflichtverteidiger, von den Frauen im Fertigteilhaus Armenanwalt geschimpft, zugeteilt bekommen hatte, der sich laut ihren Briefen kaum mit dem Kern des mutmaßlichen Verbrechens und der Vorbereitungszeit im Haus des Kinderarztes, ihrer Lage als Geliebter und dann Fallengelassener und Verlassener in dem Haus vertraut gemacht hatte, und obendrein bei der Hälfte der Verhandlungen von seinem Zwillingsbruder, der noch weniger verstand, vertreten wurde, was zur Verwirrung beitrage. Wie ein Lungenkranker, die Diagnose der Unheilbarkeit in Händen, es nicht faßt und weiter Sport betreibt und folgerichtig scheitert, als glaubte er nicht, was doch feststeht, benahm Julia sich. Welche Entwicklung erhoffte sie sich, wenn keine andere als die ihrer Träume, die sie vor Gericht ausschlachten ließ? Hoffnung auf den Kinderarzt zu haben – trotz allem; allen trotzend und sich selbst abtrünnig geworden, verloren! In Panik geriet ich über die von der Gerichtsberichterstatterin verfaßte Kolumne. Die Berichterstatterin sei mit dem Kinderarzt im Gang des Gerichts auf und ab gegangen, schrieb Julia, wie sich alle meinetwegen versammelten, mir war gar nicht bewußt, daß es zu meiner Verurteilung geschah, alle diese waren *Zeugen der Anklage;* der Kinderarzt, sein Freund, das Mädchen als Geliebte und um ein Haar mit ihm durch mich ums Leben Gekommene, der Polizeikommissar mit dem Aussehen eines Trinkers, alle wurden aufgerufen durch den Lautsprecher, verschwanden nacheinander im Gerichtssaal, der Kinderarzt geputzt wie für eine Hochzeit, die Gerichtsschreiberin auf der letzten Bank, ich die Angeklagte, die frei heraus auf die Fragen des Richters über alles in dem Haus des Kinderarztes Bericht gab, eine aufregende, alle und auch den Richter in Spannung versetzende und von mir so dramatisch als möglich gebrachte Geschichte, die Gesichter meiner Zuhörer erglühten, haltlos erlaubte ich mir zu reden, in der Meinung, der Kinderarzt kenne niemand hier im Saal und könne kein Wort meiner Schilderung der Verhältnisse erfahren, seiner Foltermethoden an mir und anderen, an seiner eigenen Ehefrau, die in Verzweiflung mit einem Messer auf ihn losgegangen sei, was ich ausschmückend erwähnte, Foltermethoden an seinem sich im Selbstmord versuchenden Sohn und seiner an der Wirklichkeit abgeglittenen und heimatlosen Tochter und an vielen anderen mir selbst unbekannten, und hatte dabei die Gerichtsberichterstatterin und frühere Freundin des Kinderarztes vergessen, die zuhörte und mitschrieb und, bevor ich geendet hatte, den Saal verließ und den Kinderarzt, der draußen wartete, über meine Aussagen in Kenntnis setzte. Sein Maler-Freund rief bei unserem Vater an, als ich gerade meine Sachen abholte, und warnte mich vor zu erwartenden *Gegenschlägen* (sowohl des jetzt noch viel mehr als gleich nach dem Brand erzürnten Kinderarztes, dessen Ehre ich aufs Spiel gesetzt hätte, als auch der nun öffentlich, in ihren Rubriken gegen mich vorgehenden Gerichtsberichterstatterin). In der Tat gab es am Tag darauf eine Spalte Anschuldigungen mit der dicken Schlagzeile: **BRANDSTIFTUNG? KEINE SPUR!**

Wahrscheinlich habt ihr es selbst gelesen, wenn nicht, es war die Rede von einer *Studentin*, die aus Eifersucht Feuer im Haus eines angesehenen Arztes gelegt habe und sich jetzt aus der Schlinge ziehen wolle. Die Justiz falle auf ihre ausgeklügelte Rhetorik herein, sie sei aber doch so eindeutig schuldig, daß es keinen Zweifel geben dürfe; niemand anderer außer ihr sei in dem Keller gewesen – und so fort. Ich weiß nicht, wohin das führen wird. Unter dem Druck der

Veröffentlichungen werden sich die Richter in meiner Beurteilung umstellen, ist mir gesagt worden, und daß mein Anwalt der aussichtsloseste und lächerlichste sei, übrigens Vater beziehungsweise Onkel des Kleinsten aus meiner Schulklasse. Die Zwillingsanwälte glauben mir außerdem selbst nicht so recht oder stellen sich gar nicht die Frage. Die Gerichtsberichterstatterin gegen mich zu haben und nach meinem kopflosen Auftritt bei Gericht nun auch wieder den Kinderarzt, kann noch was geben, so Julia.

Sie liebte Museen. Das Durchwandern, Vorbeigehen, Zusammenstehen mit Fremden in ähnlichen Empfindungen, eine Erwartung in der Brust, die Luft des Alten; vor Jahrhunderten gemalte Bilder; seit Generationen bewunderte Kunstwerke; sie liebte Theater als Menschensammelorte, als Hinschauen auf ein Hellerleuchtetes, Hochziehen eines Vorhanges zur Lüftung des Weltgeheimnisses. Sie haßte anderes, das sie einmal ebenso geliebt hatte wie Museen und Theater und Bauerngasthöfe in ihrer zur Schau gestellten Schamlosigkeit; Museen, Theater und ländliche Gaststätten waren ihr in gewisser Weise gleichbedeutend; sie haßte den Wald und sah ein Schlachthaus in ihm. »Nutzwald«, erklärte sie mir erregt am Telefon, »weißt du, was das heißt, nie ist mir das klar gewesen: Nutzwald sind Bäume auf Zeit, bis sie geschlägert, umgesägt werden, hundertjährige Buchen, siebzigjährige Eichen, Tannen, Fichten werden von stumpfsinnig nur auf Profit ausgerichteten Holzknechten im Auftrag der Waldbesitzer beseitigt, was länger dastand als sie selbst wird zusammengehackt und aufgeschichtet. In dem Wald, durch den ich gestern ging, gab es mehr Holzstöße und Lichtungen als Bäume, mehr Baumstümpfe als Bäume, und ich hatte keine Lust, wie früher welche zu umarmen, immer die dicksten und ältesten, weil ich in ihnen allen zum Tode Verurteilte und auf die Vollstreckung Wartende und völlig hilflos der Stumpfsinnigkeit Ausgelieferte sah.«

Ich fragte, womit sie sich beschäftige, und ob ihr etwas *erfüllend* sei. Sie antwortete, sie lese. Und was? Alles zusammen, was sich ergebe. Sie treffe keine bestimmte Auswahl. Ulm, auch dort sei sie gewesen, schweifte sie ab. – Und was hast du dort erlebt, Julia? – »Gestritten, was sonst! Der mit mir war, wollte mich stehenlassen, und er ließ mich auch stehen, und ich weinte, ganz Ulm war überschwemmt von meinen Tränen.« – Was war der Grund für den Streit? – »Ich war es, ich und er. Und das fehlende Geld. Immer hat mir zum Glück das Geld gefehlt. Ich hatte nie Geld! Ich fürchtete mich immer vor Geld. Ich wollte keines! Und hatte ich welches, gab ich es Hals über Kopf aus, war erleichtert, wieder kein Geld zu haben, ertrug kein Geld. Hätte ich Geld gehabt, wäre alles anders gekommen!« – Meinst du wirklich? – »Ich hätte mir selbst ein Haus gekauft!« – Hast du den Brand gelegt, Julia ...? – »Warum fragst du?« – Sie legte auf. Ich wollte es wissen. Stimmte die erste Version, die im Brief, mit der Erinnerung an die in Flammen stehende Kinoleinwand? Oder war tatsächlich *er* in den Keller gestiegen, nachdem sie schon gegangen war, und hatte, um die Versicherungssumme zu kassieren und damit ein neues Leben, das immer sein Traum gewesen war, anzufangen, eigenhändig auf Julias Kosten den Brand gelegt und seine Geliebte oben einstweilen mit irgend etwas beschäftigt? Oder aber, hatte sie sich soweit von dem Vorfall distanziert, daß sie es selbst nicht wußte, so ähnlich wie nach ihrem von dem Freund bezeugten Stöhnen in der Klokabine der Buschenschenke?

»Zuerst ist sie wie närrisch verliebt und dann brennt sie ihm das Haus ab!« gab sich unsere Mutter verständnislos.

»Rauchschaden«, korrigierte ich sie, es sei nur ein Rauchschaden entstanden, so die Protokolle und Formulierungen des Brandsachverständigen, wußte ich von Julia, von deren Unschuld ich darüber hinaus überzeugt sei, behauptete ich.

Unsere Mutter stand kopfschüttelnd auf. Wenn sie sich vor Einbruch der Dunkelheit noch am Nachmittag bei Sommersonnenschein auszog und im Unterkleid zeigte und sich am Waschbecken zwischen den Beinen wusch, die Seife dazu in der hohlen Hand führte, gemäß ihrem Nachkriegsbegriff von Sauberkeit, und ohne sich abzutrocknen über die reißverschlußartige Kaiserschnittnarbe das nach Frischwäsche duftende Frottenachthemd zog, war ich sprachlos.

Monika fragte unseren Vater, ob er Filme mithabe, doch er hatte nur an Bergsteigerzeug und Angelausrüstung gedacht. Ich griff mir ein Leichtbier aus dem Kühlschrank und ging damit hinaus. Unsere Mutter schrieb mit einer Zigarette Zeilen in die Luft. Über die verbotene Weide und höher, zu den Stoppelfeldern und zum Waldrand; ich hoffte, die immer schon alte Bäuerin mit der keifenden Stimme zum Verjagen der Kinder von ihren Gründen möge nicht mehr am Leben sein. Hier bin ich mit dem Walkman gegangen, dachte ich, da war noch David Bowie mein Trost, welche Sorgen ich hatte, wie gespielt, immer übertrieb ich, im Glauben, so von wirklichen Schicksalsschlägen verschont zu sein. Julia steht vor Gericht, wird verurteilt, unserer Mutter kommt es entgegen, noch besser als eine Haftstrafe für Julia wäre zweifelsohne ihr Selbstmord, dachte ich.

Julias jüngster Brief beklagte, sich mit Monikas Schwangerschaftskatastrophe vergleichend, die Folgen ihrer eigenen Schwangerschaft und Geburt, auf welche, übergangslos, die Trennung erfolgt war. »Mein von Geburt an fremdgegangenes Kind«, schrieb sie und gab an, gesehen zu haben, als das Neugeborene neben sie gelegt worden war, wie es als erstes am Finger einer Krankenschwester sog.

Die Krankenschwester ist mir zuvorgekommen, schrieb Julia: An mir wäre es gelegen, dem Kind etwas hinzuhalten und anzubieten, meine Brustwarze hinhalten und anbieten hätte ich sollen und kam nicht soweit, weil eine Krankenschwester schneller war und ungefragt ihren Zeigefinger dem Kind in den Mund bohrte, das ihn sofort annahm. Das war kein gelungener Anfang für eine Neunzehnjährige als Mutter, eine nicht einmal Volljährige, noch nicht einmal ganz Neunzehnjährige! Die Neunzehnjährige wurde daran gehindert, von Anfang an selbständig Mutter zu sein, nicht nur, daß man ihr Kind vor ihren Augen wie etwas Vertrautes und nichts Neues behandelte und als erstes geschäftig wog und wusch, was sie beobachtete, furchtbar zugerichtet und vollkommen erschöpft, verloren, man machte ihr, noch während man sie vernähte, säuberte, trockenlegte und mit einer *Netzhose* über Binden versah, sich zuvor mit Wucht von allen Seiten mit den Unterarmen auf ihren Bauch warf und die kolossale und unförmige Nachgeburt ohne Vorwarnung zum Vorschein brachte und auf Vollständigkeit untersuchte und in die Höhe hielt, Vorwürfe wegen ihres Fehlverhaltens dem Kind gegenüber.

Die Nachwehen. Noch immer trat keine Ruhe ein im Unterleib. Das Nähen spürte man kaum. Gegen den Schmerz, der ihr Körper gewesen war, Schmerz und Körper waren eins gewesen, Körper war Schmerz gewesen, Schmerz ihr ganzer Körper, war das Nähen die reine Lust. Sie war erstaunt über das jähe Geburtsende, stundenlang hatte sie nur stilliegen und nichts tun sollen, nur daliegen und warten, bis eine grüngekleidete Schar zusammenlief, das Kommando gab, zu pressen, auch auf die Gefahr hin, einen Haufen zu scheißen zu dem Kind – es war gang und gebe, in Scheiße zur Welt zu kommen. Völliger Ernst bis zum Herausrutschen und kreischenden gellenden Schreien, Fremder.

Eingemacht in ein blaues Halstuch, lag der zunächst nur von fern auf der Waage und im Bad Beobachtete grausam blauviolett neben ihr und sie hätte ihn säugen sollen, alle warteten, doch sie schaute nur groß und sagte, es bestehe eine Ähnlichkeit mit E.T.

Sie mußte vorschriftsmäßig drei Stunden im Kreißsaal bleiben. Die Hebamme zog sie nach dem Waschen um, deckte sie zu. Die Mutter erschien. Die Schwestern. Im Zimmer lag sie zwischen zwei Frauen, die rechte stillte ihr vier Stunden zuvor geborenes Mädchen, die linke mußte stilliegen, war *problemschwanger*. Beide flirteten mit den Ärzten und führten die noch nicht Neunzehnjährige in die Spitalsregeln ein, wiesen auf den Bindeneimer hin, auf die Truhe mit Netzhosen, betonten das Verbot, im Bett Netzhosen zu tragen. Der *Sohn* wurde gebracht. Ein Wagen fuhr alle paar Stunden, beladen mit Neugeborenen, von Zimmer zu Zimmer, und die dahinter schreitende Schwester verteilte die Babys an ihre Mütter und holte sie nach dem Stillen wieder mit dem Wagen ab, mit dem es zurück ins Säuglingszimmer ging.

Ich erkannte ihr Kommen schon am Geräusch des Wägelchens und am Schritt der Schwestern und natürlich am Hungergebrüll, mein Kind war nicht unter den gereichten

Kindern, von meinem Kind hatte ich nicht mehr behalten als den roten Klecks des Gemäldes, das ich stundenlang anstarrte, und die blauviolette Hautfarbe wie die eines Erfrorenen, das Leben stieß ihn ab, von Anfang an hatte er *Anpassungsschwierigkeiten*, und kaum hatte es geheißen, mein Sohn werde am nächsten Tag zurückgebracht mit der Rettung, ich kam gerade vom Milchabpumpen aus dem Säuglingszimmer, wo man nur seine Brustwarzen hineinsaugen lassen mußte in die Saugglocke, langgezogen zu Zitronen wurden beide Brüste, und war gerade dabei, mich mit dem Gedanken der Wiederkehr anzufreunden, nachdem ich zum Ärger unserer Mutter lang mißtrauisch geblieben war, lief mir der Arzt entgegen, der meinen Dammschnitt vernäht hatte, und erklärte stirnrunzelnd und kaugummikauend, der Rücktransport sei doch nicht möglich, eine Kinderschwester habe meinen Sohn reisefertig gemacht und bei der Verabreichung einer letzten Mahlzeit an ihn eine Geschwulst am Hals entdeckt, die sich ausdrücken habe lassen wie ein Euter. Das Kind könne nicht überstellt werden, bleibe in Graz. Ich glaubte es nicht und telefonierte und vernahm von dem Vorstand der Neugeborenenstation der Kinderklinik dasselbe und weil Wochenende sei, könnten jetzt keine Untersuchungen gemacht werden, der Entdeckung auf den Grund zu kommen, aber nächste Woche würden wir klarer sehen. Ich jagte durch das Spital, in Aufruhr von Stockwerk zu Stockwerk, im Schritt plagte mich der Dammschnitt, ich unterschrieb einen Revers und wurde von unserer Mutter nach Graz mitgenommen und vor das *Aquarium* geleitet, wobei die Mutter mich nur von draußen durch die Glaswände, vom Balkon aus, der an den Zimmern entlanggeht, dirigierte, da ihr nicht erlaubt war, einzutreten, das war nur mir erlaubt in desinfizierten Einwegkleidern und Plastikhäuten über den Schuhen. Dort fand ich mein Kind: Das Ende einer Magensonde wie einen Trinkhalm im Mundwinkel.

Von den Tagen der Ratlosigkeit und und der Diagnose von Kindbettfieber durch einen Assistenzarzt der Frauenklinik, wohin mich unsere Mutter in Sorge gebracht hat, meinem Kampf um das Wiedererlangen der Erlaubnis, bei meinem Kind sein und es im Arm halten zu dürfen, ganz zu schweigen, von meinen Querfeldeinläufen und Selbstmordträumen im Wald über der Kinderklinik, vom händischen Milchabpumpen und vom Versiegen der Milch gar nicht erst anzufangen, von meinem Zusammenhausen mit unserer Mutter in einer Art Flüchtlingslager in ihrem Zimmer in dieser katastrophalen und unglaublichen Zeit. Das Leben war umgekrempelt. Ich hatte mit Normalität gerechnet, es gab Wahnsinn. Jeder Tag war ein stechender Alpdruck.

Nach der Harmonie der Schwangerschaft als Symbiose – das Kind war mir als *Unbekannter* am vertrautesten – war es mir genommen, war zu meinem Leidwesen und wahren Erschrecken vor meinen fassungslosen Augen wie ein Holzscheit, scheinbar der Lage gerecht, gehandhabt worden (gestört, zerstört worden); noch im Kreißsaal hat man mich gedemütigt und desillusioniert mit dieser Handhabung und hat in mich die Erwartung gesetzt, ich könnte vor versammelter Zuschauerschaft das Kind sofort stillen und so behandeln, wie Mütter es von Natur aus tun, allerdings nur, wenn man sie nicht überrumpelt, ihnen das Kind nicht gleich wieder nimmt und sie sich selbst überläßt im Kreißsaal, Gestrandete. Verantwortungslos-vernichtend und kategorisch ging man im Kreißsaal gegen Mütter und Kinder vor, nicht wie mit Zur-Welt-Bringenden und wie mit Neu-zur-Welt-

Gebrachten ging man um, sondern wie mit *aufgestochenen Fruchtblasen* und von Plazenta zu säuberndem Menschenfleisch, das man auf Tauglichkeit zu prüfen und Gesundheitstests zu unterziehen hatte.

Gedanken sind etwas Unmenschliches, schrieb Julia, sie hätten mich fast erstickt.

Ich wußte nicht, wie ich den Glaskasten aufmachen sollte, und hatte schon Mühe gehabt, mein Kind unter den vielen in Glaskästen liegenden und an Sonden knabbernden, jedoch als Frühgeburten unverhältnismäßig kleineren und teils mit Wollmützen bedeckten, so zusätzlich gewärmten herauszufinden, durch die veränderte Haut sah er anders aus, das Armband bestätigte die Vermutung, eine Schwester wurde auf mich aufmerksam und öffnete gekonnt den Kasten, ich wußte nicht, wie hineinfassen, wie anpacken, was dann geschehen würde. Das Kind schlief und schlief und schlief. Niemand wußte, warum.

Eine Zeitlang wurden Untersuchungen angestellt, angeordnet, Ultraschall, Röntgenaufnahmen, der Hals war unauffällig, normal. Gedanken sind etwas Häßliches. Gestern hätten sie mich beinah getötet: Ich begann, an die Möglichkeit eines Unfalls zu denken, und, so sicher und gewandt ich soeben noch gefahren war, mit einem Mal bestand die Straße aus lauter Unebenheiten, Buckeln, Splittern, überall lagen Glasscherben verstreut, hoben sich Wellen, ich geriet in ein Straßenbahngleis, rutschte seitwärts, preschte gegen die Kühlerhaube eines Wagens und war von der anderen Seite von einem jäh bremsenden zweiten Fahrzeug bedrängt, hinter mir gongte eine Straßenbahn, mitten auf einer Kreuzung, ich hätte sterben können, hätte ich nicht im letzten Moment instinktiv die Lenkstange des Fahrrades verrissen und mich vor dem Zusammenstoß bewahrt. Ich machte mich, so schnell ich konnte, davon; so ist es mit Gedanken, schoß es mir ein, kaum denkt man zuviel, schon wird einem heiß und alles geht schief, was das Einfachste war, und die Einheit der Straße wird zum zerfetzten Muster. Das letzte Wegstück nach dem Vorfall war die reine Qual, ich war unfähig, stieg dauernd ab, schob das Rad, übersah Verkehrsschilder, brachte mich in Gefahr. So ist es bei allem, immer. Kaum bedenkt man ein Unglück, schon stellt es sich ein.

Lotte verbrachte die Nächte vor der Abfahrt in den Armen ihres Millionärs. Er sei nicht lüstern auf sie, sondern auf *Momente* – was immer damit gemeint war. Die Zukunft, die Julia gar nicht mehr für sich in Aussicht nahm, male sie sich ständig, dem einen oder anderen an den Hals gehängt, aus und täusche sich über den wahren Mangel hinweg und kompensiere alles wie nie. Julia berichtete, sie habe es geschafft, einen Fuß in die Universitätshörsäle zu setzen und der einen oder anderen Vorlesung, dem einen oder anderen Proseminar, freilich mit ihrem von ihr so genannten Hausfrauengesicht unter den taufrischen Erstsemestrigen jemand Herausragendes und in jüngeren Hörern die Frage aufwerfend, was sie so spät bewege, mit einem Studium zu beginnen, beizuwohnen, und das nicht ohne Eifer, sie tue so, als gebe es kein Ende – jetzt, jetzt, wo das Ende bevorstand und kaum entfernt war und es keiner weiteren Gefühlslawine mehr bedurfte, es zu provozieren, sie nur noch ein paar Fingerbreit Leben davon trennten, ausgerechnet jetzt: *erst jetzt* und *gerade jetzt*, so Julia, befalle sie die größte Hoffnung und der heftigste vorher nie dagewesene Lebenswunsch, die Besessenheit, zu leben, eine polternde Oppositionshaltung, die ihr Körper einnehme, sie fahre mit dem Rad beinah täglich, in aller Frühe, auf die Uni und absolviere Lehrgänge und stoße sich an nichts mehr und fühle sich auch keineswegs befremdet oder geächtet (wie mit achtzehn) und sei durch nichts mehr behindert (wie einst) und genieße die Stunden in den Hörsälen und Aulen unter lebensbegierigem Volk. Die aus der Schulhaft und Gedankenhaft Entlassene war zu träge, weiterzulernen, sich weiter den Formeln der alles für sie maßschneidernden Gesellschaft, einer heuchlerisch nur auf sich selbst und den eigenen Vorteil und auf eine Fortsetzung dieser Form der Gesellschaft in Zukunft konzentrierten, zu beugen, mit fünfundzwanzig, an ihrer Liebe gescheitert und an ihr zur Verbrecherin geworden, armselig ging sie durch die Universitätsgänge, in welchen sie sich als junges Mädchen aus Hilflosigkeit nicht sehen ließ (sich vor sich selbst auf ihre Kurzsichtigkeit und Scheu vor dem Brillentragen ausredend).

Nach der Schule war Julia der Gedanke an eine wenngleich anders geartete, Fortführung alles Schulischen ekelhaft gewesen, sie hat sich von Anfang an, im Ursprung ihrer sogenannten Freiheit und gesetzgegebenen Unabhängigkeit als Mündigkeit, gegen Weiterlernen und Geprüftwerden verwehrt und hat nur den Kopf geschüttelt auf die Frage nach ihren Vorstellungen von der Zukunft. Die Verhöre durch unsere Mutter, die falschen und ungerechten Verdächtigungen, Drohungen, Einschränkungen, Bezichtigungen, Verdammungen, Anklagen, Entmündigungen, Sanktionen, Schamlosigkeiten, die unverfrorenen Veröffentlichungen von Intimstem, wenn es darum ging, sich damit in ein besseres Licht, in das des besorgten, von dem Wahnsinn des Kindes entblößten Erziehungsberechtigten zu rücken, waren nicht ohne Folgen und sie und die Folgen nicht ohne Folgerichtigkeit. Zu erkennen sei rückblickend, schrieb Julia, daß sie das Unglück herbeigesehnt habe und ohne das Unglück und den Jammer für sich unmöglich erträglich und *krankhafterweise* undenkbar gewesen sei ... Sie habe sich in einer Schwangerschaft versteckt; aus *Angst vor Entdeckung*. Die hormonelle Umstellung bewog eine starke Anhänglichkeit

Julias an unsere Mutter, der es bis zur der Geburt sogar zuviel wurde. Julias Kopf an ihrer Schulter, Julia mit ihr auf dem Markt, auf Waldspaziergängen, nachts in einem Raum.

»Du bist schuld an uns!« warf sie unserer Mutter nach der Geburt vor und war wieder die Alte. Sie sehne sich nach Liebe, schrieb sie; ohne Liebe kann ich nicht. Sie wisse nicht, was ihr lieber sei, was sie vorzöge, nicht mehr zu lieben und zu leiden, von Liebe und Leid befreit zu sein, oder zu lieben und zu leiden; müßte das erste nicht die entsetzlichste Leere geben? Wenigstens erfüllten sie ihre Leiden! Wenigstens gab es ihr Existenzstoff, für den es sich zu sterben wie auch gelebt zu haben lohnte! Sie glaube schon, sie sei verrückt! Wie sonst könne sich ein Mensch ununterbrochen mit seinem Tod beschäftigen und ihn vor sich sehen und nahen fühlen und ihn tatsächlich nicht mehr fern wähnen, ja, aufflackern spüren, und zugleich dem Tod kein bißchen Glauben schenken, ihm in die Augen starren und an das Leben glauben? Während sie ihr Leben immer hohlwangiger werden und durchsichtig und fahl erlöschen sehe, halte sie umso mehr fest an dem Leben und stecke umso mehr Hoffnung und Glauben hinein! Jetzt, wo *alles hoffnungslos* sei, bereite es ihr ein wahres Vergnügen, Erfahrungen und Aussichten und Gefühlen zum Trotz sich noch viele Tage zu erwarten, die sie in Wirklichkeit längst abgeschrieben habe, aber eben darum – vielleicht eben darum für sich mit aller Kraft und ihrem ganzen gebündelten Willen in Aussicht nehme, weil ihre Aussicht längst zugemauert war! Jetzt, wo ihr nichts anderes geblieben sei als zu sterben, wehre sie sich, wo sie am Sterben sei, wolle sie *endlich* leben: Das in jüngeren Jahren achtlos Übersehene, das sie gar nicht erst in ihr Leben einbeziehen hatte wollen, das ihr zu schlecht und gewöhnlich und mühsam gewesen war, auf einen Schlag nachzuholen, unbekümmert ihres verhärmten Aussehens, unbekümmert um alles andere, einzig aus einem Wunsch heraus, Natur zu gewinnen, Gras zu riechen, Luft zu schnappen, Stufen zu steigen, Säle zu durchqueren, mit ihrem Gehirn auf die gemeinsame Sache ausgerichtet zu sein, die zu bearbeiten war, als ginge es ewig so weiter, als wäre sie nie überholt; überholt und vergangen und vergessen und verloren und verlassen zuallererst von sich, von sich selbst und ihren Lieben. Das Liebesleid aus sich herauszupressen, in Feuer und in Angst, würde ihr nicht gelingen, Verbrechen zu begehen, hätte ihr nichts mehr eingebracht. Sie mische sich unter die Menschen, erstmalig sei sie sich nicht zu gut dafür, sei eine unter vielen, eine, empfinde nicht sich, sondern sie, *sie*, die eine oder andere. Als die eine oder andere in die Mensa essen zu gehen, als die eine oder andere durch den Stadtpark zu streifen, als die eine oder andere sich häßlich zu finden, als *jemand* vor Gericht zu stehen, als *jemand* erfroren zu sein an der Liebe, an *seinem* nach kürzester Zeit zerbröckelten Glauben an sie. Wann immer sie seine Jazznummer, das bekannte *Time after Time* oder eine andere, zweite, ihr namentlich nicht bekannte Nummer mit Trompetenstößen zu Anfang und immer wieder schmerzhaft, wie Weinen, grauenvolles Wimmern einer verletzten Person, schien ihr, höre, erstarre sie und fühle dann, wie sie schmelze. Jedesmal attackierten sie die Töne, präparierten die Leichen, gruben in mumifizierten Stücken und bewarfen sie damit. Sie konnte sich nicht retten. Setzte sich der Dummheit aus, weiter zu glauben: daß es sich in diesem Leben noch einmal ausgehen werde und kein Traum bleiben.

Ich habe mich selbst überlebt, schrieb sie in ihren Briefen. »Meinst du? Wie meinst du das genau?« fragte ich von der Post aus. »Naja, mich gibt es nicht. Mich gab es nie. Mit der Schwangerschaft habe ich mich verhütet. Und dann mit den Männern. Den Menschen. Nur nicht zu mir kommen wollte ich!«

Wir redeten über unser aller Unfähigkeit zur sogenannten normalen Entwicklung. Bis auf unseren Bruder hatte keiner von uns den Führerschein gemacht, keine war selbständig, bis auf Julia besuchte keine die Universität, unsere Bäuche waren bloß Ausreden gewesen, um das nicht zu müssen.

Wir zählten auf, wahllos: Ja, doch, die Gerüche und Farben der Lederriemen zum Knirschen unserer Sandalen, das Weiße der Badeschuhe und ihr Gummigeruch, die Haut unserer Mutter und die Unsicherheit auf dem Arm der Großtante im See, das sei gewesen; was war nicht? Ohrfeigen? Kochlöffelhiebe? Strumpfhosen? Die Mandeloperation? Das Überraschtwerden ohne Vorankündigung? Die Oberschenkelstriemen? Die im Fell der Stoffelefanten gesammelte Wärme? Der blaue Liegestuhl? – Nein. Alles Fälschung. Nichts sei wahr davon: herausgefetzte Seiten eines Buches, ohne Zusammenhang.

»Weißt du, was mir immer öfter passiert?« fragte Julia mich, und als ich, die Postangestellte im Augenwinkel und sie um den Mann an ihrer Seite, der den Arm um sie schlang, um die simple Harmonie mit ihm beneidend, verneinte: Sie erinnere sich nicht nur, sie ahne und bedenke ihre Zukunft und ihr Schicksal, genauso wie sie sich in die Vergangenheit(en) zurückversetzen könne, gleichermaßen voraus.

»Also was – wie ist das mit dem Voraussehen?«

»Ich ging ins Krankenhaus, dort arbeitet nämlich mein

Biologiestudent und absolviert einen Lehrgang auf der Kinderklinik, einen Stock unter dem Säuglingstrakt, wo ich ... du weißt schon, damals ... ich betrat das Gelände und schlenderte und ging und plötzlich schoß mir der Gedanke ein, wann, ja, zu welchem Zeitpunkt man mich einliefern würde, ab wann ich registriert sein würde hier ... – Und auf dem Jakominiplatz vor dem McDonald's kam mir die Idee vom *letzten Mal*. Und wie alles gleichbleibt und gleich weitergeht ... alles weiter dableibt, wenn du nicht mehr da bist ... ein Augenzeuge weniger ... der nächste lebt bestimmt ... wenn es das Wörtchen fast nicht gäbe, durch nichts würde sich da dein Verlust zeigen! –«

»Du willst doch nicht wirklich tot sein?!«

Sie lachte.

»Nein, natürlich nicht!« Totsein könne sie sich nicht vorstellen; sie glaube nicht, wirklich zu sterben, es sei ihr von Kindheit an unvorstellbar gewesen (»mir fehlen die Bausteine zu einer derartigen Vorstellung, einem Vorstellungsmodell«), selbst betroffen zu sein von der Ausrottung und Erneuerung der Menschheit. Der Mensch sei am wenigsten *für hier*, schloß sie die Unterhaltung, was sich in Verzweiflungstaten wie dem Zerstörenwollen von allem bis ins Atom hinein zeige. Das seien Spekulationen. Sie, für ihren Teil, besuche bis auf weiteres die Uni und gebe ein *Bild von sich* ab und wolle Lotte ein Beispiel sein, wie sie es früher gescheiter machen könne, ihr bliebe vieles erspart ... »Mit dem *Time after time* sterben ... ausbluten wie ein Schaf ...«, sagte sie hastig, bevor meine Telefonwertkarte mit einem Schnappen zu Ende ging, und ich nahm durch ihre Worte ein wehleidiges Hoffen wahr.

Zahnärzte sprechen wie Zahnärzte: mit zusammengebissenen Zähnen und etwas durch die Nase, notierte sich Lotte, als ich ihr über die Schulter sah. Sie war guter Dinge, hatte Geld erhalten, sah gut aus.

»Liebst du ihn?« fragte ich im Vorbeigehen.

Sie hob erstaunt den Kopf.

»Wen?«

Im anderen Zimmer saßen Mutter und Großmutter. »Rauch nicht soviel!« riet ich unserer Mutter. Sie sah mich feurig an: »Wenn das mein einziger Fehler ist!« Und die Großmutter: »Du, schau auf dich selbst, ja?!«

Der Anblick des Waldes, des Kindes mit der Sonnenkappe am Sandhaufen, wie immer über ein Buch gebeugt, in das es seinen Schatten warf. Die verbotene Weide. Aus ihrer Erde das Geplärre der slowenisch schimpfenden Bäuerin, ich konnte es hören, sie sehen, ihre weidenden Kühe, nichts davon war da. Unmöglich, weil ich mir denken konnte, es sind andere Zeiten jetzt, sie ist wahrscheinlich tot, die Rinder gibt es nicht, es ist vorbei; das Unmögliche sei das Wirkliche, korrigierte ich daraufhin einen aus dem Grazer Stadtpark von einer Sprühschrift erhaltenen Satz ins Gegenteil. Unser Leben sei vergebliche Hoffnung, sagte ich mir. Nichts Herkömmliches liegt mir nahe, schrieb Julia, nichts den Menschen Einsichtiges, weder will ich fertigstudieren und Trägerin eines akademischen Titels sein, noch mir und anderen mit dem Studium etwas beweisen, einfach nur kosten und probieren, was mir noch zu kosten und probieren bleibt und durchlebe die Zeit angesichts des bevorstehenden Todes viel deutlicher und klarer; vom Januar dieses Jahres an war mir jede Jahreszeit die letzte ihrer Art, und ich gab mich zufrieden, habe genügend Winter und Schneetreiben und Weihnachten und Silvester erlebt, wozu noch viel mehr

Winter, Schneetreiben, Weihnachten mit Weihnachtsgerüchen, Silvester mit Silvesterlärm? Habe ich mich nicht sattgesehen und sattgelebt an den Veränderungen von Luft und Landschaft, der unterschiedlichen Beschaffenheit und des zu jeder Jahreszeit verwandelten Geruchs der Erde, bin ich nicht endlos durch Schnee gegangen und habe das Knirschen gar nicht mehr bemerkt und hörte es erst wieder im letzten Winter, als es zum Abschied knirschte und wie früher, ganz früher, vor jeder schmerzlichen Zeit geknirscht hat? Habe ich sommers nicht oft genug gebadet und bin unendlich lang geschwommen, kann ich nicht ruhig auf den Herbst schauen und mich auf die letzten Male freuen, erleichtert sein und muß um nichts bangen, das ohne mich und für andere immer weitergeht? Früher tat es mir weh, mich in Venedig zu sehen und dahinter die Furcht zu hegen, nie mehr dahin zu kommen.

Ich denke nicht an den Tod, schrieb sie anderntags, fühle die Vergänglichkeit. In alten Frauen entdecke sie Mädchen, Kinder, junge Frauen in ihrer damals gültigen Mode und Welt, einer den Atem anhaltenden Zeit, die alles durch sich hindurch lasse, was geboren werde, zufällig entstehe, zufällig heiße unerklärt, übermenschlich heiße unmenschlich, so Julia. Gehörten wir und unsere Mutter einer Generation an, stünde sie keine Stufe über uns und könnte uns nicht richten. Nur der Vorsprung an Lebenszeit, das Früher-geboren-Sein, Willkürliches, läßt sie Ansprüche erheben gegen uns, erklärte mir Julia.

Ich schaute auf Mittagskogel und Türkenkopf. Der Name Türkenkopf hatte mich früher geängstigt, den Mittagskogel zeichnete ich lieber und sorgfältiger als den nur unscharf umrissenen Nachbarsberg, der mir tatsächlich orientalisch und wie im Ganzen, von der Türkei durch die Luft hierher geschleudert, erschienen ist.

Auf dem Tisch lag der früh am Morgen von unserer Mutter für mich hineingetragene neueste Brief Julias an mich, den ich, bevor ich frühstückte, aufriß, immer durchsetzt von der Hoffnung, es könnte eine andere Nachricht für mich sein, weil doch auch mein Geliebter Julia begegnet sein, ihr etwas übermittelt haben konnte, und wirklich, eine Ansichtskarte fiel mit aus dem Umschlag in die Hände. Ich wartete und überflog zuerst den wie immer sich über der Beschreibung von Julias Leiden aufhaltenden Brief. Schwenkte weiter hinunter: »wie du dir denken wirst« – und »eine Ansichtskarte, die mir bei meinem letzten Besuch Papa für dich mitgab ...«

Ich las jetzt mit stockendem Atem die dünn beschriftete Karte. Es handelte sich um einen Geburtstagswunsch, Monika und ich feierten in drei Tagen das Fest der Entstehung. »Nun?« fragte Lotte, deren Hereinkommen ich erst jetzt bemerkte, und ging durch das Zimmer und durch die Terrassentür. Gegen das Strahlen wirkte die Kühle der Karte noch stärker. Mir rann ein Schauder der Mutlosigkeit zwischen den Schulterblättern hinab. – Kein Wort, keine Silbe von unserem wichtigsten Thema, keine Aufforderung zu gemeinsamer Zukunft mit dem Kind! – In der Hoffnung auf Reife! Auf Reife! Erbost las ich Julias Brief, beinah, als ob sie mitschuldig an dem enttäuschenden Ausfallen der Karte wäre. Julia sprach davon, stundenlang auf der Bank bei den Spielplatzschaukeln gewartet zu haben, in der Finsternis, und er, er, er sei nicht gekommen, wie wahnsinnig habe sie alle Augenblicke seinen Atem gewittert, seinen Schritt vernommen, der sich dann wieder als Schritt eines Unbekannten entfernt habe.

Julias Abschlußsatz: » ... erschöpft ins Unglück gebettet, ... darin eingeschlummert, in den Muskeln weich, konnte ich gehen ...«

Unsere Mutter rief, ich solle kommen, freundlich, die Sonne ausnützen!

»Du hast wohl das Ozonloch vergessen!«

Im Bad befühlte ich die Zahnbürste unseres Großonkels, die ich sofort erkannte, so zugerichtet ragte sonst keine aus den Bechern auf dem Spiegelbord. Hier hat er sich noch waschen und die Zähne schrubben können, bevor der Infarkt über ihn gekommen ist. Für die Großtante war es eine Erleichterung. Wäre es anders gewesen, hätte sie ihn doch nicht gleich *abschalten* lassen, wie es im Familienkreis hieß. Sie habe ihn zum frühestmöglichen Zeitpunkt abschalten lassen, abschalten, unseren in der Kindheit geliebten, in der Jugend verachteten und zu den Spießern gezählten Verwandten. In Ermangelung eines zweiten Großvaters, weil der in München gestorbene nur ein einziges Mal auf Besuch gekommen ist, war er neben dem Pfarrer Haubenfellner unser in der Kindheit und Schlüsselzeit wichtigster männlicher Wegbereiter. Unser Vater habe sich nie ausgewirkt, sagte ich mir, das Spiegelbord untersuchend. Als Zwölfjährige hätte ich mich noch geekelt vor einer Zahnbürste als Erinnerungsstück, an welcher vielleicht alter Speichel festsaß. Ich hörte jemand am Haus vorbeigehen, an der Leichtfüßigkeit erkannte ich Lotte auf dem Weg nach oben, um sich vorzubereiten auf den Abend.

Der Heidelberger Fertigteilhausbesitzer schritt an unserem Grundstück vorbei.

Schwarzbeersammeln, unsere Großtante hatte Heidelbeeren gesagt, hatte zeitiges Aufstehen, noch bevor die Sonne aufgegangen war und sich die volle Hitze über das Land ausgießen konnte, in der zu Jacken zwingenden Frische auf sonnengereizter Haut bedeutet, und eiliges Frühstücken und Hinausfahren in den Drobolacherwald, zu Unmengen von Beeren. In gebückter Haltung, jeder in der ihm zuträglichsten, trieben wir uns, an Armen und Beinen von Insektenspray verklebt und von durchsichtiger Haut überzogen, zentimeterweis voran und pflückten alle im Umkreis wachsenden Beeren in Zweiliterkrüge, als Kinder bekamen wir kleinere Behälter, Joghurtbecher zum Sammeln, aus welchen wir die Beeren in die gemeinsame Kanne, eine rotbraune Milchkanne aus Blech, hineinschütteten und neuerlich darangingen, unseren Becher zu füllen. Bis zum Mittag pflükkten und pflückten die Erwachsenen; unsere Großtante in ihren aus Geiz behaltenen Nachkriegskleidern – worüber unsere Mutter und Großmutter unermüdlich Bemerkungen fallen ließen, waren sie für sich – in der für sie typischen vornübergebeugten und unglücklich wirkenden Haltung, als stieße sich hinter dem breiten massigen Hintern der Kopf in die Erde, so pflückte und erntete sie ihre Heidelbeeren; unser Großonkel in einiger Entfernung davon, für sich allein, dunkelblau an den Händen; die Frauen tratschend und mit halbem Interesse ihre Becher füllend; unser Vater ehrgeizig, um der Großtante zu gefallen, war er derjenige, der am öftesten zu der Milchkanne ging. Wir zogen uns nach Erfüllung des Minimums eines Bechers in den weitläufigen Wald zurück und wurden von unserem Bruder gequält oder spielten ungestört unsere Mädchenspiele, schluckten Schwarzbeeren als Antibabypillen. Nach der Heimkehr stand die Großtante über dampfenden und zischenden Pfannen und fabrizierte ihre *Schwarzbeertaschen* aus Palatschinkenteig. Im Wohnzimmer lag der Duft des Essens, das wir liebten und auf das hin wir uns nach der Reihe die stark verfärbten Zähne putzen gingen, das fiel mir zu der Zahnbürste unseres Großonkels wieder ein, und ich sah ihn zugleich an der Badewanne stehen mit dem Badetuch für den Enkel seiner Frau, und beim Schachspielen tonlos durch die Lippen pfeifen, sein Haar zurückstriegeln. Ich roch ihn, als wäre er soeben neben mich getreten.

Als ich Julia, wohl aus Gewohnheit, am späten Nachmittag anrief, war ihr Biologiestudent am Apparat und meinte, sie sei nur Zigaretten holen und sicher gleich zurück. Ich benutzte die Gelegenheit und fragte, was er sich von meiner Schwester erwarte. Er lachte los, das wisse er nicht, sie jedenfalls benehme sich nicht gerade, – er suchte nach Worten, groß war er, *schlaksig*, hatte sie gesagt, und während ich ihn mir vorstellte in einer chaotischen Dachwohnung, inmitten von Kleiderbergen und Delikatessen, steinharten Resten selbstgebackener Pizzen und aufgeblätterten Telefonbüchern, wo der Rauch der vorigen Nacht tot über dem Tisch stand, fand er sein Wort und sagte: »Nicht gerade entspannt!« Da kam auch schon Julia, und ich merkte, wie sie dem Biologiestudenten das Telefon wegriß – und atemlos hörte ich sie: »Hallo?«, und begriff, sie hoffte auf den Kinderarzt, aber ich war es nur und mußte sie enttäuschen, tut mir leid, aber ich muß mit dir reden. Unlustig fragte sie, was ich denn wolle! Sie habe zu lernen; jetzt, dachte ich. *The*

Cure, diese Musik mochte ich; Julia ertrug sie nur, weil sie sie einmal im Haus des Kinderarztes gespielt hatte, angeregt durch Isabella, die bei einem ihrer Abstecher klassische Musik eingelegt und den Kinderarzt damit erfreut hatte, für *The Cure* zeigte er anfangs kein Verständnis, später gefielen sie ihm; Julia hatte, wie ich von ihr wußte, nicht zuletzt deshalb etwas anderes als seine Jazznummern in seinem Haus gespielt, um das Haus und sich selbst in dem Haus zu neutralisieren mit Hilfe anderer Musik als der seinen, doch war ihre Kalkulation reine Gedankenverschwendung, jetzt hockte sie da, bei irgend jemandem, einem Ersatz- und Verdrängungsmenschen, der ihr widerwärtig war, und mit dem sie laut ihren Briefen nur konnte, wenn dabei Fernsehen lief. Er habe sie daran hindern wollen, erzählte sie nach kurzem Verschnaufen, wieder zu dem Haus zu gehen, habe sie im Auto eines Freundes hingeführt und ihr aufgetragen, ihre letzten Sachen zu holen, was sie als Grund ihres Hinfahrvorhabens ihm gegenüber genannt habe, und endgültig mit der Zeit des Kinderarztes zu brechen und ein neues Leben zu beginnen – sie aber, der der Biologiestudent bis auf seine Chauffeurdienste gleichgültig war, rannte vom Auto weg über die Kreuzung und außer Atem durch das Gartentor und ins Haus und wäre beinah vor seinem roten Anorak, dem *Duftreservoir*, in die Knie gegangen, gedankenlos und ungestüm, vor dem Kamin liegend fand sie ihn drinnen, allein, in Gedanken an I., an wen sonst, er bedeutete ihr nur, zu verschwinden.

Ich schloß das Gespräch mit dem Satz: »Versuch deine Liebe nicht zu beschreiben, sie wird immer unerkannt sein!«

Schwarz alle anderen Farben überschmieren, um nie die Verdunkelung zu erleben. Scheitern, um nicht auf dem Weg zum Scheitern (gutgläubig) zu sein, las ich bei Lotte. – Gar nicht anfangen, um nie am Ende zu sein. Nicht leben, um nicht zu sterben. –

Lotte war schön. Aber die Sturheit, die hinter ihrer Schönheit lag, wußte nichts von Altern und Abbauen, von der Verringerung, über die Lotte schrieb. Sie hatte hineingeschnuppert in unsere seltsame Universität der Leiden durch unglückliche Lieben, war von einer Gasthörerin zur ordentlichen Hörerin avanciert, aber noch lang nicht eine wirkliche Studierte wie wir.

Der Geburtstag wurde kaum gefeiert, um seine Pflicht zu erfüllen, schüttelte uns jeder die Hand und hatte damit gratuliert und war fertig. Unsere Mutter ließ wie jedesmal wissen, daß eigentlich die Mutter gefeiert werden müßte und nicht die Kinder, welchen dieser Tag nicht in Erinnerung sei. Wir verdarben uns an in Villach gekaufter Torte den Magen und vermißten Lotte. Unsere Mutter kündigte an, demnächst *Maßnahmen zu treffen.*

Sie hatte wieder zu rauchen aufgehört und behauptete, gar nicht mehr zu wissen, was es ihr gegeben habe. Am Nachmittag des Geburtstages verschwand Monika.

Nachdem sie bis zum Abend nicht aufgetaucht war, der Urgroßvatersessel wie zum Aufstehen vom Tisch gerückt stand, entschied unsere Mutter einstimmig mit der Großmutter, jemanden auf die Suche zu schicken, weil niemand anderer zur Verfügung stand, mich, darüber hinaus vertrauten sie meinem Zwillingsinstinkt. Ausgerüstet mit der Taschenlampe der Großmutter schlug ich den Pfad zum Lagerplatz ein und folgte dem vor mir hertanzenden Lichtkegel, in dessen Rändern Insekten aufwirbelten und verflogen.

Beim Hinaufgehen durch den Wald hatte ich den Heidelberger mit seinem Boxerhund und die einheimischen Nachbarn gesehen, die ebenso wie Mutter und Großmutter auf den späten Heimkehrer lauerten und sich als Hilfen gaben, weil sie hofften, ihn zuerst zu sehen.

Die Mulde, in der ich nun stand, erinnerte an ein Grab, der Laubgeruch verschärfte den Eindruck. Als Kinder haben wir vor der Nacht immer unter Betten und in Kästen nach Einbrechern, Mördern, Verkrüppelten gesehen, nie hätten wir uns zur Ruhe begeben können, ohne sicher gegangen zu sein, daß nicht versteckt noch andere da waren und lauerten, bis wir eingeschlafen wären. Hätten wir wirklich statt des beruhigenden Anblicks von Staubknäueln unter den Betten ein Augenpaar entdeckt, wäre es zu spät gewesen, und wir wären nach der Entdeckung kaum davongekommen, daran dachten wir nicht, nur vor dem Anblick, der *Begegnung* fürchteten wir uns und gingen die Schlupfwinkel betreffend nach unserer Methode des Überall-Hinschauens vor, als wäre durch die Entdeckung die Anwesenheit zersetzt und das Eindringen aufgelöst, daß wir getötet werden könnten, fänden wir jemanden, bedachten wir nicht, daß es darum vernünftiger wäre, die Türen auch tagsüber versperrt zu halten. Das Aufreißen der Kästen, um einem darin Versteckten keine Zeit zu Veränderung zu lassen, das Hinfallen auf den Bauch und Unter-die-Betten-Starren, bis die Klarheit eines Bildes entstand, und wir Staub und Mäuse unterscheiden konnten, ins Gehirn weitergeleitet war, daß es kein Mensch sei, das Rütteln an der Tür von innen, ob sie versperrt sei, und das Zurücklegen des letzten Wegstücks vor dem Fertigteilhaus im Laufschritt, wenn uns die Dunkelheit überrascht hatte, bei jedem Meter auf eine Gestalt aus dem Gebüsch gefaßt, mit Herztrommeln, kaltem Schweiß auf dem Rükken, pulsierenden Augen, die sich, anstatt auf den Weg zu achten, in jedem möglichen Hinterhalt verfingen. Wir waren, bis auf unseren Bruder, orientierungslos und behielten bis ins Erwachsenenalter diese verstrickte Sicht, was zur Folge hatte, daß ich zum Lager fand, ab dem Lager kannte ich mich bei Tag nicht aus, schon gar nicht nachts, so hockte ich in der von der Taschenlampe ausgeleuchteten Mulde, um von hier aus den Lampenschein über die Umgebung wandern zu lassen, ängstlich davor, er könnte sich unversehens festsetzen an dem schon immer gefürchteten *starren Gesicht.* Unser Bruder hat uns Grimassen geschnitten und uns damit in Aufruhr versetzt. Er stand da, die Grimasse veränderte sich nicht, zeigte keinen Willen zu gehen und blieb. Ich war nicht frei von der Angst aus der Zeit der Grimassenschneidekunst unseres Bruders. Da er zuerst ohne Geschwister gewesen ist, hat er einen lebenslangen Vorteil gegenüber uns, die nicht nur unter Mutter und Großmutter, sondern auch unter seinen Einflüssen zu leiden hatten, so daß wir nichts anderes gewohnt waren später als immer Dümmersein und Versagen, daß wir später nichts anzufangen wußten, als uns Stärkeren aufzubürden und mit Scheitern beschäftigt waren, von Schwester zu Schwester maßloser. Wie ein Kind, das nichts zu bauen versteht, mit Bauklötzen um sich wirft, ein Kind, das nicht zeichnen kann, das Papier zerreißt, wie ein Mensch, der nicht zu leben versteht, Selbstmord begeht, bewegten wir uns (vor dem starren Gesicht) immer weiter von einer Annäherungsmöglichkeit zu uns fort.

Ich dachte an Monikas Leiche.

Davon wurde mir kalt.

Meine Gelenke glühten, als ich aufstand, wobei der

Schein der Taschenlampe weiter in die Mulde fiel, da sah ich zwischen Laub und Holz Menschenhaare.

Einer Ohnmacht nahe, die ich mir wünschte, um nicht gefährdet zu sein, mit einem Schwenk die ermordete Schwester aus der Dunkelheit zu fassen, vernahm ich Schritte und beleuchtete nach den kupfernen Haaren unseren zwischen dem Farnkraut heraustretenden Vater. – »Hast du Monika?«, fragte er und kam geblendet näher, die Hand vor den Augen: »Oder bist du –?«

Nein, ich war es, ich war nicht die Gesuchte.

Er sei jetzt erst vom Berg zurück. Kaum daß er weggefahren sei, gratuliert habe, schon sei das nächste Unglück passiert; wie es so etwas geben könne; und er erzählte eine nichtssagende Episode, alle seine Geschichten sind Erlebnisberichte, überhöhte, in Wirklichkeit von einem langweiligen Menschen gemachte Beobachtungen. War der Vater mit einer von uns allein, sprach er wie ein Freund oder Bruder, stieß eine der Frauen dazu, veränderte sich sein Ton. »Immer nur Scherereien!«, meinte er und beklagte sich, mehr vor sich selbst, über das Leben und zitierte einen Alkoholiker, so unser Vater, einen wie ein englischer Lord aussehender mutmaßlicher Alkoholiker in der Wiener Untergrundbahn, der sich zwischen die Sitzreihen gestellt, mit den Worten: »Gsund bleiben!« wohl als Aufforderung, und gleich hinzugesetzt habe: »So ist das Leben«, als ob dahinter eine Philosophie verborgen wäre.

Darauf sprach er von einer vorwurfsvollen Botschaft unserer Mutter auf dem altdeutschen Tisch. Er schilderte Eindrücke von der Bergtour und kündigte Videoaufnahmen der gefährlichsten Kletterabschnitte an, die uns alle nicht interessieren würden. Er werde sie, sowie wir in Graz wären, seiner Mutter zeigen.

Er sei auf der slowenischen Seite gewesen – trotz der *Zustände*, und habe das Glück gehabt, eine Biene beim Überwinden des Mittelstrichs des Grenzsteines zu filmen. Er sei nicht bis zu dem Fertigteilhaus vorgedrungen, da hätten sich ihm die Nachbarn in den Weg gestellt!

»Suchen wir noch?« fragte ich.

Der Vater, halb noch in seinen Felswänden, winkte ab. Katastrophen, murmelte er, kein Frieden.

Daß es uns zu gut gehe. Daß man keine Kinder in die Welt setzen dürfe. »Wo wird sie sein?« fragte er mich vor der Haustür. Er ging vor mir hinein und bog ins Badezimmer ein. Wenn es nun Monikas Haare waren? Wenn sie nicht weit davon lag! In solchen Erwägungen stellte ich mir Essen und Trinken auf den altdeutschen Tisch. Unsere Mutter war entweder eingeschlafen oder würde bald herunterpoltern und in Bewegung sein, sich in Geschrei ausschütten, rücksichtslos gegen ihre Umwelt, sogar gegen Julias Kind, in dessen Gegenwart sie schlimmste Ausdrücke nannte, sooft sie sich nicht mehr anders zu helfen wußte.

Im kleinsten Zimmer saß unsere Großmutter mit über die Knie gezogenem Nachthemd, vermutlich bei der, gleich, was vorgefallen war, unbekümmert immer um die gleiche Uhrzeit morgens und abends durchgeführten Toilette, die keine von uns so ernsthaft und besessen betrieb wie sie. Unsere Großmutter nahm außer Lippenstift, den sie auch für das Röten der Wangen benützte, kaum Schminkzeug, an Wimperntusche sei sie gescheitert, sagte sie und unterhielt sich gern über Methoden der Körper- und hier vor allen Dingen der Hautpflege, sogar mit uns, ließ sich von den Einheimischen seit dem Begräbnis wieder über Gartenzäune hinweg beneiden um ihre jugendliche Pfirsichhaut, die sie sich tatsächlich erhalten hatte, nie an das Schreckliche und das Gift schmerzlichster Nächte der Vergeblichkeit gewöhnt, wirklich nur einmal im Leben von einer großen Enttäuschung (durch unseren Großvater) zermürbt und fortan, in weiser Voraussicht oder aus bloßem Instinkt, aus Ängstlichkeit oder Liebe zu ihrer Tochter, unserer Mutter, auf der Hut und in Rückzugsbereitschaft, was ihre späteren Männerbekanntschaften betraf, sie sei immer zuerst *Mutter* gewesen, bevor sie *Weibchen* gewesen sei, pflegte sie zu sagen, bei unserer Mutter sei es ähnlich, daß sie Mutter sei, hauptsächlich Mutter, dann erst daran denken könne, noch etwas anderes, *Weibchen* zu sein, unsere Mutter schminkte sich nicht und benutzte keine Nährcremes und Tageslotionen und Fältchenpackungen wie unsere Großmutter, die ihr auch längst zu keinen mehr riet, und reinigte sich nach Art der Nonnen, gründlich und fest. Ich schaltete den Fernseher ein und setzte mich. Vom Vater war noch immer die Wasserleitung zu hören. Ich dachte, er befreit sich vom Berg.

Und wenn er kommt, sucht er sich in der Küche sein Essen zusammen und denkt nicht mehr an Monika. Daß ich sie nicht gefunden habe, rechtfertigt ihn vor unserer Mutter.

Ich huschte in den Vorraum und guckte mit halbem Blick, im Bruchteil einer Sekunde, wie im Scherz oder Halbernst, durch das Badezimmerschlüsselloch auf die hinuntergelassene Frotteehose und den eingeseiften Arsch, der sich jetzt gleich über den Wannenrand zum Abschwemmen hängen würde. Von der Großmutter meinte ich wirklich das Tätschelgeräusch beim Einklatschen von Creme mit den

Fingerspitzen in die Gesichtshaut zu vernehmen. Als Kinder mit ihr im turmuhrseitigen Zimmer konnten wir sie zweimal täglich dabei beobachten und ahmten sie in dieser Zeit mit Niveacreme nach. Sooft ich die Augen schloß, konnte ich leicht in dem Glauben versinken, es wäre mein früheres Gesicht. Riß ich vor einem Spiegel die Augen wieder auf, war unglaublich, was ich sah. Nichts schien mir zu gehören. Ich stand da, von mir selbst überwunden.

– Und wenn sie tot wäre?

Ich ging zurück in das Löwenmaulzimmer. Der Großvater, der Großonkel, die Kindheitskaninchen waren tot, bei allen anderen, bei jedem von uns, bei allen war es nur eine Frage des Aufschubs. Nüchtern betrachtet, wie lange hatte unsere Großmutter noch? Ahnte sie etwas hinter der Zimmertür dort? – Ließ sie sich ahnen? – Oder hielten wir es alle vor uns geheim? War es die Besorgnis, das geheime Wissen um die Aussicht, das Wissen um die Unwissenheit, die die Erwachsenen unserer Kindheit und Zeit größter Anfälligkeit so düster und ernst gemacht haben? Tat mir nicht jeder Verstorbene leid für die Ungewißheit, in der er gelebt hatte, und für die Überraschung, mit welcher der Tod über ihn kam, wie deutlich im Fall unseres Großonkels? War es nicht wie bei Kindern, die noch kein rechtes Zeitempfinden haben und daher nicht wissen können, wann Abend ist, die nichts bedenken – ohne die Fähigkeit dazu? Werden wir abgeholt von hier wie kleine unmündige Kinder? Was soll das? fragte ich mich und malmte bedächtig mein Wurstbrot und schnitt eine weitere Scheibe ab. Unser Vater! Er war auch schon fünfzig. Und der Kinderarzt; war das nicht tröstlich für Julia, daß er *bald*, spätestens in zwei, drei Jahrzehnten (höchstwahrscheinlich früher) überholt und vergessen, sein Besitz auf die Erben verteilt sein würde? *Jetzt ist immer,* hatte Julia in einem Brief geschrieben. Julia? – Julia, wie lang würde es sie noch geben, und Monika, die Haare, gab es sie noch ... – und wie war es nur möglich, daß ich es geschehen ließ, nichts von meiner Schwester zu wissen? – Ich aß und trank und wandte mich dem Fernsehen zu. Kommunen. Sofort dachte ich an ihn, dessen Kind – ich hatte kommunales Wohnen gehört, das Wort aufgeschnappt und an ihn gedacht, zufällig richtig kombiniert, daß *er* doch im einer Kommune lebe und schon war er da und verwandelte Latschach! – Andere genossen *seine* Nähe, andere mit ihm an einem Tisch, in einem Speisesaal, beschäftigt mit dem Essen von Suppe; harmlos-rührende Tätigkeit, die er ausführte mit solcher Behaglichkeit vor meinen (betrogenen) Augen! Der Vater brach herein, ich deutete ihm wild. Noch einmal sah ich den Halbgott der Abtrünnigkeit und des verfliegenden Daseins und beneidete den Suppenlöffel. Daß ich das Kind einfach bekam, um auch in fernen Zeiten in Beziehung mit dem geliebten Menschen zu stehen und nicht abgestreift, als Episode aus seinem Gedächtnis zu stürzen, schien deutlich vor mir auf. Die beiden Vornamen seiner Kinder aus erster Ehe fielen, die Tochter war charakterisiert als leidenschaftliche Kaulquappenfängerin auf dem Areal der Siedlung jener *Alternativen.* Wie verdörrten meine Eingeweide vor dem über den Kühlschrank gebuckelten unfähigen *Vater.*

Als die Reportage zu Ende war, unmerklich für den auf dem Großonkelplatz essenden Vater, dachte ich an Abnehmen und wurde erst nach sanften Stößen wieder meines Bauches gewärtig. Vor dem Geliebten habe ich, egal aus welcher Entfernung ich ihn gesehen oder wodurch ich plötzlich auf ihn aufmerksam gemacht worden bin, stets an Abspecken gedacht, als ob ich durch die Verringerung meines Körpergewichts die Beschwernis mitverringerte, freier würde und ein anderer Mensch. Ich schaltete den Fernseher ab. Ich sprach von den Haaren. Er schraubte am Radio. Er kaute, er aß wie ein Knecht. Die Gerüche verbanden sich zu einem für gewöhnlich das Wasser in den Mund treibenden Essenswohlgeruch, Knoblauchdampf und Wurstgeruch und der Duft der feuchten Paprikaspalten und gesalzener Tomaten, Käsewürze und Butter und Milch, über alldem seine Art, wie er teilte und schnitt und die Zutaten zu Happen auftürmte, Knoblauchzehen im Ganzen unter Käsewürfel schob, Knoblauch täglich zur Vorbeugung gegen Verkalkung. Salat aß er am außergewöhnlichsten, mit dem Löffel, um das Flüssige mitzunehmen, was unsere Mutter in schlechten Perioden *tierisch* fand, selbst aß sie immer in Eile, nebenher und stehend, als ob zum Sitzen keine Zeit wäre, schlang hinunter fast ohne zu kauen und schluckte, bis ihr Teller blank war. Ihr starr auf das Essen gehefteter Blick schwebte mir zu der gemächlichen Eßweise unseres Erzeugers vor, und wie sie die Salatschüssel in Beschlag nahm und daß ihre Lieblingsspeise bis heute dürftiges Nachkriegsessen war.

Unser Vater fragte, warum ich ihm die Haare nicht gezeigt hätte: »Wenn du dir so sicher warst!« Nach dem Spülen des Geschirrs und Wegräumen zog er sich ohne Umschweife, wohl, seinem Bergerlebnis in Ruhe nachzuhängen, in das Großonkelschlafzimmer zurück und machte das Radio aus und wies mich auf das Absperren der unteren Tür hin, wenn ich hinaufginge, das ich ohne ihn zigmal erledigt hatte, damit er seinen Frieden fand. Aufgewühlt von seinem Anblick beim Löffeln von Suppe, lief ich die Treppe hinauf. Mir war alles gleich.

Lotte saß mit trauerverschmierten Augen, um die Lippen Spuren tiefen Dunkelrots, bebend am Tisch, vor ihr auf dem blütenweißen Frühstückstischtuch lagen wie Rückenpanzerungen von erschlagenen Käfern die zehn künstlichen Fingernägel, mit den Unterseiten nach oben, so daß man, neben der durchschimmernden Färbung, die weißen Krusten von Klebstoff sah. – Die Mutter hatte sie für ein Heim angemeldet, oder das weiße Kaninchen war tot? –

Es war nicht tot, es starb gerade vor sich hin, wie ich von unserer Großmutter erfuhr, die einen Wechselschritt durch den Küchenvorhang gemacht und mich sachte angetippt hatte, jetzt als Verbündete. Wieder stand Lotte im Vordergrund, nicht die Mittlere, mein mir seit dem Erwachen stechend fehlender Zwilling. Als erstes hatte ich bei Tageslicht zum Lager hinaufgehen und die Haare untersuchen sowie ihren Umkreis abmarschieren wollen, daraus wurde nichts dank Lotte, die ich zu beruhigen aufgetragen bekam, auf *meine Art.* – »Was hast du?« versuchte ich es, »das Beste wäre, du würdest gehen ...«

Sie nahm mir das Wort aus dem Mund und zitterte und ließ Speichelfäden aus dem Kindermund: »Bis es gestorben ist! – Gestorben!«

Ich wartete ab, beobachtete ihr Vorstellung, die sie, sich die Stirnlocke zerknüllend, gab, lauschte dem Wimmern, durchsetzt von Selbstvorwürfen und Verherrlichungen des weißen Nagetieres.

»Steigere dich nicht hinein!« riet ich und sagte eilig, um

ihrer Empörung vorzubeugen, daß es bei mir nicht anders gewesen sei.

»Es soll bleiben!« greinte sie, »es soll nicht steif werden! Es darf niemals aufhören zu leben!«

Ich wies sie auf die verkrüppelte Pfote als Symptom einer Todesschwäche hin, auch mein Kaninchen habe zuerst eine verkrüppelte Pfote gehabt, ehe es, ähnlich unserem Großvater väterlicherseits, die Nahrung verweigert und an zunehmender Alters- und Verdauungsschwäche und damit einhergehender Lebensunlust gestorben sei. Das war das Stichwort, und Lotte wachte auf. Mit ihrem sanften und trotzigen Gesicht sah sie mich an und erklärte düster, seit ihrer Rückkehr von dem Millionär, von welchem sie, wann immer sie mir gegenüber von ihm sprach, immer nur als dem Millionär redete, als wäre damit genug gesagt, zwischen Keller und Wohnzimmer zu pendeln und sich nicht entscheiden zu können zwischen den Versuchungen, im Keller dem mit dem Tod kämpfenden und sich im Käfig streckenden und zusammenkauernden Kaninchen beizustehen oder sich aus der Affäre zu ziehen und das Tier seinem Schicksal zu überlassen, und erst, nachdem unser Vater seinen Dienst als Totengräber versehen hätte, eine stille Andacht zu halten, jetzt sei sie entschlossen, fuhr sie fort, der Situation nicht zu entfliehen, das Tier benötige sie jetzt mehr denn je, sie wolle ihm mit meiner Hilfe die krumme Pfote und den erhitzten, noch von Lebenswillen pochenden Körper streicheln! Sie machte eine schnelle Kopfbewegung, die Tränen versiegten, die Plastiknägel fielen vom Tisch, unsere Mutter hat sie später nicht zuordnen können, keiner von uns. Sie hatte Lotte nie als Nutte gesehen. Sie betrog sich wohl selbst und glaubte, Lotte wäre zu jung für dergleichen. Lottes Umgang mit dem weißen Kaninchen bestärkte sie darin.

Auf Knien flehte sie das Tier an, sie nicht alleinzulassen: »Nicht! Nicht! Du bist mein Liebling!« Ihre Hand zögerte vor der Berührung, der Fellbalg griff sich schon mehr tot und vorbei als lebendig und wie früher an, das Leben zog sich aus allen Fasern zurück und verließ ein vergilbtes, zerzaustes und verunstaltetes rettungsloses Ding.

Der Atem des Tieres raste; einem Raubtier gleich, schlug es von Mal zu Mal heftiger mit den Pfoten an, Mechanismus zum Tod, Endspiel, Parodie des Kampfes und reine Zeitverschwendung, hierbei zuzusehen. Zwar hatte sich nicht alles Mitleid aus mir verflüchtigt, doch schmälerte sich meine Anteilnahme, je mehr ich an Monika denken mußte, und mich begann zu ärgern, wie das Kaninchen, anstatt schnell zu machen, immer wieder aufsprang, Lotte falsche Hoffnung vermittelte und dann zusammenbrach, oder emporpreschend wie in wilder Hast vor einem Jäger gegen die Käfigwände schlug und zerknüllt dalag, mit weitoffenen verletzten Augen, den entsetzten roten Augen, die schon mein Kindheitskaninchen gezeigt hatte, zuvor Julias; mich enervierte, wie Lotte auf jedes Schwanzzucken hin Zukunftsbilder malte und erwartungsvoll am Sterbelager hockte und gleich darauf erneut in Tränen ausbrach und sich an mir festhielt und mich fortstieß und schlug, wenn ich etwas sagte. Das Kaninchen dachte den ganzen Vormittag lang nicht daran, sich und uns zu erlösen. Auch nach dem Mittagessen lag es noch bebend und scharrend da und drückte sich in eine Ecke. So ging es, bis die Dämmerung kam und Lotte wieder, an das Sterben wie an eine etwas andere, jetzt von dem Kaninchen bevorzugte Lebensart gewöhnt, das Interesse ihres Tieres an Nahrung zu wecken versuchte und Karotten und Mais dem Sterbenden unermüdlich vor die vibrierende Nase hielt. Sie ging sogar soweit, das zusammengesackte Tier aus seinem Stall zu heben und unter gutem Zureden um den Tischtennistisch zu tragen, um es dann, sich plötzlich wieder seiner Sterbenslage bewußt, wie etwas Giftiges in den Käfig zurückzuschleudern. Als sie mit von der verbotenen Weide gerupften Löwenzahnblättern zurückkam, empfing ich sie mit der Nachricht, *es sei soweit.*

Als sie hintrat, sich setzte, gingen noch drei oder vier rhythmische Stöße durch den Leib, die Lider deckten sich über die roten Schlitze, kein Leben mehr. Kein Leben.

Monika blieb unauffindbar. Ich saß im vorderen Zimmer und schrieb: Wir betrieben die Menschentäuschung so intensiv und wirklich, daß sich unbeteiligte Parkbesucher anboten, uns Unterricht im Radfahren zu erteilen, nachdem wir auf unseren Runden jedesmal gerade vor den Bänken der Betreffenden gestürzt waren. Kein größeres Vergnügen hätten sie uns bereiten können als mit ihrer Anteilnahme und Neugierde auf uns in unserer vermeintlichen Unfähigkeit und mangelnden Gelehrigkeit. Der Höhepunkt unserer nachmittäglichen Vorstellungen im Park war, wenn wir unsere Lehrer, nach etlichen an Sitz- und Ruheplätzen vorbeigezitterten Runden, plötzlich und völlig überraschend mit einer gekonnten Runde verblüfften und vorbeirasten, mehrere Male wiederholten wir das und fuhren vorbei und fuhren freihändig und einhändig und im Stehen, führten Kunststücke vor und entblößten die Zuschauer als Dummköpfe. Das andere Mal unterhielten wir uns, durch Rucksäcke klar aus der Masse im Park spielender und harmlos und arglos tobender Kinder gehoben, laut genug, um es eine Runde Kartenspieler auf den Bänken unter der Steinüberdachung mithören zu lassen, über unseren Ausbruch aus dem Kinderheim und stritten immer lauter und heftiger, wofür die Unbeteiligten die Ohren spitzten, und brachen in Tränen aus, weil wir nichts zu essen und zu schlafen zu haben vorgaben, bis irgendein Verantwortungsgetreuer, in der Mehrzahl waren die sich einmischenden Frauen, sich uns gegenüber als kundig erwies und eröffnete, zu wissen, woher wir seien, es habe keinen Zweck, zu leugnen, man bringe uns jetzt stracks zur Polizei. Das war das Stichwort zur Flucht. Mit unseren zur Täuschung mitgeführten Rucksäcken entfernten wir uns, dem- oder derjenigen Schimpfwörter zurufend, im Laufschritt und erbosten auf diese Weise die ohnedies schon von unserer mutmaßlichen Flucht aus dem Heim überrannte Person und näherten uns ihm oder ihr nach einer Weile, die wir hinter Büschen verbracht hatten, noch einmal und lachten und reizten immer weiter. Leute aus der Reserve zu locken war unser alltägliches Spiel. Fast immer gelang es uns, entschied sich das Spiel für uns. Ein andermal stellten wir uns vor einem arglosen Ehepaar taubstumm und humpelten speichelnd und grunzend zwischen deren Bank und den Büschen hin und her und trieben allerlei unsinniges Zeug, bis sich die zuerst nur für sich über unser sonderliches Betragen Unterhaltenden und über die dahintersteckende Körperbehinderung und Geisteszurückgebliebenheit Rätselnden auf ein Gespräch mit uns einließen und uns mit Gebärden und Grimassen Fragen stellten, hocherfreut, ja glücklich über jede gelallte Antwort; wir rissen Zweige von Bäumen ab und trugen sie den Leuten hin als Geschenke. Der Mann gab sich Mühe, unser Sprachlehrer zu sein, wir plapperten ihm nach und machten ihn zufrieden. Sie ließen uns nicht gehen, vielmehr humpeln, ehe wir nicht zu ihrem Vorschlag, zu neuerlichem Sprechunterricht in den Park zu kommen, genickt hatten. Solange sie uns nachsehen konnten, wackelten und schleiften wir, ab der Parkgrenze rannten wir bis heim. Boten sich keine Erwachsenen zu unseren Zwecken, plagten wir Arbeiter- und Angestelltenkinder. Wir kreideten ihnen ihre Dialektsprache an und bezichtigten sie der Unfähigkeit, Deutsch zu sprechen. Jeder Satz wurde von uns in Fetzen gerissen, belacht, verhöhnt und korrigiert. Oder wir gaben vor, wir hätten ein Verbrechen beobachtet, und machten die Gutgläubigen zu Mitwissern, waren alten Damen mit Hunden, fotografierend, auf der Spur und drohten mit dem Tierschutzverein, wenn wir sie bei einer Züchtigung erwischten. Jedes dieser Spiele endete mit unserem Triumph und damit einhergehender Flucht. Leute *aufzureißen* und aufgerissen stehen zu lassen, gab uns Gefühle von Schicksalsmacht, schrieb ich, als unsere Mutter, ohne herein zu kommen, vom Balkon aus einen Brief (Julias) auf den Tisch legte und fragte, wo wir gesucht hätten.

»Komm herein«, sagte ich, »ich muß dir was sagen.«

Unsere Mutter schaute erstaunt und blieb draußen.

»Sag, was du sagen willst!« meinte sie und bedeutete, sie müsse hinunter. Ich fragte mit einem Blick, warum. Hatte sie Gendarmen bestellt für die Suche?

»Ich habe die Gendarmerie verständigt«, bestätigte sie die Vermutung, »sie kommen mit Suchhunden. Zwei.«

»Monika ist vielleicht tot ...«

Ich schluckte. Sie sah mich an.

»Haare«, sagte ich, es könnten Monikas sein, ich hätte es unserem Vater mitgeteilt im Glauben, er sage es ihr.

»Hat er nicht!«

Julia schrieb von Verhandlungstagen, einmal sei sie freigesprochen worden, doch zivilrechtlich verurteilt, die Anwaltszwillinge legten Berufung ein, was ihr, laut einem Juristenfreund, nichts nützen werde, die beiden sich abwechselnden Anwälte stellten keine ernsthaften Hoffnungsträger dar. Sie schulde der für das Feuer aufgekommenen Versicherung bis zu ihrem fünfzigsten Lebensjahr eine halbe Million Schilling und dürfe bis zu dem Zeitpunkt nie mehr als das Existenzminimum an Kapital haben, ansonsten werde sie gepfändet. Überdies habe man sie, was auf die Gerichtsberichterstatterin und in Serienspalten eifrig gegen sie anschreibende Verbündete des Kinderarztes zurückzuführen sei, der Brandstiftung angeklagt. Sie sei für übermorgen geladen. Sie fühle sich freier denn je, und die Anschuldigungen und Verurteilungen könnten ihr nichts anhaben, in ihrem Stadium sei man dagegen immun. Freudig erregt fahre sie mit dem Rad durch Parks und durch die Stadt und atme die herrlichste Luftströmung und lasse Laubblätter unter sich durchrasen und sei vergnügt und lebenslustig wie noch nie.

Unser Vater hob am Abhang unweit des Komposthaufens eine Grube aus. Als ich hinzukam, seufzte er und bat mich, das Kaninchen zu holen. Im Keller waren Fenster und Türen geöffnet zur Vertreibung des Gestanks. Ich trug den Käfig über die Stiege und grüßte darüber hinweg den Heidelberger mit seinem Boxer. Er schien nicht zu merken, daß es ein lebloser Balg war, und nickte mir freundlich zu. »Prächtiges Wetter!« Ich ging zu unserem Vater und erkundigte mich nach den Gendarmen. Er sagte, sie seien mit der Mutter zum Lager hinauf. »Sie wird vielleicht Ruhe brauchen?« Ich fragte: »Und die Haare?« – Er meinte, es müßten nicht unbedingt Monikas sein, und vielleicht hatte sie sich oben geschnitten. Monika, die wie an nichts anderem an ihren Haaren hing, gleich wie ich an meinen? Wir deckten das Kaninchen mit Erde zu. Jetzt konnte ich mithelfen, bei meinem eigenen Tier hatte ich versagt.

Wir sind durch die Folterungen unseres älteren Bruders gegangen. Je mehr er für uns dachte und uns lenkte, umso schwächer und unfähiger waren wir und erholten uns einzig im Abseits der Parks, wo wir mit anderen so umgingen, wie er mit uns, wo wir uns anderen mit unserem Willen aufzwangen und die Überlegenen waren, wie er für uns, wo wir wie er sein konnten und uns an wehrlosen Opfern austobten. Der Bruder hatte unsere Kindheit in der Gewalt. Er zog die unsichtbaren Fäden, las ich bei Julia und ging einen Absatz weiter: Ein Universitätsdozent ist mich angestiegen. Ich habe ihn durchschaut, vermutlich richtig. Die Germanisten sind alles ausgelaugte Hornochsen, habe ich gesagt, die literarischen Werke wie Organismen mit Gewaltmitteln zerstochernde und bündelnde selbstquälerische Irre. Sie erwürgen alles, pressen es aus. Der Mann mit seiner Weitsichtigenbrille, davon bedingten Kuhaugen, dem das halbe Gesicht verschluckenden Bart, der Büroanzugjacke im Schottenlook, in Kontrast und Widerspruch dazu der Halskette mit, man höre und staune, einem goldenen Schutzengel daran ... – bist du glücklich?, wollte ich wissen, da preßte er mir seine verschrobenen Lippen auf den Mund, die das Wichtige abwürgen, ging es mir einmal mehr durch den Kopf, die den Unsinn, *Linguistik*, predigen und sich entschuldigen dafür ... Die Mediziner betrinken sich an den Wochenenden und Urlaubstagen. Ein Freund des Kinderarztes konnte nur operieren, wenn er betrunken war. Betrunken ließ er sich mit dem Hubschrauber abholen von unserem Osterfest, so wurde er ins Krankenhaus überführt, vor einen betäubten Patienten. Die Ärzte, die Kinder heilen, hassen Kinder und lassen ihre Wut auf alles an diesen wehrlos ihnen Anvertrauten aus. Die Tiermediziner sind Sadisten gegenüber Tieren und haben zu Anfang ihres Studiums lebendige Ratten seziert.

Die Bankangestellen sind Squashspieler, wie auch Millionäre am liebsten Golfen und Squashen, wenn sie einmal nicht unter Terminzwang sind, und die Bankangestellten geben sich privat den Anschein, reich zu sein.

Die Apothekerinnen fahren Ski in den Bergen, der Kinderarzt hatte eine auf seinen Touren mit, die früher *schön* gewesen sei, Mutter seiner unehelichen Tochter.

Die Juristen sind Leute mit Zahlengedächtnis. Die Anwälte sind verhinderte Politiker.

Die Politiker sind verhinderte Schauspieler.

Die Schauspieler sind Schauspieler und haben recht, schrieb Julia. Einer zerstöre den anderen, der andere den nächsten, jeder sich im anderen und nächsten, ein jeder andere und nächste sich.

»Gefunden!« hörte ich von unten herauf.

Die Großmutter, ich sah sie von oben, winddurchwühltes Haar.

»Wer?« rief ich aufgeplatzt.

Lotte stand da.

Heraufschauend: »Ich! Wer denn sonst? Habt ihr es begraben?«

Ja, stöhnte ich, und beide weinten wir schon wieder.

Ich las: Die Bäume schnarchen.

Aus den Wolken fallen Strophen herab.

Ich las bei Lotte: Ihr Leben verlief seit jeher auf einer Schwebekante, von der sie freiwillig absprang, aus Angst vor einem ungewollten Sturz.

Lotte blutete auf einem Mann, der zu alt war. Lotte glaubte sich alterslos, wie wir alle in ihrem Alter. Sagte jemand in einer Gesellschaft, er sei siebenunddreißig, fuhr sie hoch: Junges Gemüse! – denn sie fühlte sich immer älter, immer anders als sie wirklich war, war sich immer voraus. In ihrem Hinterkopf meinte sie, durch Vorwegnahme nicht wirklich altern zu müssen, die Jahre im Anflug zu fassen und zu zerdrücken. Lotte war grundsätzlich zu allem bereit und für jedermann offen, wenn es nur auf dem Weg der Zerstörung war. Schaute Geld dabei heraus, freute es sie, sie stand für Masturbierende Schaumodell. Ließ Finger graben und kehrte zurück an die Tränke. Je schamloser und direkter einer verfuhr, umso williger war unsere jüngste Schwester. Im Morgengrauen bestieg sie den Bus nach Latschach oder hockte benommen und frierend auf Treppenabsätzen.

Sie schlief mit Fremden, um den Tod zu verbannen, der mit dem Ende der Kindheit in jedem heranwächst. Geschlechtsakte als Zerstörungsakte und Attacken gegen den Tod – für uns wie für Lotte. Jeder neue Mann war ein Baustein der Zerstörung an uns. Wir wollten durch uns selbst fallen, durch unseren Willen und Unwillen statt durch die Willkür des Todes. Wir wollten den Tod täuschen, wie wir Schwächere täuschten, doch der Tod täuschte uns. Daß man den Tod nicht betrügen und aufheben und das Leben nicht um den Tod bringen kann, hatten Monika und ich mit unseren Schwangerschaften bewiesen, begriffen zu haben, Lotte war noch nicht so weit vorgestoßen auf dem von uns vorgetretenen Weg durch das Feuer. Ohne es zu wissen, hatte sie sich entschieden, trotzte, kämpfte, zerstörte und gab alles andere mit ihrer Kindheit und dem Tod des Kaninchens auf. Wir sind ihm zu früh begegnet und verfallen, dem Todesgedanken, hätten nicht an ihm rühren, uns ihm nicht anvertrauen dürfen, hätten das Schicksal uns mitziehen lassen müssen, hätten wir es auf unser Glück angelegt gehabt. Julia wollte telefonisch von mir wissen, wann wir in Graz zu erwarten wären.

Ich wußte es nicht, Monika war nicht gefunden.

»Und die Haare?«

»Sind als ihre bestätigt.«

»Und Lotte?«

»Läßt sich ficken, entnehme ich ihren Schriften.«

»Und man kann nichts dagegen tun?«

Sie gab sich selbst die Antwort.

In ihrem in dem Fertigteilhaus auf mich wartenden neuesten Brief war zu lesen: »Betört und verwundet von dem ständigen Gefühl des Losgelassenseins ... Die Sucht ... bedrängt von ihr, in der ich bin, verfliegen die Reste ...«

Morgen sollte Monikas Foto in den Zeitungen sein. Ich saß oben an dem runden Tisch im vorderen Zimmer, wo wir bei Schlechtwetter Faltpuppen aus Papier ausgeschnitten haben, und schrieb, daß das Leben nicht wert sei, behandelt zu werden. Der jüngste Brief von Julia lag neben Scherenschnitten, Versuchen, die Kindheit nachzuäffen, ehrlichen

Anläufen, gescheiterten, verlachten und verhöhnten. Was kümmerten mich ihre nächtlichen Eskapaden? Was tat es mir, wenn sie sich hoffnungslos auf ihrem Drahtesel (einzigem Begleiter) am Stadtpark entlangtrieb und schon, bei all ihrem Unglück, hochgestimmt war, wenn ihr das Einrichten des kurz ausgefallenen Fahrradlichts gelang? Was änderte es an meinen eigenen Beschwerden, wenn ich sah, wie meine ältere Schwester zugrunde ging und sich dabei zusah und den einzigen Lebenssinn in der Beobachtung einer Entwicklung, die eine Verheerung, Folge der von frühester Jugend an konsequent vorangetriebener Zerstörung, war, fand und Abstecher in den finsteren Stadtpark machte und vom Rad stieg, um sich zu notieren, wie fort und entfernt und wie unendlich vergangen und ausgeschieden sie schon sei. Der Anblick derselben Häuser, Häuserfronten, Fassaden, inzwischen übertünchten, anders bemalten Gaststätten der einstigen Freiheit, vermeintlichen Reifungszeit, Vorbereitung wohin; alles Irrtum, als ob ich von einer langen Reise zurückgekehrt wäre, schrieb Julia. Ich sehe die Fünfzehnjährige, die Sechzehnjährige, sie war allein, allein im kalten und gleichgültigen Stadtpark, sie hat ihn *Vater* genannt – und nach ihren Ausflügen, halb noch ein Mädchen, in die Hotelzimmer dieser Stadt, ist sie verlebt, begehrt sie niemand mehr.

Wieder im Stadtpark, inmitten altvertrauter Gerüche der Natur: Ihn überlebt zu haben, verbrannt an allen Gliedern, am Kopf, bis in das Herz hinab, grenzt an ein Wunder, grenzt an den Widerspruch, zum Trotz zu sein ...

Konkret berichtete Julia, nächste Woche die Untersuchungshaft anzutreten, die von der Gerichtsberichterstatterin erfolgreich und triumphal erzwungene, das Verfahren, bereits im Abschluß begriffen gewesen, werde unter dem medialen Druck neu aufgerollt, Racheakt und Rachefeldzug des verletzten Kinderarztes, nicht soviel aus dem Intimbereich plaudern hätte sie dürfen im Gerichtssaal ... zur Erzählerin ... Aufbauscherin ... zum Quatschkopf bestimmt, sei sie der Verlockung zum Opfer gefallen; denn unter der Voraussetzung des herkömmlichen Vieraugengesprächs mit dem Richter allein wäre sie gewiß nicht verführt worden, in Bildern zu sprechen, und auch nicht dermaßen ausführlich befragt worden. Sie sei gespannt auf die Zustände im Gefängnis; nackt ausziehen müsse man sich, sie mit ihren Schwangerschaftsstreifen. Ich habe auf ihn und mich, wie wir erstmals dort gewesen sind, hinuntergeschaut im Stadtpark, überlegt, ob ich nicht in die Tiefe des Spielplatzes tauchen und das Gefühl, die begrabene Sehnsucht wiederauffrischen und darunter leiden ... leiden ... es neu erleiden sollte ...

Er soll noch einmal ins Gericht und zur zuständigen Stelle gelaufen sein, um mich zu belasten, schrieb Julia: An einen tatsächlich leeren Motorradtank, den er voll gesehen haben wollte, konnte er sich erinnern und unterschrieb gegen Julia.

Ich schrieb an meinen Geliebten:

Zufällig sah ich Dich im Fernsehen. Die Umstände will ich beiseite lassen, aber unser vergangenes Verhältnis, das nie eines war, erörtern will ich mit Deinem Kind in mir. Ich denke in jeder Sekunde an uns, wie es so kam, warum, warum nur. Beleuchten wie ein Untersuchungsobjekt, kann man eine in ihrem Anfang bereits zum Scheitern verurteilte Beziehung, den nach dem Einsetzen in ihn porös und faulig gewordenen Willensansatz nicht, aber an der Unmöglich-

keit, der Unwiederbringlichkeit weniger fruchtbarer, in der Rückschau furchtbarer, für allezeit ausgeschlossener Augenblicke und Stimmungen will ich mich festhalten und sie sein und wachsen lassen, die Erinnerung warmhalten wie ein frierendes Kind, den Mantel des Denkens und Nachdenkens über die Gegenwart schlagen, sie einmummen in Wärme, die unter dem Mantel Frost und Erbärmlichkeit wird. Ohne Dich, Deine mir für mein Leben am bedeutendsten gewesene Zuwendung, bin ich aus meiner Haut geschält, den Dingen entfremdet, verstoßen und verkommen, jetzt hat sich meine Haut gelöst, fliegt frei und zieht zu Dir hin, in Deine Nähe, Deinen Duft, jetzt ist das Leben ohne Dich kein Leben.

Es klopfte, während ich, ganz auf mein unsichtbares Gegenüber konzentriert, schrieb. Ich sah durch das Fenster ein bräunliches Gesicht. Der Mann kam herein und fragte nach einem Mädchen. Während er sprach, formten seine Hände eine Gestalt in der Luft. Ungeheuerliche Hände, im Verhältnis zur Kopfgröße Schaufeln, die Handflächen, Linien, trokken, ohne Schweiß. Der Mann redete nach der lauten Art orientalischer Männer, war leger gekleidet und sicher im Auftreten. Er erklärte mir, daß er Arzt sei, natürlich wußte ich, *wer*, und daß er nicht für Julia kam, sondern gegen Lotte, daß er zu seiner Bereicherung durch eine Fünfzehnjährige gekommen war, mich in meiner Zeit des Liebesbriefschreibens unterbrach und ohne Umschweife Lotte forderte; wo sie sei, hatte er, kaum erschienen, gefragt, der von Julia Erträumte, Julias Traumbild von Mann und von Mensch, der ihr Abtrünnige, welchem sie unmöglich, unmöglich möglich sei, so sie schriftlich, stand leibhaftig vor mir, das Bodenstück unter seinen Füßen wäre geweiht gewesen für Julia und der Raum geheiligt für alle Zeit; auch mich berührte ein Hauch dieser von unserer ältesten Schwester unentwegt unermüdlich aufgefalteten Größe.

Ich lud ihn zum Sitzen ein.

Dieser Mann ist in meine Schwestern gedrungen. Seelenschlächter. Weiberheld. Scheich. Verführer. Heuchler. Scharf auf Lotte. War er mit Julia fertig und von ihr geheilt, gierte er nach deren Nachfolgerin im Leiden. Ein Dunst ging von ihm aus, wie bei Schwarzen, herb, kolossal, wie von Elefantenhaut.

Er sprach von Lotte wie von einer Bekannten, rücksichtslos gegenüber meiner Situation als ihrer Schwester und ohne mir besondere Aufmerksamkeit zu schenken; daß ich ihn erkannt hatte, setzte er voraus. Mir war seit seinem Erscheinen viel durch den Kopf gegangen, Ideen und Schlachtpläne, und ich faßte den Entschluß, ihn zu Julia zu befragen, war ich nun doch schon wochenlang von ihren Briefen überhäuft. Ich holte mir ihren letzten und las ihm daraus vor.

Die Haltung, die er beim Zuhören einnahm, war die des gespannten Lauschers, des Schauspielers, der auf sein Stichwort lauert, um die Dramatik des Stücks zum Höhepunkt zu führen, hinter dem Gesicht eines Fünfzigjährigen saß ein bübisches Grinsen.

Ich las. Zu meinem Fahrrad *adieu* – bis in zehn Stunden gesagt. Das Leben wird immer mehr zum Trott. Je mehr es durchschaut und ergründet ist, umso schamloser und schäbiger zeigt es sich, daß ich an allem das Interesse verlöre, wäre da nicht der Zerstörer, der Vergifter, der mich erhitzt und in den Flammen der Mutlosigkeit und Erfolglosigkeit nichtsdestotrotz meinen Willen schürt und hochwirbelt wie ein Bündel Holz, das in gewisser Höhe auseinanderfällt ... zerschlagene Knochen, auf der Erde zusammenhanglos, gleich wie die anderen Hölzer ... In zehn Stunden, denke ich. In zehn Stunden nehme ich den Weg in anderer Richtung und besteige mein Fahrrad und verbringe, wie an jedem Montag seit einiger Zeit, anderthalb Stunden in einem Gebäude der Universität unter um mich unbekümmerten Menschen, die ohne mich ebenso dort säßen wie mit mir und über dieselben Dinge reden würden ... Nichts in dieser Stadt ist unbesetzt ... namenlos ... wenn ich die Augen schließe, gleich, ob im Hörsaal, auf einer Bank, auf der Fahrt mit dem Rad, mit der ausgestreckten Hand die Büsche grüßend, wird mir, als ob ich nicht da wäre und nur unbeteiligt die Geräusche mitbekäme ... muß mich darauf besinnen, die Augen wieder aufzuschlagen, bevor es mich als anstoßerregendes Merkmal, Verdacht erregend, aus der Masse hebt ... Ich sehe klar auf meinen Ausfahrten ... ich rieche, denke klar ...

Wie oft muß ich denken, mit fünfzehn hast du nur den Selbstmord geplant! In Caorle, am Strand, hast du den Wellen gelauscht und die Wärme gespürt und die Badegäste beobachtend nichts anzufangen gewußt mit dir unter alldem, keine Möglichkeit zur Verarbeitung, kein Weg zum Verständnis der Gegebenheiten und Verhältnisse, ohne Stütze und Vormund warst du nichts als bloßfüßig und revolutionär, mit deinem Tod in jedem Satz auf dich aufmerksam machen, Alarm schlagen wolltest du und schlugst mit deinen Methoden des Aufhebensmachens und Trotzigseins fehl und wurdest falsch verstanden und abgeurteilt und verdammt. Man gab dir Valium, das du am Campingklo vernichtetest. Ohne Mutter *sein, spüren* wolltest du dich, doch es war nichts, der Ruf der Wellen, die Sonne, die Pracht im Untergang des Tages, die Möwenschreie, die bunten Stoffe, die Dünen und Klappstühle, der Sand zwischen den Zehen, das halbgeleerte Glas Rotwein auf einer Kaffeehausterrasse, ohne angesprochen zu werden, hießen freier Fall und verhießen dir mit fünfzehn den Tod, dem du sehnsuchtsvoll in die Arme liefst, in dem Kinderarzt, Jahre darauf, bist du mit ihm zusammengestoßen. Du stehst nicht mehr aufrecht, liegst flach und zerstampft auf dem Boden, während er, seine Vorgänger und Nachfolger über dich hinweggekommen sind, dich überwunden haben, liegst du in deinem Erbrochenen und schaust in die Wellen deines Selbstmordtraumes zurück, den du dir wie ein Erwachen, wie Blitzen und Strömen, Ebbe und Flut auf einmal, Weihnacht und Ostern und Kindertage, Freude und Besinnlichkeit gedacht hast, Emporgehobenwerden und Gehen ohne Gedanken an jetzt und früher. Du willst sterben, du fürchtest dich. Dir graut es vor dir. Jetzt ebenso wie in Caorle. Du bist auf der Flucht. Die Liebe wächst ins Unermeßliche. Vor dem Hochhaus in der Stadt, von dessen Dach er sich hinunterstürzen wollte, befällt mich Hochachtung wie vor einer historischen Stätte. Als ob ich selbst mit dem Gedanken gespielt hätte.

Zugleich hält mich das Gift am Leben und schmeckt, trotz seiner Wirkung, gut ...

Wehmütig wendet sich alles in mir nach rückwärts, daß ich es glattstreichen muß, mit der Vernunft frisieren wie die zerzausten Reihen eines Webstuhles ...

Es brennt!

Ich hatte das Blatt noch nicht zusammengefaltet, da schlug er sich aufs Knie und verkündete: »Geschrieben hat sie immer toll! Ein gelungener Aufsatz.« Ich konnte nichts erwidern, da lenkte er schon ein: »Aber der Brief ist nicht an mich gerichtet, nicht wahr, Ihre Schwester schrieb vielleicht an Sie?« »Aber mit mir hat das wenig zu tun«, setzte er aufstehend fort, »komisch, was manche aus einem machen ... – Hm. Wo ist Lotte? Lotte, das jüngste Kind?«

Das Wort Lotte verursachte mir, von ihm gesprochen, Schmerzen.

Er hatte grauweißes kurzgeschorenes Haar über einer zurückfallenden kurzen Stirn, aus der eine Nase mit Rinnen statt Löchern sprang. Die kurze Lippenfurche spannte sich zwischen dem Riechorgan, das an die venezianischen Karnevalsmasken aus Leder denken ließ, und dem dünnen Mund. Zähne, gelb schimmernd und mit einem Spalt zwischen den größten beiden. Die Augen wie funkelnde Steine, in ihrer Färbung unkenntlich, mit etwas Röte auf der Iris. Hohlwangig und mit Spuren eines Verletzten, glaubte ich zu sehen. Über allem immer die Sprache der Hand. Unmerkliche und doch merkliche Annäherung.

Die Kunst des Erzählens verleiht Macht.

Die Menschheit will träumen können. Wer ihre Träume offenhält, die Lügen schenkt, das Unmögliche verspricht, wird vergöttert.

Was gab ihm die Kraft und Macht, so zu betören, zu betäuben, blind zu machen außer seiner Rede zum Spiel seiner Hände? Man war angeregt, ihn zu bekämpfen, aufgereizt, ihn kleinkriegen, besitzen zu wollen, gehabt zu werden als Frau, vielleicht war es das, sich durch ihn zu bestätigen, zu behaupten? Der Kinderarzt hatte Lust auf Lotte und war hergekommen um Lotte. Er wollte sich *die Kleine*, so habe er von Frauen gesprochen, sagte Julia, aus *der Katholenscheiße* greifen *zum Pudern*, das war sein Sprachgebrauch.

Lotte kam. Sie hatte ihre Kunstnägel an und vollführte damit klappernde Bewegungen. Wie aus weiter Ferne beobachtete ich die Begegnung des Kinderarztes (Julias) mit Lotte. Dachte ich später daran, war ich verärgert und verwundert über die von mir zu dem Zeitpunkt vorgestellte Gelassenheit. Ich war nicht Lottes Schwester, ich war Zuschauerin. Vor mir lag die Bühne. Die Treppe, außen am Haus hinab. Der Kinderarzt ging treppab, Lotte kam ihm treppauf entgegen, wie ein nach langer Trennungszeit wieder vereintes Liebespaar begrüßten sie einander. Sie strahlte ihn an, ihr Kopf glühte, mich bemerkte sie gar nicht, bis sie in sein Auto gestiegen war.

Lotte schrieb, sie habe geglaubt, sie würden in die (gemeinsame) Zukunft fahren ...

Der nächstbeste Wald. Zu der erstbesten Böschung.

Trotz aller Warnung von seiten Julias, trotz ihrer schriftlichen Psychogramme, war ich tatenlos dagestanden und hatte den Gruß des Kinderarztes erwidert. Im Mondschein auf der Landstraße, unter den Augen der im Fenster lehnenden Nachbarn, geköpft, verwildert, der Hoffnung beraubt, beeilte sich Lotte im Laufschritt zurück zu dem Fertigteilhaus.

Die Gendarmen fanden Monika nackt und kahlköpfig im Heuschober des Jakele-Bauernhofs; der Frau des Hauses war seit Tagen, wenn sie zum Katzenfüttern hinaufrief, ein ungewohnter Gestank aufgefallen, sie hatte sich aber nichts dabei gedacht, die Katzen und Kätzchen waren besonders zutraulich über die Holzleiter aus dem Heu heruntergekommen, so daß man hätte meinen können, sie wären gezähmt – wo doch keiner Zeit fand, sie auch nur zu streicheln; aber nicht einmal das Verhalten der Katzen löste in der kränklichen Frau etwas aus, und sie sagte nicht ihrem den Tag über auf den Feldern beschäftigten und bei Dunkelheit heimkehrenden und nach dem Abendbrot erschöpft in der Stube vor dem TV-Gerät zusammensackenden Bruder, dem Bauern, wie sie ihn nicht ohne Stolz vor den sie einvernehmenden Gendarmen nannte und über sich selbst den Begriff Bäuerin fallen ließ, wenngleich sie von jeher, noch zu Lebzeiten beider Altbesitzer des Hofes, nur die leichteren und einfachen Arbeiten, großteils im Haushalt und im näheren Grenzbereich, versah, die Hühner fütterte (während dem Bruder die schwerere Aufgabe des Stallausmistens zufiel), Eier und Milch an Sommerfrischler verkaufte, kochte, bügelte und wusch, solange er auf dem Feld draußen schwitzte und Traktor fuhr, hinterm Haus Holz hackte oder dem einen oder anderen Huhn den Kopf ab (weil sie so wenig mitanpackte, so kränklich und verletzbar war und stundenlang auf einer Bank in der Sonne sitzen konnte, mitunter Depressionen hatte, war der Hof, nur von seiner Kraft erhalten, ziemlich heruntergekommen und verwahrlost, da kaum einmal ein Huhn oder eine Kuh das Tageslicht sah, wenn niemand Zeit noch Energie hatte, die Tiere anzupflocken und einzuzäunen und abends wieder zurückzutreiben); in dem allgemeinen Geruchsgemisch dürfte der Gestank Monikas so gut wie untergegangen sein, vermuteten die Gendarmen, und der Gendarmeriehund war es dann auch, der mit seinem empfindlichen Geruchssinn Monika aufstöberte, von unserer Mutter und Großmutter tagelang und jeden Morgen (wenn immer andere Gendarmen mit demselben Schäferhund die Suche aufnahmen und vor dem Fertigteilhaus erschienen, was ganz Latschach, aus den Fenstern gebeugt, mitansah), mit Kleidungsstücken und Schuhen meiner Zwillingsschwester vertraut gemacht wurde und auf dem Weg durch Wiesen, Felder und Waldgebiet in Abständen immer wieder eine Bluse oder Jacke Monikas, die nicht gewaschen und in jüngster Zeit von ihr getragen worden war, vor die Schnauze gehalten bekam und daraufhin sofort heftiger schnüffelte und an wie von ihr berührten (umarmten) Bäumen hinaufschnupperte und zögernd innehielt, als ob sie vielleicht oben in der Baumkrone säße und, ihre Fährte findend, über den von Laub und Nadeln bedeckten Boden weiterroch, bis sie über Asphaltstraßen und Stoppelfelder und durch einen unwegsamen Kukuruzacker vor dem Gehöft der Jakele-Bauern standen und fragend daran emporsahen und warteten, bis die Bäuerin herauskam und halb erschrocken, halb neugierig (sich keiner Schuld bewußt) nach dem Begehr fragte, während der Suchhund längst, mit den Vorderpfoten auf der untersten Sprosse der in den Heuboden führenden Leiter, auf das energischste anschlug. Über das Weitere sind wir anderen nicht in Kenntnis gesetzt worden. Es muß grausam zugegangen sein, denn Monika wurde in Handschellen vor das Fertigteilhaus geschafft und wie eine Schwerverbrecherin unseren angesichts ihres Zustandes vor den Kopf gestoßenen Frauen vorgeführt, die sich sofort einverstanden erklärten, Monika in die Psychiatrische Anstalt in Graz, in den Feldhof, zu überführen, überführen zu lassen; die Stunde, bis der weiße Lieferwagen auf unseren Hügel kam, der Gendarmeriehund von Monika abließ, der sie bis dahin auf der Terrasse bewacht hatte, keiner von uns wagte sich näher an sie heran, so tobte und verdunkelte es sich in ihrem Inneren, so arg im Stich gelassen schien ihr Geist von jeglicher Vernunft zu sein, war einer Wartezeit vor einem Begräbnis vergleichbar; als ob sie Monika beerdigen wollten, schritten die weiß angezogenen Pfleger einher, und kurz fühlte ich den Blick eines auf mir ruhen, als ich in sicherer Entfernung bei der Wäschespinne stand, als ob er mich für die Wahnsinniggewordene hielte, aber mein Bauch war das eindeutige Zeichen und Schutzschild vor mir. Sie nahmen Monika in die Mitte und tauschten, wie ich später hörte, die Handschellen gegen eine Zwangsjacke aus.

Sie hatte sich von ihrem Liebsten, das sie an sich selbst gefunden hatte, ihrer Haarpracht, getrennt, oben beim Lager, das hatte ich als Nachricht des Zerfalls gesehen und gedacht, sie wäre gestorben, entweder durch Selbstmord oder einen Triebtäter, wie wir sie einst unter unseren Betten vermutet hatten. Als sie weg war, trat Erleichterung ein. Die Frauen wußten wieder, sich zu bewegen; das Kind konnte aus den Ersten-Stock-Zimmern herausgehen, da die Tante nicht mehr da war, die es nicht hätte sehen dürfen. Der Gestank kam übrigens von dem jede Schwangere nach der Geburt über Wochen begleitenden Ausfluß, an dem Monika litt. Unser Vater, der die Szene des Abtransportes nicht miterlebt und nur aus Erzählungen erfahren hatte, beeilte sich umso mehr, Schimpf und Schande in Latschach zu entfliehen, und hatte in Rekordzeit alles Wichtige zusammengepackt und in beiden Autos verladen und den Zustand des Fertigteilhauses vor unserem Aufenthalt wiederhergestellt, was ihn vor der Großtante auszeichnen würde, während die Frauen, erstmals sprachlos, auf der Terrasse saßen.

Anderntags, um in der Nacht Kräfte zu sammeln, die Mutter und Großmutter hatte arges Kopfweh geplagt, das Kind hatte Husten, wurden wir in aller Morgenfrühe vom Rasseln der Weckuhr aufgescheucht und trieben wie verängstigte Tiere über die Holztreppe, am blätterrauschenden Wald und der verbotenen Weide vorbei, außen am Haus entlang.

Unserer Mutter gelang es nicht, Kaffee zu kochen. Die Großmutter saß mit gefalteten Händen da, während das Kind am Boden hockte und auf seine aufgeschlagenen Bücher hustete. Unser Vater war draußen mit letzten Vorbereitungen für die Abfahrt beschäftigt, überprüfte wohl noch die Wagen, schlug die Kofferraumdeckel zu, putzte die Scheiben rein. Unsere Mutter schluchzte hinter dem Küchenvorhang.

Mitten in unseren Jammer hinein tönte das Knattern des Mopeds des Briefträgers, und ich lief hinaus. Julia schrieb: Da fahren Mädchen aus fernen Städten zu ihren Geliebten und holen sich die Seuche. Nehmen weite Reisen und Strapazen auf sich, sich in der Liebe die Seuche zu holen, von heute auf morgen infiziert zu sein, keine Lebenden mehr, schon Tote.

Mit dem Kuvert in der Faust schlich ich zum Haus zurück und bog dort schweigend um die Ecke. Im Passieren der Wagen, hinter denen unser Vater stand, mit demselben Gesicht wie vorher, traf mich ein kühler Luftzug. Ich lockerte mich erst, als ich neben dem Kaninchengrab den Brief verscharrt hatte und weinend, vielleicht eine Viertelstunde, dort saß ... bis die Dinge wieder in ihre Konturen fanden ...

Das Kind knickte sich auf der Fahrt in meinem Leib.

Von Kilometer zu Kilometer war ich ihm näher, dem Geliebten, der immer unerreichbar blieb, sagte ich mir, Lottes Hand auf meinem Bauch.

Wenn Sie jetzt gerne weiterlesen würden ...

Deuticke
A – 1010 Wien, Schwarzenbergstraße 5

Umschlaggestaltung: Robert Hollinger
Umschlagfoto: Andreas Bitesnich
Druck: Wiener Verlag, Himberg bei Wien
Printed in Austria

ISBN 3-216-30127-3